LONGUE VIE AUX ROIS

Linwood Academy tome 3

CALLIE ROSE

GREY EAGLE
PUBLICATIONS

Titre original : *The Risk (Kings of Linwood Academy 3)*

Pour la présente édition :

greyeaglepublications.com

Couverture : Coverluv
www.coverluv.com

Traduction : Annabelle Blangier pour Valentin Translation

ISBN: 978-1-64366-298-5
Print ISBN: 978-1-64366-299-2

I

R*espire, Harlow. Respire, bon sang !*

Mais je ne peux pas.

Pas alors que tout l'oxygène s'est évanoui de l'atmosphère. Pas alors que le monde entier est sens dessus dessous, à vif et exposé.

Pas alors que je suis face à l'assassin d'Iris.

Le juge Hollowell fronce les sourcils et fait un autre pas vers moi en inclinant la tête.

— Vous allez bien ? répète-t-il.

Non. Seigneur, non ! Je ne vais pas bien.

Je suis entrée de mon plein gré dans la maison d'un assassin. Bon sang, j'ai même fait pire que ça ! Je l'ai *forcé* à me laisser entrer, j'ai ignoré ses refus. J'étais si certaine qu'il pourrait aider ma mère que j'ai oublié toutes mes bonnes manières et toute prudence.

Et maintenant, je ne sais plus quoi faire.

Sait-il que je l'ai reconnu ? Le voit-il dans mes yeux ? Le lit-il sur mon visage ?

Est-il sur le point de me tuer ?

Les pensées tourbillonnent dans ma tête alors que je tente de me remémorer toutes mes rencontres avec cet homme. Il était au cocktail de monsieur et madame Black le soir où ma mère a été arrêtée. Faisait-il partie des quelques invités qui nous ont suivis dehors ? M'a-t-il entendue affirmer au détective Dunagan qu'un homme avec un masque noir était le véritable tueur ?

Non. Je ne crois pas. Je suis presque certaine qu'il n'était pas là.

Il est sûrement resté à l'intérieur à dessein, mettant autant de distance que possible entre ma mère et lui, à cet instant, et faisant tout son possible pour s'assurer qu'aucune connexion notable ne puisse être faite entre l'arrestation de ma mère et lui.

Respire.

Inspire. Expire.

Ne lui laisse pas voir que tu sais.

Il me regarde toujours, avec une expression inquiète sur son visage rond. Il y a de la gentillesse dans ses yeux noisette, et je me surprends à plonger mon regard dans le sien, dans une tentative pour voir au-delà du masque qu'il porte et apercevoir l'homme au-dessous. C'est un si bon menteur, un si bon acteur !

Je dois l'être aussi.

Je me force à ouvrir la bouche et prends une inspiration pour remplir mes poumons, attentive à ne pas la laisser se transformer en hoquet.

Je ne sais pas combien de temps a passé depuis qu'il a posé sa question. Ce pourrait tout aussi bien être une minute, cinq secondes ou une heure et demie. Le temps semble s'étirer et se contracter de manière étrange, alors que je lutte pour reprendre le contrôle de mes émotions.

— Oui, articulé-je.

Ma voix paraît presque normale, et je me force à continuer comme ça, tout en secouant légèrement la tête.

— Je suis... désolée. Je ne devrais pas rejeter ce fardeau sur vos épaules. Mais... j'ai si peur pour ma mère ! C'est dur de faire comme si tout allait bien, d'avoir des conversations normales alors qu'au fond de ma tête, je n'arrête pas de me dire qu'elle est en prison et qu'elle n'en ressortira peut-être jamais.

Ce n'est pas un mensonge. Ce n'est pas pour ça que je panique à cet instant, mais j'espère que la sincérité de mes mots l'empêchera de sentir que je cache quelque chose.

Et cela fonctionne peut-être, parce que le visage d'Alexander Hollowell s'adoucit et que la compréhension remplace l'inquiétude sur ses traits.

— Je me doute que ce doit être très difficile pour vous, Harlow. Je suis désolé.

Menteur !

Je repousse cette pensée, refusant de la laisser remonter à la surface assez longtemps pour qu'elle soit visible sur mon visage. Au lieu de ça, j'arbore une expression pleine d'espoir et incline la tête pour croiser son regard, en essayant de me souvenir de ce que je ressentais pour cet homme avant de comprendre qu'il était un meurtrier.

Quand je croyais qu'il serait mon salut.

— Merci, murmuré-je en me tordant les mains sur mes genoux. Ça fait du bien de l'entendre. Dans mon lycée, beaucoup sont partis du principe qu'elle était coupable dès qu'elle s'est fait arrêter. Ça a été affreux. Mais ça m'aide de savoir que certains ne croient pas qu'elle puisse être une meurtrière.

— Oui, répond-il d'un ton plein de compassion. Je n'en doute pas.

Jouant mon rôle de la fille qui est venue demander de l'aide le jour de Noël — celle qui n'a aucune idée de la vérité —, je me mords la lèvre et lui lance un regard plein d'espoir.

— Vous croyez vraiment pouvoir m'aider ?

Le juge Hollowell pousse un soupir, et quelque chose semble se détendre dans sa posture, alors que son froncement de sourcil inquiet s'adoucit. Plutôt que de rejoindre sa chaise, il s'assoit sur le large canapé angulaire à côté de moi, et se tourne un peu pour me faire face.

— Je ne pourrai pas interférer directement avec le procès ou influencer le juge de quelque manière que ce soit. Il existe des barrières légales et éthiques qui m'empêchent d'agir en ce sens. Le système a été élaboré pour s'assurer que tout le monde ait droit à un procès équitable quand il est accusé d'un crime, et je crois en ce système. Cependant…

Il secoue la tête et une expression agacée tord ses lèvres.

— Dans certaines situations, les personnes prises dans ce système sont trahies par des avocats incompétents, et je détesterais que ça arrive à votre mère.

Je hoche la tête de haut en bas, tout en crispant tous mes autres muscles. Je me tiens bien droite, me refrénant de reculer ou ne serait-ce que de me pencher en arrière. Tout mon corps n'a qu'une envie : fuir, m'éloigner de cet homme — mais si je m'enfuis, cela se terminera très mal.

Si je fuis, il me pourchassera.

— Je comprends, dis-je, ma voix douce et empressée presque méconnaissable.

J'ai l'air à la fois désespérée et reconnaissante.

— Si vous pouvez faire quoi que ce soit pour m'aider, aussi infime que ce soit, vous aurez toute ma gratitude. Et celle de ma mère aussi.

Il sourit et passe une main dans ses cheveux poivre et sel coiffés à la perfection.

— Je vais faire ce que je peux. Et si vous me disiez tout ce que vous savez à propos de la stratégie de défense de Scott Parsons ? Et on partira de là.

C'est la deuxième fois qu'il me demande ça. Ça me rend nerveuse, et je me demande s'il veut savoir ça pour une raison particulière. S'il essaie de me soutirer des informations à utiliser pour torpiller ma mère, pour renforcer le dossier contre elle. Pour s'assurer que son piège tienne.

Mais je ne peux pas refuser de lui répondre. Cela lui mettrait la puce à l'oreille.

Alors je me lèche les lèvres et ouvre la bouche.

Je parle lentement et d'un ton haché, m'efforçant de faire comme si je cherchais à me souvenir de tout ce que je sais de l'avocat commis d'office de ma mère et de sa stratégie. Mais mon esprit tourne dix fois plus vite que ma langue, alors que je pèse chacun de mes mots avant de le prononcer.

— Je n'étais pas présente aux rendez-vous de ma mère avec Scott. Alors tout ce que je sais de sa stratégie, c'est ce qu'elle m'en a dit.

Le juge Hollowell hoche la tête pour m'encourager et se penche un peu en avant.

— Pour être honnête, il ne semble pas vraiment avoir une stratégie, continué-je. Il a déjà l'air d'avoir assez de mal à se souvenir de tous les détails de son affaire. Et la preuve indirecte ne joue pas du tout en la faveur de ma mère. Elle n'était pas à la maison au moment où Iris a été tuée, d'après la police, et elle n'a aucun alibi.

Merde !

Je n'aurais pas dû dire ça.

Je me rapproche un peu trop de la vérité.

Ma mère était en rencard avec le juge Hollowell, le soir du meurtre d'Iris. Elle a donc un alibi pour la première partie de la soirée, tout comme l'homme assis à côté de moi. Mais elle n'a pu préciser où elle se trouvait dans le laps de temps où Iris a été heurtée par une voiture et tuée. Selon Scott Parsons, les caméras de surveillance de la circulation n'ont pas réussi à retracer ses déplacements de manière à prouver sa culpabilité ou son innocence.

Pareil pour le juge Hollowell.

Je pourrais tout aussi bien parler de *ses* déplacements, ce soir-là, plutôt que de ceux de ma mère.

Mais l'homme assis à côté de moi ne réagit pas à mes paroles. Il ne tressaille pas et ne montre aucun signe extérieur de gêne. Il se contente de hocher la tête d'un air songeur.

— Ce n'est pas l'idéal, bien sûr. Mais si la majeure partie des preuves contre elle sont indirectes, ça laisse la porte ouverte au doute dans l'esprit du jury. Et c'est une bonne chose. Quelles sont les preuves tangibles de la police ?

Tout mon corps se réchauffe, puis se glace. Je dois mobiliser tout le sang-froid dont je suis capable pour ne pas serrer les poings.

Pour ne pas en écraser un sur son visage.

Il sait. Il sait de quelles preuves ils disposent, il connaît leur carte maîtresse... parce que c'est lui qui a fait en sorte que des flics pourris la cachent sur place.

— Ils ont trouvé l'ADN d'Iris sur la voiture de ma mère, avoué-je d'une voix tendue. Du sang et des cheveux, je crois.

Mon estomac se noue alors que la forme sombre du corps d'Iris étendu sur la route apparaît devant mes yeux. Plongé dans l'ombre et anormalement immobile. Le genre d'immobilité que seule la mort peut apporter.

Quelqu'un a prélevé de petits morceaux d'elle et les a étalés sur la calandre de la Nissan cabossée de ma mère. C'est un tel manque de sensibilité, c'est si *injuste* que ça me donne envie de vomir. Iris méritait mieux que ça. Ma mère méritait mieux que ça.

Le juge Hollowell fronce les sourcils tout en passant une main sur sa mâchoire rasée de près.

— Ça, c'est… plus délicat. Ce genre de preuve ADN vérifiable est assez accablant, pour un jury.

Il laisse échapper un son entre ses dents, puis croise mon regard et plisse un peu les yeux.

— Avez-vous la moindre idée de la manière dont ça a pu se retrouver sur la voiture de votre mère ?

Mon estomac se glace et le froid irradie dans tout mon corps.

Merde ! Merde, merde ! Pourquoi il me demande ça ? Cherche-t-il à savoir si je sais ce qu'il a fait ? Si je sais que la preuve a été mise là à dessein ?

Je secoue la tête en m'efforçant de ne pas laisser voir l'aspect saccadé de ce mouvement, alors que tout mon corps tremble de nervosité.

— Non, je ne sais pas. Ça n'a aucun sens. Je veux dire, Iris et quelques autres *cheerleaders* ont mis des ordures dans la voiture de ma mère et ont peint les fenêtres à la bombe, quelques semaines après le début du semestre d'automne. Elle s'est peut-être égratignée, ou un truc comme ça.

L'expression du juge Hollowell se modifie légèrement alors que je parle ; les lignes autour de sa bouche se durcissent. Il n'était pas au courant de leur petite farce, réalisé-je. Et il n'aime pas ça.

Je ne saurais dire si c'est une bonne ou une mauvaise chose pour ma mère et moi.

Craint-il que ce soit utilisé pour invalider la preuve ADN ? S'il existe une autre explication possible à la présence de particules de la peau d'Iris sur la voiture de ma mère, cela pourrait compromettre une grosse partie des charges portées contre elle.

Bordel de merde ! Scott Parsons s'est-il penché là-dessus ? Je suis prête à parier jusqu'à mon dernier dollar que non.

— Je vois, acquiesce Hollowell, l'air songeur.

Puis son expression inquiète travaillée à la perfection réchauffe à nouveau ses yeux noisette.

— Mais c'est aussi une défense indirecte, malheureusement. Il est impossible de prouver quand ou comment l'ADN d'Iris s'est retrouvé sur la voiture de votre mère... nous savons juste qu'il y est. A-t-elle porté sa voiture au garage ?

Bon sang ! Je n'ai pas envie de lui dire quoi que ce soit.

J'ignore ce que je suis en train de faire. J'ai joué le jeu de cette conversation pour qu'il ne se rende pas compte que j'avais découvert qui il est, mais maintenant, je ne sais plus comment me tirer de là. Je n'étais pas prête pour ce jeu d'échecs insensé et mortel auquel nous sommes en train de jouer.

— Hum, oui, marmonné-je en baissant les yeux sur mes mains.

Mes doigts sont serrés si fort que mes jointures sont devenues blanches.

Le juge Hollowell émet un son venu du fond de sa gorge.

— Dans ce cas, il y a de fortes chances pour que l'ADN laissé par les filles ait été nettoyé par les produits utilisés par les mécaniciens pour retirer la peinture du pare-brise.

Il pose une main sur mon genou et je manque de bondir jusqu'au plafond. Quand je lève les yeux vers les siens, je lis de la compassion dans son regard.

— Je ne dis pas que ça n'a aucune valeur, mais j'essaie

juste de vous donner une idée réaliste de ce à quoi vous attendre.

— Bien sûr.

Je déglutis et hoche la tête, la gorge aussi sèche et râpeuse que du papier de verre.

— Et, Harlow...

Il hésite et pince les lèvres en une ligne fine, comme s'il hésitait à dire ce à quoi il pense. Puis il soupire et continue :

— Je sais que vous êtes persuadée de l'innocence de votre mère. C'est une bonne chose. J'en suis persuadé aussi. Mais c'est toujours comme ça, n'est-ce pas ? Les proches d'une personne qui craque et commet l'impensable sont toujours aussi pris au dépourvu que les autres.

Il m'étreint le genou, puis retire sa main alors que des fourmillements me recouvrent la peau.

— Je ne dis pas que vous devriez abandonner votre mère. Jamais je ne dirais ça. Elle a besoin de vous, et elle a de la chance de vous avoir de son côté. Mais... eh bien, on ne connaît pas toujours ceux qu'on aime aussi bien qu'on le croit, c'est tout.

Je crispe la mâchoire. Je n'essaie pas de dissimuler ma colère, parce que j'aurais été furieuse d'entendre ces paroles quelle que soit la situation, que je sache ce qu'il a fait ou pas. Si je joue un rôle, je suis parfaitement dans mon personnage quand je réponds :

— Ma mère n'est pas une meurtrière, juge Hollowell ! Et si c'est ce que vous croyez, alors, je n'aurais peut-être pas dû venir ici.

Il lève les mains en un geste apaisant et secoue la tête.

— Je suis désolé. Je ne voulais pas sous-entendre quoi que ce soit. Appelez ça un effort mal avisé pour m'assurer que vous ne finissiez pas blessée. Mais je n'avais aucun droit de parler comme ça.

— Ce n'est rien, marmonné-je.

Je m'autorise enfin à céder à mon besoin de fuir et m'écarte de lui sur le canapé.

Il semble comprendre qu'il a dépassé les bornes — c'est lui qui est sorti de son personnage. Il est si impatient de voir ma mère condamnée pour le meurtre qu'il a abandonné son rôle d'observateur neutre, mais compréhensif pour essayer de me pousser à croire qu'elle pourrait être coupable.

Mais il m'a offert l'ouverture dont j'avais besoin. Il sent que je suis agitée, et cette fois, j'ai une raison justifiée de l'être.

— Je… ferais mieux de partir, m'empressé-je de dire.

Je me lève et rassemble mes longs cheveux bruns sur une épaule. Je suis toujours en chaussettes, tout comme le juge, mais je suis prête à courir pieds nus dans la neige, si cela peut me permettre de quitter cet endroit tout de suite.

— Bien sûr, répond-il.

Il plaque ses mains sur ses genoux et se lève, sans faire le moindre geste pour m'arrêter.

— Je suis censée retrouver quelques amis, et je leur ai dit que je ne pourrais aller nulle part avant d'être passée vous voir, ajouté-je.

Je cherche à lui faire savoir subtilement que d'autres

personnes savent que je suis ici. En tout cas, j'espère avoir été subtile. Je n'arrive pas à décider si je parle trop fort ou pas assez. Tout mon corps me paraît engourdi.

— Dans ce cas, vous feriez mieux de partir avant qu'il recommence à neiger, remarque-t-il en jetant un coup d'œil vers la grande baie vitrée qui recouvre tout un mur de la pièce, et qui laisse voir le paysage immaculé dehors.

— Les routes vont devenir de moins en moins praticables, ajoute-t-il.

Je tourne les yeux vers lui, la panique nouant mon estomac à tel point que c'en est douloureux.

C'est une menace ? Bon sang, je n'en sais rien ! Il est trop doué dans son rôle, trop doué pour garder une expression parfaitement neutre et plaisante.

— Oui. Vous avez raison. Je ne suis pas habituée à voir autant de neige.

Je recule vers l'endroit où le salon ouvre sur un grand vestibule, me dirigeant vers la porte tout en essayant d'éviter de tourner le dos à l'homme qui me suit. Quand j'atteins le tapis sur lequel j'ai laissé mes chaussures, je me dépêche de les enfiler.

— Ne perdez pas la foi, Harlow, dit le juge Hollowell.

Il se tient devant moi, dans sa chemise, son pantalon et ses chaussettes, les bras croisés sur son torse alors qu'il m'observe.

— Ce qu'a trouvé la police sur la voiture de votre mère est une preuve assez accablante, mais dites-lui de conseiller à Scott Parsons de se concentrer sur sa personnalité. Je suppose qu'elle n'a aucun casier judiciaire ou antécédent de violence, et elle est le genre de personne que le jury a envie de croire innocente. Un bon avocat est capable de les aiguiller dans cette direction.

Je lève les yeux vers lui tout en tirant sur le bout de mes lacets si fort que je les arrache presque.

— Je le lui dirai.

— Bien. Son avocat commis d'office n'a pas la finesse d'autres avocats, mais s'il parvient à trouver des témoins de moralité fiables et éloquents, ça l'aidera aussi. Même avec la preuve ADN à sa décharge, il est tout à fait possible qu'elle soit condamnée pour une accusation moindre, comme homicide involontaire.

Il a parlé d'un ton doux et aimable, calme et rassurant — et je réalise que si je n'avais pas rassemblé les pièces du puzzle, je me sentirais mieux, à cet instant. J'aurais l'impression d'avoir au moins une stratégie, quelque chose à dire à ma mère pour l'aider à se battre.

Mais au lieu de l'espoir, c'est la colère qui brûle comme un brasier au creux de mon âme.

Qu'il aille se faire foutre, avec sa belle maison moderne et ses trophées d'animaux morts ! Au diable ses mensonges et ses manipulations !

Qu'il aille se faire foutre pour avoir ôté une vie et en avoir gâché une autre !

Mes mains se mettent à trembler si fort que j'arrive à peine à nouer mon dernier lacet, et le juge Hollowell s'avance à nouveau vers moi quand je me redresse.

— Vous êtes sûre que ça va, Harlow ?

Je prends une inspiration lente, forçant mes muscles crispés à se détendre. Puis je lève les yeux vers lui et mets tout ce que j'ai dans le mensonge que je suis sur le point de prononcer.

— Ça va mieux, maintenant. Merci.

Un petit sourire étire ses lèvres, et il hoche la tête d'un air satisfait.

— Bien. Je suis content d'avoir pu vous aider.

2

L'air froid me fouette le visage comme une gifle quand je sors. Je prends une brusque inspiration, sous le choc, et jette un regard au juge Hollowell, derrière moi, tout en m'empressant de descendre l'allée couverte de neige en direction de la voiture de River.

J'avais gratté la neige après mon départ du centre correctionnel de Fox Hill, mais des flocons se sont à nouveau accumulés dessus pendant que j'étais dans la maison d'Hollowell. Honnêtement, je ne saurais dire combien de temps j'y ai passé. Ça m'a semblé durer des heures, mais ça n'a pas pu s'éterniser aussi longtemps.

Mes mains tremblent alors que je gratte la voiture aussi vite que je peux, et dès que le pare-brise et les autres fenêtres sont assez dégagés pour que je voie au travers, je jette le racloir sur le siège arrière et me glisse derrière le volant.

Ce n'est qu'à ce moment-là que je m'autorise à jeter un autre regard vers la maison.

La porte d'entrée est fermée, mais quand mes yeux dérivent vers le salon, je vois le juge Hollowell debout près de l'une des larges fenêtres. Il a les mains dans les poches et sa posture est détendue, mais l'angle auquel la lumière le frappe lui donne une silhouette sévère. Je n'arrive pas à voir son expression.

Je sais juste qu'il m'observe.

Mes mains tremblent quand je les serre autour du volant, avant de tourner dans l'allée étroite en cercle pour retourner vers la rue. J'entends la neige craquer et crisser sous mes pneus, et j'allume les essuie-glaces à la vitesse maximale pour balayer les gros flocons avant même qu'ils aient pu atterrir.

Quand j'atteins le bout du quartier, je me remets à respirer un peu plus facilement. Je sors mon téléphone de ma poche et entre l'adresse de River, avant de suivre les directions du GPS.

Je dois expliquer ce qu'il s'est passé aux garçons.

Je sais que je ne devrais pas envoyer de messages en conduisant, mais je ne suis pas sûre que River réussisse à m'entendre correctement si je l'appelle. Et pour être honnête, je ne pense pas que ce soit une bonne idée de noter quoi que ce soit concernant le juge Hollowell par écrit. C'est trop risqué.

Je suis sur le point de faire défiler mes contacts pour essayer d'appeler l'un des autres rois quand quelque chose attire mon attention.

Un point noir dans le déluge de blanc.

Je jette mon téléphone sur le siège et rive mon regard au rétroviseur, plissant les yeux pour voir à travers la neige qui tombe. L'éclat noir réapparaît, et tout mon corps se crispe de peur.

C'est une voiture sombre qui remonte lentement la route derrière moi. Elle est assez loin pour m'empêcher de discerner le moindre détail à son sujet, et je ne vois pas le visage du conducteur à travers la neige. Je distingue déjà à peine la voiture, et elle semble avancer au même rythme lent que moi... presque comme si la personne derrière le volant gardait ses distances dans un effort pour que je ne la remarque pas.

Oh, merde ! C'est pour ça qu'il attendait.

Voilà pourquoi le juge Hollowell m'a donné des conseils juridiques gratuits, m'a souri si calmement et m'a laissé quitter sa maison en un seul morceau.

Parce qu'il sait exactement comment tuer quelqu'un sans se salir les mains.

Mon pouls palpite à mes tempes et mon pied appuie plus fort sur la pédale d'accélérateur, faisant déraper les roues sur la neige mouillée et glissante, jusqu'à ce qu'elles retrouvent l'équilibre et que la voiture bondisse en avant. Je sursaute sur le siège et mes jointures deviennent blanches alors que je regarde à nouveau dans le rétroviseur.

La voiture est toujours là.

Je roule vite, sans doute plus vite que je ne devrais. Je n'ai jamais conduit sous la neige jusqu'alors, mais je sens déjà à quel point c'est différent des routes sèches et rassurantes de Bayard. C'est comme essayer de courir sur le sable, alors que le sol est meuble et se dérobe sans cesse sous moi, refusant de me fournir assez de solidité pour être vraiment stable.

Avec ce genre de météo, il est dangereux d'aller trop vite. Mais je le fais quand même, et la voiture derrière moi fait la même chose.

— Merde ! Merde ! Seigneur, bordel de merde !

Mes jurons murmurés recouvrent les fenêtres de buée, et je décolle à peine le pied de la pédale en prenant un large virage vers une rue transversale. La voix calme du GPS commence à me proposer de nouvelles directions alors qu'elle se reprogramme sur ma route actuelle, mais je l'écoute à peine. Je prends une brusque inspiration et roule aussi vite que j'ose le faire dans la petite rue, dans l'espoir que la voiture derrière moi m'ait perdue de vue dans la neige et ne m'ait pas vue prendre ce virage abrupt.

Pendant plusieurs longues secondes, je ne vois plus rien derrière moi.

Puis le véhicule réapparaît en dérapant.

— Bordel de merde !

Je cogne du poing sur le volant et appuie plus fort sur l'accélérateur tout en négociant un virage qui fait partir l'arrière de la voiture en queue de poisson sur la route glissante.

Qu'est-ce que je fais, putain ? Je me gare, sors de la voiture et fuis ? Je ferais une cible facile, tout autant que l'était Iris sur cette rue sombre et désolée. Rien d'autre qu'une cinquantaine de kilos de peau, d'os et de muscles fragiles contre plusieurs tonnes d'acier et de verre.

Je n'ose pas quitter la sécurité de la voiture, mais à l'intérieur, je me sens piégée sur des montagnes russes, sans aucune issue. Quand je jette un œil derrière moi, la voiture noire s'est rapprochée. Elle n'a pas allumé ses phares, et même si je ne peux déterminer sa marque, il est clair qu'elle a globalement la même forme que celle qui a tué Iris. Une berline quatre portes, épurée et robuste.

J'éteins mes phares à mon tour et accélère à nouveau. Le moteur gronde alors que les roues patinent et tournent. La voiture derrière moi garde le rythme, et quand je repère une autre intersection devant moi, je tourne sans mettre mon clignotant.

Mais cette fois, je vais trop vite.

L'arrière de la voiture pivote, poussé vers l'extérieur par mon élan, et la neige glissante au sol ne fait rien pour l'arrêter.

J'enfonce la pédale de frein avant de me souvenir que ce n'est pas ce qu'on est censé faire quand il y a du verglas.

Une microseconde plus tard, je découvre pourquoi.

Les freins se bloquent et la voiture se met à tourner, tourbillonnant comme une toupie sur une table. Tout autour de moi n'est plus qu'un brouillard de blanc et de gris, et je me raccroche au volant comme si cela pouvait me sauver.

Puis j'entends un craquement métallique assourdissant et mon corps est brutalement propulsé de côté. La ceinture s'enfonce dans ma poitrine et se resserre soudain, puis ma tête heurte la portière du conducteur.

L'espace d'une seconde, les ténèbres envahissent ma vision.

Puis le monde entier se fige.

Tout est calme.

Un grognement bas rompt le silence, et il me faut une seconde pour réaliser qu'il vient de moi. Je cligne des yeux, forçant les ténèbres qui rampent à la périphérie de ma conscience à se retirer. Ma tête me fait un mal de chien, et après avoir repoussé la nausée et pris une profonde inspiration, je tends une main pour toucher ma tempe. Elle tremble sous l'effet du choc et de l'adrénaline.

Une petite tache de sang macule mes doigts, mais pas grand-chose. Et je ne pense pas avoir quoi que ce soit de cassé.

Avec des mouvements prudents, je jette un œil derrière moi. La moitié arrière de la voiture a heurté un lampadaire du côté conducteur, et le véhicule est désormais en partie enroulé autour du gros poteau en métal. La collision s'est faite presque exactement au milieu de la voiture, déformant les deux portières de ce côté.

Un fort son de tapotement me fait sursauter, et la douleur dans ma tête explose comme une bombe. Quand je lève les yeux, je découvre un homme âgé, debout devant le côté passager de la voiture. Ses traits burinés sont horrifiés.

— Mademoiselle ! Vous allez bien ? demande-t-il à travers la vitre.

Je cligne des yeux. Puis je tords mon cou raidi pour regarder par la fenêtre. Une berline noire est garée près de la mienne. La portière du conducteur est ouverte et les feux de détresse clignotent en rythme.

C'est la voiture qui était derrière moi.

C'était cet homme qui la conduisait, et pas le juge Hollowell.

Un sanglot étranglé s'échappe de ma gorge, et le vieil homme penche la tête pour m'observer par la fenêtre, avant d'ouvrir la portière côté passager.

— Mademoiselle, ça va ? Vous êtes blessée ? Vous avez besoin d'aide ?

Mon corps est en train d'entrer en état de choc, je crois. Je connais ce sentiment mieux que je ne devrais, maintenant.

J'aimerais tellement que Dax et Chase soient là, que leurs corps chauds et fermes enveloppent le mien et qu'ils me maintiennent contre eux tout en murmurant à mon oreille ! Au lieu de ça, je ne ressens qu'un accès de froid alors que de petites volutes de neige entrent dans la voiture.

— Oui, croassé-je en serrant mes bras contre moi. Je... vais bien.

— Vous voulez que j'appelle le 911 ? Une ambulance ? Vous pouvez sortir ? Vous pouvez bouger ?

Il me pose trop de questions. Je n'arrive pas à toutes les enregistrer. Je secoue légèrement la tête.

— Pas d'ambulance. Où est mon téléphone ?

Il fronce les sourcils et fouille la voiture des yeux. Puis il ramasse mon téléphone sur le plancher de la voiture, près du siège passager, et le lève d'un air triomphant avant de me le tendre.

Mes doigts tremblent et ma vision se brouille de larmes alors que je tape le message.

MOI : J'ai eu un accident de voiture. Je vais bien. Mais je ne peux plus conduire. Je suis tellement désolée !

River doit avoir son téléphone sur lui, parce qu'il me répond presque aussitôt.

RIVER : Où es-tu ?

Je sens presque sa crainte pour moi irradier de l'écran, comme si ces trois mots contenaient une âme entière de sentiments.

Je lève les yeux sur l'homme qui plane toujours devant la portière passager.

— Dans quelle rue sommes-nous ? demandé-je.

Il sort vivement la tête de la voiture et recule pour regarder autour de lui. Je remarque une plaque de rue à mi-chemin de la route, mais il neige trop pour que j'arrive à la lire. Il s'en approche à grands pas, et avant qu'il soit revenu, je reçois un nouveau message de River.

RIVER : Low ? Tu es là ?

Les larmes qui me piquent les yeux coulent sur mes joues alors qu'une émotion à la fois réconfortante et douloureuse m'emplit la poitrine.

MOI : Oui. Je suis toujours là. Un type s'est arrêté pour voir si j'allais bien, il est en train de regarder où on est.

Une demi-seconde plus tard, le vieil homme en question passe à nouveau la tête dans la voiture.

— Nous sommes dans Monroe Avenue. Vous venez de quitter la rue Wilson.

MOI : Au coin de Monroe et Wilson.

RIVER : Je viens te chercher.

Une sensation douloureuse me comprime à nouveau le cœur, et je secoue la tête, avant de pianoter rapidement des deux pouces.

MOI : Tu ne peux pas. C'est moi qui ai ta voiture.

RIVER : Je vais prendre celle de mon père.

Je me mordille la lèvre. Ce n'est pas une bonne idée, pour un tas de raisons. River Bettencourt ne conduit jamais, en temps normal. À cause de sa déficience auditive, il est dangereux pour lui de monter derrière le volant, vu qu'il ne peut entendre les klaxons, les sirènes ou d'autres indicateurs d'urgence de circulation.

Et la relation entre River et son père est déjà tendue. S'il prend la voiture de son père un après-midi de Noël enneigé parce que la fille qu'il partage avec trois autres garçons a accidenté la sienne, cela ne fera que donner une raison de plus à son père de lui en vouloir.

Mais je suis certaine qu'il serait prêt à sauter dans la première voiture qu'il trouverait, à cet instant, et qu'il roulerait dans la neige aussi imprudemment qu'il le faut pour me rejoindre.

Sans réfléchir.

Sans hésiter.

Mais je ne peux pas le laisser faire ça.

MOI : Non. Ça va aller.

RIVER : Hors de question. Je suis en chemin.

MOI : River, non. S'il te plaît. Non.

Je n'énumère pas les raisons pour lesquelles je ne veux pas qu'il fasse ça, mais je suis sûre qu'il les connaît. Sa réponse arrive moins vite, cette fois, et quand un nouveau message apparaît sur l'écran, je pourrais jurer sentir la douleur et la frustration qui l'accompagnent.

RIVER : Bon Dieu !

RIVER : Très bien. J'envoie Dax et Chase, ils sont les plus proches de toi. Tu es en sécurité ?

Je ne sais que répondre à ça sans mentionner le nom

du juge Hollowell, alors je lui réponds la seule chose que je peux dire sans mentir.

MOI : Je ne suis pas blessée. Je me suis cogné la tête, mais ce n'est pas très grave. Ta voiture est dans un sale état, par contre. Je suis vraiment désolée.

RIVER : Je me fiche de ça, Low.

Il y a une courte pause, puis un autre message apparaît.

RIVER : Dax et Chase sont en chemin.

J'entends presque sa voix grave dans ma tête alors que je lis le message, je sens presque son odeur réconfortante de mousse d'arbre, et je vois presque le gris envoûtant de ses yeux. Je serre mon téléphone comme une bouée, et ce n'est qu'à ce moment-là que je réalise que j'ai arrêté de trembler.

Pendant que j'échangeais des messages avec River, l'adrénaline et la nervosité qui bourdonnaient dans mon organisme se sont un peu apaisées, ne laissant derrière elles qu'une sensation de faiblesse et de nausée, mais j'ai les idées plus claires. Il a cet effet sur moi, même de loin.

MOI : Merci.

RIVER : Je déteste ça.

MOI : Je t'aime.

Mon pouce plane au-dessus du bouton d'envoi pendant plusieurs secondes alors que je fixe les mots sur l'écran, une décharge de stupéfaction me parcourant. Je les ai écrits sans même réfléchir, une réaction honnête à la douleur et au regret que transmettait son message, mais alors que je regarde ces mots sans ciller, une certitude emplit mon âme.

Oh ! Merde !

C'est la vérité.

Je n'ai jamais voulu que ça arrive, et je ne sais pas comment ça a pu se produire de manière aussi soudaine et absolue, mais je suis tombée amoureuse de ces quatre garçons qui ont saccagé ma vie, l'ont réduite en miettes, puis ont consacré leur existence à m'aider à la reconstruire.

J'aime River pour sa douceur et sa force, son intelligence et sa capacité à lire en moi comme dans un livre ouvert, toujours.

Mais je ne peux pas lui dire ça maintenant. Pas par SMS, et pas alors que tout est si détraqué. Pas alors qu'une douleur pulse dans ma tête et que j'ai l'impression d'être à deux doigts de vomir.

Pas tant que je ne me serai pas autorisée à croire que ce qu'il y a entre nous tous est réel.

Mon pouce se déplace vers la touche « effacer » et je supprime le message, avant d'en taper un nouveau.

MOI : Je sais. Moi aussi. Mais merci quand même.

— Est-ce que quelqu'un va venir vous chercher, mademoiselle ? Vous avez besoin d'une remorqueuse ?

Le vieil homme se tient toujours devant ma portière ouverte. Il a relevé son col pour se protéger du vent, et une fine pellicule de neige recouvre son bonnet. Elle est assortie à la couleur des cheveux qui dépassent de sous la laine sombre.

Je le regarde, enfin capable d'étudier son apparence, maintenant que j'ai l'esprit un peu moins embrouillé.

— Quelqu'un arrive, dis-je. Merci de vous être

arrêté, mais ça va aller, maintenant. Je vais appeler une remorqueuse et attendre.

Il étrécit les yeux, et tout son visage se plisse. Ses rides sont profondes et ses joues sont rougies par le froid.

— Eh bien, je me sens mal à l'aise à l'idée de vous laisser là. Vous savez quoi ? Je vais attendre avec vous jusqu'à ce qu'ils arrivent, d'accord ?

Je suis à deux doigts de refuser et d'affirmer que je n'ai pas besoin d'un *baby-sitter,* mais c'est alors que je me souviens pourquoi j'ai foncé dans un lampadaire. Je ne crois pas que le juge Hollowell m'ait suivie, mais juste au cas où, avoir un témoin à mes côtés pourrait me sauver la vie.

— D'accord. Merci.

J'essaie d'esquisser un sourire, mais il est tremblant et inégal. J'essuie les larmes sur mes joues et tamponne le sang qui a coulé sur le côté de mon visage. L'entaille est peu profonde et le fluide a déjà commencé à coaguler, mais l'ecchymose palpite en rythme avec les battements de mon cœur et forme une vilaine bosse.

— Aucun problème, mademoiselle. C'était un sacré accident ! Je suis content que vous alliez bien.

Je hoche la tête et baisse à nouveau les yeux sur mon téléphone. J'ai reçu quelques messages supplémentaires de la part de River, Chase et Dax m'en ont envoyé un chacun et Linc plusieurs. L'émotion me comprime la gorge et je dois faire un effort pour faire sortir les mots :

— Merci. Vous pouvez monter, si vous voulez.

— Oh ! s'exclame-t-il avec un sursaut de surprise.

Bien sûr. Je suis en train de laisser entrer l'air froid comme un idiot.

Il se glisse sur le siège passager. La portière de son côté fonctionne très bien, mais quelque chose me dit qu'aucune de celles de mon côté ne s'ouvrira comme elle le devrait. Alors qu'il s'installe sur le siège à côté de moi, je baisse les yeux sur mes messages.

Chase et Dax me disent tous les deux qu'ils sont en chemin. River me dit la même chose, ajoutant qu'ils devraient arriver dans environ vingt minutes. Le ton des messages de Linc est brusque, presque furieux, et je sais que les quatre garçons s'en veulent de m'avoir laissée aller à la prison toute seule.

Mais je ne suis pas une fichue princesse en haut d'une tour. Ils ne peuvent pas veiller sur moi tout le temps.

Ça ne m'empêche pas de les aimer pour leur détermination à essayer.

Le vieil homme, qui s'avère s'appeler Walt, parle parfois d'une voix douce, pour faire une remarque sur le temps alors que les chutes de neige commencent à se calmer. Mais il ne me pousse jamais à parler, et je lui en suis reconnaissante. Je n'ai pas l'énergie ou la capacité émotionnelle de faire la conversation avec un étranger, à cet instant.

L'horloge sur le tableau de bord fonctionne toujours, et je regarde les chiffres changer un par un, en partant de quinze heures vingt-quatre. Alors qu'il est presque quinze heures cinquante, j'aperçois du mouvement dans le rétroviseur. Une voiture s'engage dans Monroe

Avenue et je me redresse sur mon siège, mon souffle se bloquant dans ma gorge.

Alors que le véhicule se rapproche, j'entrevois le garçon au volant et celui assis à côté de lui sur le siège passager. Des cheveux bruns cuivrés et des traits si similaires qu'ils sont presque identiques attirent mon regard, et quelque chose se relâche dans ma poitrine, ma tension s'envolant enfin.

Dax et Chase.

Ils sont là.

3

Je cherche la poignée de la portière, avant de réaliser que j'avais raison, tout à l'heure : elle ne s'ouvrira pas. Elle n'est pas terriblement amochée, mais le métal est assez plié pour la bloquer.

— Ah, vous avez un petit problème ! Ce n'est rien.

Walt émet un claquement de langue et ouvre la sienne, avant de se hisser hors de la voiture. Il n'est pas très grand, mais ses articulations ne fonctionnent sûrement plus aussi bien qu'autrefois.

Une fois dehors, il se tourne à nouveau face à moi et me tend la main.

— Venez. Par ici.

Je retire mes jambes de sous le volant et rampe par-dessus le levier de vitesse, réfrénant une légère vague de tournis. La voiture est dans un pire état que moi, mais ça ne veut pas dire que je me sente en pleine forme. J'aurai des courbatures partout demain.

Walt passe un bras autour de moi et m'aide à me remettre sur mes pieds alors que j'escalade maladroitement le siège pour sortir de la voiture. Deux coups sourds résonnent dans la rue calme et dont les sons sont étouffés par la neige, alors que les jumeaux claquent leurs portières. Puis la voix de Dax rompt le silence.

— Eh !

Il y a une note vaguement menaçante dans le ton de sa voix, et il est clair que je ne suis pas la seule à l'entendre, parce que Walt rougit et recule sans cesser de me soutenir. Une fois sûr que je ne vais pas tomber, il me lâche.

Quelques secondes plus tard, Dax et Chase nous atteignent et je suis attirée contre eux, enveloppée dans deux paires de bras forts. Des lèvres m'effleurent les cheveux et ils me serrent si fort que j'en ai du mal à respirer.

— Seigneur, Low ! Que s'est-il passé, putain ? marmonne Dax.

Son souffle est brûlant sur ma peau froide.

— Eh bien, je… je vois que vous êtes en de bonnes mains, maintenant, mademoiselle.

Je jette un œil par-dessus l'épaule de Chase et vois Walt en train de nous observer avec une expression perplexe. Il essaie sûrement de déterminer avec lequel de ces garçons je sors, ou si nous ne sommes qu'amis, tous les trois, à moins qu'ils soient mes frères… même si nous ne nous ressemblons pas du tout.

Malgré son regard curieux, je n'ai pas l'impression que cela vaille la peine de lui expliquer quoi que ce soit. Il est d'une génération probablement incapable de comprendre ou d'être ouverte au genre de relation en train de se développer entre les rois de Linwood Academy et moi. Je la comprends à peine moi-même, et je n'ai pas envie de justifier constamment mes choix auprès d'étrangers.

— Oui, acquiescé-je en faisant un signe de tête à l'homme âgé.

Les jumeaux relâchent leur étreinte et se tournent tous deux face à lui, l'air renfrogné et assez menaçant.

— Merci de vous être arrêté pour vous assurer que j'allais bien. Et d'avoir attendu avec moi.

— Avec plaisir. Prenez soin de vous, maintenant. Euh...

Il fait un geste vague vers son front, puis le mien.

— Vous feriez sûrement mieux de faire examiner ça. Juste par précaution. Les blessures à la tête ne sont pas à prendre à la légère.

Je sens Dax et Chase tourner la tête pour étudier l'entaille et l'ecchymose grandissant sur mon front. Dax fait un pas en avant et serre la main de Walt. Son expression est un peu moins menaçante, cette fois.

— Merci.

Le vieil homme murmure qu'il est inutile de le remercier, puis il hoche la tête et repart vers sa voiture, jetant un dernier regard par-dessus son épaule avant de partir. Alors qu'il s'éloigne lentement, les jumeaux se tournent tous deux vers moi et m'attirent à nouveau contre eux, une lueur d'inquiétude brûlant dans leurs yeux bleu-vert.

— Merde ! souffle Chase.

Il lève une main pour effleurer des doigts le renflement de mon bleu.

— Tu n'aurais pas dû rouler par ce temps. C'est un vrai merdier, là dehors.

— Ce n'est pas ce qui a causé l'accident.

Je secoue la tête, l'impression d'être une visiteuse dans le corps de quelqu'un d'autre, dans la vie de quelqu'un d'autre. Tous ces problèmes qui s'accumulent autour de moi comme des congères le long de la route, c'est surréaliste. C'est trop, putain !

Et dire que ce matin encore, je rendais visite à ma mère en prison pour qu'on puisse passer un peu de temps ensemble pour Noël !

Ça me semble être arrivé il y a une éternité.

— Que veux-tu dire ? demande Dax en fronçant les sourcils.

Son visage d'habitude enjoué est assombri par l'inquiétude.

— Je suis allée voir le juge Hollowell après avoir quitté ma mère.

— Ah Oui ?

Ses yeux — un peu plus verts que ceux de son frère — s'illuminent d'espoir.

— Qu'a-t-il dit ? Il peut t'aider ? Aider ta mère ?

— Non.

Mon estomac remonte dans ma gorge comme si j'étais sur des montagnes russes, et ma voix est râpeuse quand j'ajoute :

— C'est lui qui a tué Iris.

— *Quoi ?*

Je peux sentir la stupéfaction irradier de Chase, et j'espère vraiment m'être mieux maîtrisée que lui quand j'ai fait cette découverte. Si mon visage ressemblait un tant soit peu au sien, le juge Hollowell sait sans le moindre doute que je l'ai démasqué.

— Tu es sûre ? Comment tu le sais ? demande Dax.

Il secoue la tête, pas tant par déni que pour essayer de s'éclaircir les idées. De faire de la place pour cette nouvelle information démente.

— J'en suis sûre.

Je leur raconte tout, en commençant par la révélation de ma mère, ce matin, au sujet de Scott Parsons et du raté monumental qu'il est, et en terminant par le moment où j'ai encastré la voiture de River dans un lampadaire. Quand je termine, ils restent tous deux silencieux un moment. Ils ont à nouveau passé leurs bras autour de moi pendant que je parlais, m'enveloppant entre eux et me réchauffant de leur chaleur corporelle.

— Bordel de merde ! finit par souffler Chase. Ça fait sens. Ça fait tellement sens, putain ! Mais j'ai du mal à le croire. Qu'est-ce que c'est que ces conneries ?

Avant que j'aie pu répondre, la remorqueuse que j'ai appelée pendant que j'attendais qu'ils arrivent tourne au coin de la rue. J'ai trouvé le reçu d'un mécanicien dans la boîte à gants et je lui ai demandé de venir ici.

Nous ne parlons pas alors que nous attendons que le type accroche la voiture amochée à son camion pour l'emporter avec lui, mais je sens que Dax et Chase essaient encore de digérer ce que je leur ai dit.

Quand il ne reste plus que du verre brisé et des morceaux de phare explosé sur le lieu de l'accident, nous nous entassons tous dans la voiture de Dax. Chase me laisse la place à l'avant et s'assoit au milieu de la banquette arrière pour pouvoir passer sa tête entre les deux sièges.

— On doit parler de tout ça à Linc et River, marmonne-t-il en se mordant la lèvre.

— Pas par SMS. On ne dit rien par écrit.

Je tourne la tête vers lui trop vite, et ma tête palpite à ce mouvement brusque.

— Bien sûr, acquiesce-t-il. Je vais leur dire de nous rejoindre chez nous. Quand on t'aura amenée aux urgences.

— Quoi ? Non, je n'ai pas besoin...

— Bien sûr que si ! Tu saignes à la tête, Low. Tu viens d'avoir un accident. Je me fiche que tu aies découvert qu'Iris a été tuée par le lapin de Pâques, tu vas te faire examiner avant qu'on fasse quoi que ce soit d'autre.

Je bafouille et regarde Dax pour voir s'il va me soutenir — mais l'expression de son visage me laisse entendre que je n'ai rien à attendre de ce côté-là. Je ne suis encore jamais allée chez les Lauder, mais quand il met son clignotant et tourne à gauche dans une rue récemment déneigée, je suis certaine qu'il ne va pas m'emmener chez eux tout de suite.

Décidant que cela ne vaut pas la peine de protester, je me laisse aller contre l'appui-tête et ferme les yeux.

— Il a piégé ma mère, marmonné-je. Il veut qu'elle aille en prison, peut-être pour le restant de ses jours, pour pouvoir s'en tirer après avoir assassiné l'adolescente qu'il avait mise enceinte.

— Ce n'est pas terminé, Low, dit la voix grave de Dax près de mon oreille, emplissant tous mes sens et bloquant tout le reste. On ne va pas le laisser s'en tirer comme ça. On trouvera un moyen de l'arrêter.

— D'après ce que tu as dit, il ne semble pas s'être rendu compte que tu avais fait le lien entre l'homme masqué et lui. Bon sang, il ne sait peut-être même pas que tu as vu quelque chose, vu qu'il n'a pas entendu ce que tu as dit à Dunagan le soir de l'arrestation de ta mère ! ajoute Chase.

— Peut-être.

Mes pensées se remettent à tourbillonner dans ma tête, et je cligne des yeux alors que le monde que je tentais de refouler me heurte à nouveau de plein fouet. Je ne pourrai jamais le maintenir très longtemps à l'écart, quoi que je fasse.

Un lourd silence s'abat entre nous trois, et il s'étire jusqu'à ce que nous arrivions à l'hôpital. Il y a tant à dire, mais quelque chose me laisse entendre que nous attendons tous d'avoir rejoint les deux autres garçons. Nous devons être tous ensemble pour ça.

Et puis, je n'ai aucune idée de ce que je pourrais dire. Je suis de tout cœur avec Dax. On ne peut pas laisser le juge Hollowell s'en tirer comme ça.

Mais comment allons-nous pouvoir l'arrêter ?

Je n'en ai pas la moindre idée.

Nous ne restons pas longtemps dans la salle d'attente des urgences, et au bout d'environ quinze minutes, nous sommes invités à entrer dans une pièce. Un homme qui se présente en tant que le docteur Liley entre et m'examine. Il me pose des questions sur l'accident tout en me mettant une lumière dans les yeux et en testant mes réflexes.

Il lance aux jumeaux — qui ont insisté pour entrer avec moi, se sont placés de chaque côté de moi et me tiennent la main — le même regard que Walt leur a adressé, comme s'il tentait de déterminer ce qu'il y avait entre nous trois.

Seigneur ! Je me demande quel regard il nous lancerait si les quatre garçons étaient là.

Après avoir délivré son diagnostic, nettoyé l'entaille sur mon front et examiné mon ecchymose, le docteur Liley fait un pas en arrière.

— Tout a l'air d'aller, Harlow. Cette ecchymose va mettre quelques jours à désenfler, et vous souffrez d'un très léger traumatisme cervical. Pas besoin d'attelle, selon moi. Faites attention à ne pas faire trop d'efforts dans les prochaines semaines, et ne mettez pas trop de pression dessus. Vous pouvez prendre un Advil pour la douleur.

Le soulagement m'envahit. Je peux supporter d'avoir un peu mal. Je suis passée maître s'agissant de gérer l'inconfort pendant mes traitements contre le cancer, qui me mettaient souvent dans un état lamentable.

Ce que je ne supporterais pas, c'est de ralentir. Il y a trop à faire, trop à décider. Je ne peux pas me permettre de perdre du temps.

— Merci.

Je m'apprête à descendre de la table, mais Dax et Chase resserrent tous deux leur étreinte sur moi, refusant de me laisser partir tout de suite.

— C'est tout ? l'interroge Chase. Juste de l'Advil ? Il n'y a rien d'autre qu'on devrait faire ? Ou *l'empêcher* de faire ?

Le docteur Liley étire le coin des lèvres, comme s'il trouvait assez amusant que ces garçons pensent pouvoir m'empêcher de faire quoi que ce soit si je suis décidée à le faire.

Et pour être honnête, c'est effectivement assez amusant.

— Assurez-vous juste qu'elle ne joue à aucun sport de contact pendant quelques semaines. Et prenez garde au moindre changement d'humeur, de comportement ou de rythme de sommeil. Comme je l'ai dit, tout m'a l'air d'aller bien, mais ces symptômes pourraient indiquer un traumatisme crânien plus grave, et nous devrions y remédier au plus vite.

— Compris, doc, répond Chase.

Il exerce une petite pression sur ma main et m'aide à descendre de la table. Puis il passe un bras autour de moi, et ses yeux bleu-vert pétillent d'amusement, même si cela ne dissimule pas totalement l'inquiétude qui rôde dans leurs profondeurs claires.

— Tu as entendu ça, Low ? Plus de rugby pour toi.

Je lève les yeux au ciel et lui donne un coup de coude dans les côtes. Dax passe un bras autour de mes épaules quand son frère me relâche. Le docteur nous observe toujours avec curiosité quand les garçons m'escortent hors de la pièce, mais j'ignore son regard. Je suppose que je vais devoir m'habituer à ce genre de réaction, si cette histoire entre les rois et moi devient réelle.

Notre relation semble rendre les gens confus et curieux, et je ne sais pas vraiment comment réagir à ça. Que devrais-je leur dire ?

Que devrai-je dire à ma mère ?

À cette pensée, une douleur soudaine me tord le cœur. À une époque, je lui disais tout, mais cela a pris fin le soir de la mort d'Iris. Maintenant que ma mère est en prison, nos discussions ne sont plus les mêmes, quel que soit le nombre de fois où je peux lui rendre visite. Il y a toujours des choses que je ne peux pas lui dire, et en plus de ça, il y a une liste grandissante de choses dont je ne sais pas comment lui dire.

Merde ! Un problème à la fois, Harlow. D'abord, fais-la sortir de là. Ensuite, tu pourras t'inquiéter au sujet de la conversation qui commencera par : « Maman, j'ai quatre petits amis. »

Par chance, j'ai encore une assurance grâce à l'ancien emploi de maman chez la famille Black, et quand je suis libérée de l'hôpital, nous nous glissons dans la voiture de Dax et retournons chez les jumeaux.

— Il était temps qu'on sorte, dit Chase en secouant la tête. Linc et River ont fait exploser mon téléphone. Ils sont en chemin.

— Oui, acquiescé-je en baissant les yeux sur mon téléphone. Pareil pour moi.

J'ai répondu à leurs messages aussi vite que je pouvais et je les ai tenus au courant d'où nous étions et de ce qu'il se passait, mais j'ai senti leur angoisse grandir peu à peu à chaque nouveau message.

Je sais ce que c'est. Ils ont besoin de me *voir* pour s'assurer que je vais vraiment bien. Rien d'autre ne les satisfera.

La neige a cessé de tomber, et les déneigeuses ont dû sortir en masse pendant qu'on était aux urgences, parce que les routes sont bien plus praticables. La couverture de flocons blancs qui recouvre les pelouses et les bâtiments est presque charmante, mais j'ai déjà décidé que je détestais l'hiver.

Il est presque dix-huit heures, et je tourne la tête vers Dax quand une pensée me traverse la tête.

— Tes parents n'étaient pas en colère que vous soyez partis le jour de Noël pour venir me chercher ?

Il renifle avec dédain, et cela ressemble presque à un rire, sans l'être tout à fait.

— Non. Ils n'en ont rien à foutre. On ne te l'a pas déjà dit ?

— Hum, oui.

Je frotte une main sur ma nuque pour masser les nœuds qui s'y sont formés après mon accident.

— Mais je ne savais pas que ça s'étendait aussi à ce genre d'événements.

— Ça s'étend à tout, pour ainsi dire, intervient Chase, et j'entends la dérision dans sa voix.

— Oui, papa a travaillé la moitié de la journée, explique Dax en s'engageant sur une longue allée. On s'est levés ce matin et on s'est échangé des cadeaux, puis on a ouvert ceux que l'assistant de papa avait achetés pour nous pendant que notre mère était au téléphone avec un client à l'étranger.

— Le seul moment où ils se soucient vraiment de ce qu'on fait, c'est quand ils invitent des amis. Surtout quand ces amis ont des enfants. Dans ce cas-là, ils nous font parader, nous exhibent et se vantent de je ne sais quel stupide trophée qu'on a pu gagner.

Je hausse les sourcils et cligne des yeux, surprise.

— Bordel ! C'est...

— C'est comme ça, répond Chase en haussant les épaules.

Il ouvre sa portière dès que Dax est entré dans le garage. Elle claque derrière lui, puis il ouvre la mienne et j'examine son visage alors qu'il m'aide à sortir de la voiture.

Ni lui ni Dax ne semblent particulièrement attristés par le fait que leurs parents ne paraissent pas beaucoup se soucier d'eux. Au lieu de ça, ils ont l'air de... ne pas s'en soucier. Ne rien éprouver à ce sujet. Comme si leurs espoirs n'avaient jamais été déçus, parce qu'ils avaient appris à ne jamais rien attendre de plus.

Je déteste ça.

Ça me donne envie de leur présenter ma mère, de la regarder les harceler de questions sur le genre de musique et de film qu'ils aiment et se moquer de cette capacité troublante qu'ils possèdent à communiquer sans prononcer un mot.

Cette image me donne mal au cœur pour une douzaine de raisons différentes, alors je la balaie de mon esprit tandis que les garçons me guident jusqu'à la maison.

Elle est grande, et encore plus ostentatoire que celle de Linc, qui est elle-même très luxueuse. Je ne sais même pas si cet endroit vaut plus cher que le manoir des Black, mais c'est surtout la façon dont il est décoré et aménagé qui renvoie une impression d'extrême opulence.

Les jumeaux ne semblent même pas s'en rendre compte, et entrent dans la maison comme si ce lieu n'avait rien de plus extravagant que la petite bicoque délabrée que je partageais autrefois avec ma mère. Dans le vestibule, une table en bois sombre et brillant se trouve sous un énorme miroir, et un grand vase rempli de fleurs fraîches est posé dessus.

Dax s'empare d'une note coincée sous le coin du vase et la lit rapidement, avant de la reposer sur la table.

— Maman et papa sont partis à une fête, dit-il en me jetant un regard. Je ne pense pas que tu aies à t'inquiéter de t'incruster dans nos célébrations de fin d'année. Aucune dinde de Noël ne cuit dans le four.

Avant que j'aie pu répondre quoi que ce soit, la porte par laquelle nous venons d'entrer s'ouvre à nouveau et Lincoln et River font irruption dans la maison. Aucun d'eux n'a l'air émerveillé par ce qui l'entoure. En fait, ils ne semblent rien remarquer d'autre que moi.

Les longues jambes de Linc réduisent la distance entre nous ; son visage est fermé et ses narines dilatées. Je m'attends à ce qu'il me heurte de plein fouet et me fasse perdre l'équilibre par la force de son étreinte, mais au lieu de ça, il ralentit en arrivant devant moi, prend mon visage entre ses mains et m'examine avec une expression sauvage dans ses yeux vifs et ambrés.

— Que s'est-il passé, putain ? lâche-t-il.

Il passe ses doigts sur chaque centimètre carré de mon visage, comme s'il essayait de lire ce qui m'était arrivé sur les contours de mes traits et le renflement grandissant de mon ecchymose.

— Que se passe-t-il, putain, Harlow ? Tu me dis que tu as eu un accident, mais tout le monde refuse de m'expliquer pourquoi...

Il resserre les doigts autour de mon visage, puis me

lâche et fait un pas en arrière en passant une main sur sa mâchoire, comme s'il avait peur de me faire souffrir s'il continuait à me toucher.

Je me fiche qu'il le fasse. Ma tête palpite encore sourdement et le contact de sa main sur ma peau contusionnée m'a fait mal, mais j'ai besoin qu'il me touche, plus que j'ai besoin d'éviter la douleur.

Je fais un pas en avant, enroule les bras autour de lui, et cela semble être le seul encouragement dont il avait besoin. Il resserre les siens autour de ma taille et me presse contre lui. Je sens son cœur battre avec force contre ma poitrine, et je suis épatée qu'il ait eu la retenue de ne pas faire irruption aux urgences pour exiger des réponses sur-le-champ.

Une main me caresse les cheveux, et quand je me tourne dans cette direction, je croise le regard gris de River. Ses yeux sont beaux et pleins d'émotions, exactement comme je les ai visualisés dans la voiture.

Il prend l'arrière de ma tête dans sa paume et m'embrasse, sans essayer de me tirer des bras de Linc. Ce dernier relâche un peu son étreinte pour me laisser me placer face à River, et l'espace d'un instant, je m'autorise à me perdre auprès d'eux deux.

C'est comme un soin, d'être avec eux, et je sais que je suis en train de pratiquer l'automédication, de bloquer toutes les mauvaises choses qui composent ma vie en me laissant aller à ce qui me fait me sentir bien. Mais j'en ai besoin. J'ai besoin des lèvres de River sur les miennes et des mains de Linc sur mes hanches, qui descendent sur le renflement de mes fesses.

Quand River finit par s'écarter de ma bouche, il

presse son front contre le mien et nous restons tous les trois dans cette position, serrés l'un contre l'autre, à respirer le même air.

— Je suis désolé de ne pas avoir pu venir te chercher, Low, murmure River.

La douleur et la culpabilité que j'entends dans sa voix me poussent à me dégager suffisamment de Linc pour tendre la main vers lui.

— Tu es venu, répliqué-je.

Je me penche en avant pour déposer un autre baiser sur ses lèvres, puis je m'écarte à nouveau pour qu'il puisse lire sur les miennes.

— Tu es là, en ce moment.

Dax et Chase sont près de nous et arborent une expression inhabituellement sérieuse, et quand les deux autres garçons s'écartent un peu de moi, les jumeaux nous guident tous vers un immense salon.

Chase disparaît une seconde et revient avec de l'Advil et un verre d'eau. J'avale le comprimé avec reconnaissance, et dès que j'écarte le verre de mes lèvres, le regard de Lincoln croise le mien.

— Harlow. Dis-nous ce qu'il se passe.

Et c'est ce que je fais.

Je raconte tout.

4

Chaque fois que je raconte cette histoire, il me devient un peu plus facile d'encaisser la vérité, comme si le fait de la répéter la gravait dans mon cerveau et la forçait à dépasser le mur d'incrédulité et de choc.

Je regarde le visage de River et Lincoln suivre la voie désormais familière, de la confusion à l'incrédulité, puis à la colère.

Je lis aussi la peur sur leur expression. Pas pour eux, mais pour moi. Un écho de la crainte que j'ai ressentie quand j'ai réalisé que j'étais seule dans une maison avec un tueur de sang-froid.

Quand je finis de parler, Linc bondit du canapé et se met à faire les cent pas dans la pièce. Il n'a jamais été du genre à dissimuler ses émotions, à moins que ce soit vraiment nécessaire, et à cet instant, sa nervosité se déverse hors de lui par vagues successives.

River se rapproche de moi, pose une main sur mon genou et m'offre un réconfort silencieux alors que son regard rebondit entre Linc, les jumeaux et moi et qu'il observe le mouvement de nos lèvres.

Lincoln s'immobilise brusquement et se tourne vers moi, les yeux brillant comme des charbons ardents dans un brasier.

— Tu es *sûre* qu'il ne sait pas ?

Je hausse les épaules.

— Je ne suis plus sûre de rien, Linc. Je lui ai dit que j'étais stressée à cause de ma mère, et il a eu l'air de me croire. Mais je ne sais pas. Je repère facilement les signes de mensonge, mais il est très doué pour dissimuler ses émotions.

Il pousse un juron entre ses dents et passe une main dans ses cheveux sombres presque noirs.

— Merde ! On ne peut pas prendre le risque.

Il se tourne alors vers River et s'assure que son ami le regarde avant de parler. Bien sûr, celui-ci a déjà les yeux posés sur lui, parce qu'il est excellent s'agissant de suivre une conversation, même s'il est incapable d'entendre la majeure partie de ce qui est dit. Il est si doué que je n'ai appris son handicap auditif qu'au bout de plusieurs mois, et que la plupart des élèves du lycée ne le savent toujours pas.

— On doit aller récupérer les affaires d'Harlow chez toi, dit Linc d'un ton ferme. Ce soir.

— Quoi ? m'étonné-je en clignant des yeux, mon regard passant de l'un à l'autre. Pourquoi ? Où je vais ?

— Très loin d'ici, grogne-t-il.

— Non.

Il tourne vivement les yeux vers moi, et je lis sur son expression quelque chose de similaire à ce que j'ai vu le soir de la mort d'Iris. Lincoln est l'un des types les plus autoritaires que je connaisse, et il a presque toujours le contrôle. Mais ce n'était pas le cas ce soir-là, et ça ne l'est pas non plus à cet instant.

— Si, Harlow, réplique-t-il en s'avançant vers moi à grands pas déterminés. Pour ce qu'on en sait, le juge Hollowell est peut-être au courant de tout, maintenant. Je ne te laisserai pas rester ici alors que tu as une énorme cible peinte sur le dos. Je suis prêt à t'envoyer dans un autre pays, s'il le faut.

J'ai l'impression qu'il exagère un peu, mais je n'ai qu'à le regarder dans les yeux pour voir que ce n'est pas le cas.

Mais je secoue à nouveau la tête.

— Non.

— Bon sang...

— Non. Je ne peux aller nulle part, Linc. Je refuse d'abandonner ma mère. Si je pars, elle restera en prison. Son procès aura lieu et le juge Hollowell tirera toutes les ficelles nécessaires pour s'assurer qu'elle sera condamnée. Je suis sa seule chance.

Il s'arrête à quelques mètres du canapé où je suis assise avec River. Les jumeaux sont installés sur deux fauteuils non loin de là, et les trois garçons observent l'affrontement silencieux entre Linc et moi.

— Je comprends pourquoi tu veux que je parte, dis-je en baissant la voix. J'aimerais que ce soit aussi simple. Mais je ne peux pas abandonner ma mère. Et je ne peux pas vous laisser derrière moi non plus, les gars.

Une douzaine d'émotions différentes passent sur son visage, mais c'est la dernière qui retient le plus mon attention. Je n'arrive pas tout à fait à l'identifier, mais elle flamboie de mille feux. Ça ressemble à un mélange de possessivité et de fierté.

Je n'ai jamais été du genre à me glisser dans l'ombre et à me cacher face à l'adversité, et Linc apprécie ça, chez moi. Cela a beau le rendre dingue à cet instant, il ne peut changer qui je suis.

Pendant encore quelques instants, il continue de m'observer avec intensité tout en se mordant la lèvre inférieure. Puis il incline une fois la tête.

— Très bien. Tu restes ici. Mais... ajoute-t-il en levant une main et en fronçant les sourcils, si nous avons la moindre raison de penser que le juge Hollowell est au courant et qu'il compte s'en prendre à toi, je t'expédie hors de cette ville moi-même.

Je hoche la tête. Je déteste ce compromis, mais je sais que Lincoln a besoin de quelque chose à quoi se raccrocher. Et il a peut-être raison. Je ne pourrai pas aider ma mère si je suis morte.

River émet un petit son abattu à ma droite, et quand je me tourne face à lui, je vois qu'il secoue la tête.

— Harlow... tu devrais sûrement retirer tes affaires de chez moi quand même. Je ne suis pas sûr que ce soit une bonne idée que tu restes avec moi.

Ses yeux gris sont aussi agités que des nuages d'orage.

— Mon père est furieux pour ma voiture. L'entreprise de remorquage l'a appelé pour confirmer qu'elle avait été déposée au garage, et il a presque piqué une crise.

Mon estomac se serre. River a balayé les dégâts

causés à sa voiture si vite que je les avais presque oubliés, mais la vérité, c'est que j'ai bousillé un véhicule qui devait coûter au moins cent mille dollars. Et si son père pratique la politique du « tu casses, tu rembourses », je devrai rembourser cette voiture jusqu'à ma mort.

— Merde, River ! Je suis désolée. Je ne voulais pas empirer les choses entre ton père et toi.

Il émet un rire sans joie.

— Je ne sais pas pourquoi il est à ce point en colère. Je n'ai jamais conduit cette stupide voiture, je n'en veux même pas, et il peut se permettre de la remplacer en un claquement de doigts. Mais ce n'est pas une question d'argent, pour lui, c'est une question de *principe*.

Je n'arrive pas à le croire. Les parents de River ne sont pas aussi déconnectés de lui que ceux de Dax et Chase, mais parfois, je me demande si ça ne vaudrait pas mieux. Je ne sais pas si c'est lié au handicap auditif de River ou à tout autre chose, mais c'est comme si monsieur Bettencourt avait décidé il y a longtemps que son fils était une déception, et je ne suis pas sûre que quoi que ce soit puisse encore le faire changer d'avis.

— Il n'arrête pas d'être sur mon dos, ces derniers temps, à cause de ta présence chez nous, et quand il a reçu l'appel à propos de la voiture, il a piqué une crise.

River secoue la tête, l'air presque honteux, comme s'il m'avait lâchée, d'une certaine manière, tout ça parce que son père est un connard.

— Il sait que tu l'as empruntée et que tu la conduisais quand l'accident a eu lieu. Il... ne t'aime pas beaucoup.

Je m'autorise à esquisser un sourire sardonique, puis je lui prends la main et entrelace nos doigts.

— Oh, il n'aime pas beaucoup la fille qui s'est installée chez lui pendant des semaines comme une squatteuse, avant d'emprunter ta voiture et de l'encastrer dans un lampadaire ? Waouh, quelle surprise !

L'expression de River se détend légèrement et il me rend mon sourire tout en resserrant ses doigts autour des miens. *Bien.* Ça craint que son père soit en colère contre moi, et ça craint encore plus qu'il soit sûrement aussi en colère contre River. Mais je ne veux pas que le garçon sérieux aux cheveux bruns s'en veuille pour ça. Ce n'est pas sa faute.

— Elle peut s'installer ici, propose Chase avec un léger haussement d'épaules. C'est la solution la plus logique. Nos parents n'en auront rien à faire. Elle pourrait tout aussi bien faire des claquettes toute nue dans le salon qu'ils ne la remarqueraient même pas.

— C'est encore le bordel, chez toi, avec Paige et tout ça ? demande Dax à Linc.

Lincoln grimace.

— Oui. Elle menace toujours de faire chanter papa pour le bébé. Je ne sais pas ce qu'il va faire.

— Low peut s'installer avec nous. On veillera sur elle.

— OK, finit par acquiescer Linc, avant de reporter son attention sur moi.

Je sens bien qu'il n'aime pas du tout ça, et River non plus — quelque chose me dit qu'aucun des garçons n'a envie de me perdre de vue une seule seconde. Mais les quatre rois sont prêts à se faire confiance pour me protéger, et cela en dit long sur le lien qui les unit.

— Tu vas rester ici en attendant qu'on détermine quoi faire au sujet du juge Hollowell. River et moi t'apporterons tes affaires ce soir.

— Vous n'êtes pas obligés de faire ça, dis-je en secouant la tête et en clignant des yeux.

L'adrénaline s'est dissipée, et maintenant que l'Advil commence à faire effet, je me sens juste épuisée.

— Je suis sûre que je pourrais tenir une nuit avec ce que j'ai. Je pourrais emprunter des vêtements dans lesquels dormir, n'est-ce pas ?

— Oui. Aucun problème.

Dax a parlé d'une voix grave, et quand je lui jette un regard, l'expression de son visage transforme mon estomac en une boule de chaleur liquide. C'est comme si m'imaginer portant ses vêtements était le truc le plus *sexy* auquel il ait jamais songé.

Le regard de Chase s'est assombri, lui aussi, et je détourne les yeux alors que mon estomac fait des sauts périlleux. Je me souviens d'avoir pensé un jour qu'au rythme où allaient les choses, je devrais sûrement m'installer chez les jumeaux à un moment ou un autre, mais pour être honnête, je ne m'attendais pas à ce que ça arrive vraiment — en tout cas, pas dans ces circonstances.

Je me sens dépassée. Il m'arrive tant de choses que mon esprit ne parvient pas à tenir le rythme, et des pensées et des inquiétudes aléatoires n'arrêtent pas de m'envahir, avant de disparaître sans que j'aie eu le temps de les digérer.

River, qui remarque tout, doit voir le chaos d'émotions qui tourbillonne dans mes yeux, parce qu'il se rapproche un peu de moi sur le canapé et porte nos mains jointes à ses lèvres.

— Tout va bien, Low. On n'est pas obligés de régler tout ça ce soir. On y viendra. La priorité est d'assurer ta sécurité, et on trouvera un plan pour tout le reste.

Comment arrive-t-il à rester si calme, confiant et sûr de lui ? Je m'appuie brièvement sur lui, m'imprégnant de son odeur et de la chaleur de son corps, puis je hoche la tête.

— OK.

Il se lève et m'attire sur mes pieds avec lui.

— Essaie de dormir un peu, d'accord ? On se voit demain.

Je hoche à nouveau la tête et Linc s'avance vers nous. Il me prend le menton dans l'une de ses larges mains, et ses yeux rebondissent entre les miens alors qu'il approche son visage si près de moi que je peux sentir la caresse de son souffle sur ma peau.

— On ne permettra pas qu'il t'arrive quoi que ce soit, Low. Tu as ma promesse. On va arranger ça.

Il ne peut pas me faire ces promesses, il ne peut garantir qu'il les tiendra. Mais je le crois quand même, et le nœud de tension dans mon ventre se desserre un peu.

Il m'embrasse violemment, comme il le fait quand il essaie de revendiquer une part de moi avant de lâcher prise, et je presse mes lèvres contre les siennes avec la même intensité douloureuse.

River m'attire dans ses bras et m'embrasse

longuement et lentement, avant de reculer. Puis les deux garçons se retournent et se dirigent vers la porte.

Dès qu'ils sont partis, toute l'adrénaline et l'énergie forcée qui me permettaient de continuer à avancer se déversent de mon corps, et je me flétris presque sur place. Chase laisse échapper un rire bas et passe un bras autour de ma taille pour me guider à nouveau vers le vestibule, puis il me fait monter une série de marches menant au deuxième étage.

— Viens, belle au bois dormant. Il est temps de te mettre à l'horizontale avant que tu t'évanouisses.

Les chambres des jumeaux sont au deuxième étage, et elles sont toutes deux immenses. Chacun dispose d'une salle de bain attenante, et je rassemble assez d'énergie pour demander à prendre une douche. Mes cheveux sont couverts de petites taches de sang, et mes chaussures et mon pantalon sont humides après que j'ai crapahuté dans la neige. À cet instant, une douche chaude et des vêtements secs me paraissent être la définition du paradis.

— Oui, bien sûr. Viens, me dit Dax.

Il ouvre la porte de sa chambre et nous invite à entrer, Chase et moi.

Il me montre où sont les serviettes dans la salle de bains, puis me laisse seule.

Je ne leur ai même pas demandé où j'allais dormir, et s'ils me proposent une chambre d'amis, je ne dirai pas non. Mais pour être honnête, après la journée démente que je viens de passer, je n'ai pas du tout envie de dormir seule.

L'eau chaude se déverse sur moi alors que j'incline le

visage vers le pommeau de douche, laissant le fluide balayer les dernières traces de la journée. Je m'attends à ce que la chaleur et la vapeur m'assoupissent, mais cela me revigore, au contraire, rendant mes idées plus claires et me faisant me sentir plus humaine que depuis l'accident.

Je tourne le robinet avant de devenir toute fripée et j'enroule une serviette autour de moi. Puis je ressors dans la chambre.

Chase et Dax sont encore tous deux dans la pièce. Dax est assis sur le lit et Chase est appuyé contre une grande commode. Ils parlent à voix basse, si basse que je ne comprends pas ce qu'ils disent, et mon cœur se serre quand je les vois.

J'envie le lien qui unit ces deux garçons. Je pense que peu de gens dans ce monde possèdent ce genre de connexion avec un autre être humain — que ce soit avec leurs parents, leurs frères et sœurs ou leur amant. C'est plus que de la proximité, plus que de l'affection fraternelle. Ils sont comme les deux faces d'une même pièce, chaque garçon est un individu unique à part entière, tout en faisant partie de quelque chose de plus grand.

Ils lèvent la tête en entendant la porte de la salle de bains s'ouvrir, et leurs regards se posent sur moi — sur la douce serviette enroulée autour de mon corps, mes épaules nues et les mèches de cheveux mouillés collées sur ma peau.

Dax se racle la gorge et m'indique le lit à côté de lui d'un geste. Je remarque un short de sport pour homme et un T-shirt.

— On t'a trouvé des vêtements.

— Merci.

Je m'avance pour les ramasser, et alors que je les prends, je songe à quelque chose. J'ai déjà vu Chase porter ce T-shirt, mais je suis presque sûre que le short appartient à Dax. Je hausse un sourcil et les regarde.

— Ils... vous appartiennent à tous les deux ?

Chase m'adresse un sourire un peu timide.

— Eh bien, on voulait tous les deux contribuer à la cause, pour ainsi dire.

Un sourire joue au coin de mes lèvres, alors qu'une vague de chaleur s'étend sur tout mon corps. Je prends le T-shirt et le short et je retourne à la salle de bains, où je raccroche la serviette avant de les enfiler. Ils sont tous deux beaucoup trop grands pour moi. Le T-shirt m'aurait sûrement suffi, vu qu'il descend sous mes fesses, mais j'aime la sensation d'être enveloppée par ces vêtements, par l'odeur de clou de girofle de Dax et le parfum de bergamote de Chase. Ils me font me sentir à l'aise et en sécurité.

J'essuie la buée sur le miroir et jette un œil à mon reflet. L'ecchymose sur le côté de ma tête est énorme, d'un mélange de bleu et de violet foncé. Elle est douloureuse au toucher, mais ma migraine palpitante s'est apaisée. Je passe mes doigts dans mes cheveux humides pour séparer les mèches sombres, puis je retourne dans la chambre.

Cette fois, Dax et Chase sont tous deux assis sur le lit, et mon cœur bat un peu plus fort quand je les vois. Ils se lèvent quand je m'approche d'eux, et Dax repousse les couvertures pour moi sans dire un mot. Ils se sont changés pendant que j'étais sous la douche, et portent désormais des vêtements similaires aux miens. Nous pourrions être un trio assorti, si l'on excepte le fait que ce que je porte est trop large pour moi. J'ai dû enrouler plusieurs fois l'élastique de mon short pour le faire tenir.

Je jette un œil aux deux garçons, mais je n'hésite pas ; je grimpe au milieu du lit et laisse ma tête retomber sur l'oreiller. Les jumeaux échangent un regard, puis se glissent sur le matelas de chaque côté de moi.

Dax appuie sur un interrupteur sur le mur, près de la tête de lit, et les lumières s'éteignent, nous plongeant dans la pénombre.

Deux corps larges et fermes sont installés à mes côtés, enveloppant le mien. Je suis couchée sur le dos, les yeux fixés sur le plafond assombri. Dax a une main posée sur mon ventre et la paume de Chase est sur ma hanche.

Je pourrais sûrement m'endormir tout de suite — en fait, je sens mon corps m'entraîner vers l'hébétude —, mais soudain, je me rends compte que je n'en ai pas envie.

J'ai une conscience aiguë de chaque centimètre carré de mon corps, de chaque endroit où Dax et Chase sont en contact avec moi, de la sensation de leur souffle et de la chaleur de leur peau. Je dois faire un effort pour empêcher mon propre souffle d'accélérer alors que je murmure dans les ténèbres :

— Merci de me laisser m'installer ici.

— Avec plaisir.

Les lèvres de Dax effleurent le creux de mon oreille, et mon souffle se coince un instant dans ma gorge. Je sens leurs corps se détendre près du mien alors qu'ils dérivent vers le sommeil, et j'essaie de m'autoriser à dériver avec eux, de laisser leur présence réconfortante ralentir mon cerveau troublé.

Mais chaque fois que mes paupières se ferment, elles se rouvrent d'un coup quelques secondes plus tard.

— Low, murmure Chase dix minutes plus tard, une note amusée dans la voix. Que fabriques-tu ?

— Euh...

Je tourne un peu la tête pour l'observer dans la faible lumière.

— Je dors ?

— Non, c'est faux. Tu es aussi raide qu'un piquet et tu ne dors pas du tout.

— Oh ! Désolée.

Je remue un peu sur le matelas doux et tente de forcer mon corps à se détendre.

— Ne sois pas désolée.

Il se hisse sur les coudes pour m'observer, et je sens Dax bouger de l'autre côté, indiquant qu'il est réveillé, lui aussi.

— Tu as eu une journée de dingue, ajoute Chase.

— Oui.

Je laisse échapper un son indéterminé, entre le rire et le grognement, et je hoche la tête.

— Mais je n'arrive pas à m'arrêter de penser à tout ça.

— Tu veux de l'aide ?

— Pour quoi ?

— Pour arrêter de penser à tout ça pour un temps. On pourrait te distraire.

La pièce est plongée dans la pénombre, mais ma vue s'est assez adaptée aux ténèbres pour que je distingue son visage. Ses yeux brillent à la lueur de la lune qui s'infiltre entre les stores, et sa voix a pris un ton râpeux qui fait naître une lente vague de désir brûlant en moi.

La dernière fois que nous avons fait quelque chose pour nous distraire de tout ce que nous affrontions, je me suis retrouvée à coucher avec River devant les trois autres rois, et le souvenir de cette soirée transforme la combustion lente en moi en un torrent de flammes.

— Oui. S'il vous plaît.

Je m'approche de lui en prononçant ces mots, et ses lèvres rejoignent les miennes pour un baiser qui me fait crisper les doigts de pied. Chase m'embrasse avec la même énergie et le même entrain que la façon dont il vit sa vie, et il est facile de se laisser emporter, balayer par la sensation de ses lèvres, de ses dents et de sa langue.

Quand Dax repousse mes cheveux de mon épaule et me mordille le cou, je sursaute et laisse échapper un son étranglé dans la bouche de Chase.

Dax émet un petit rire.

— Quoi ? Tu croyais que j'allais rester là à regarder pendant que tu embrassais mon frère ?

Je me trémousse entre eux et embrasse Chase plus fort alors que les paroles de Dax semblent me parcourir jusqu'au clitoris. Je suis encore couchée sur le dos et la partie supérieure du corps de Chase est drapée sur le mien, tandis que Dax repousse légèrement les couvertures. Je le sens se déplacer, mais je ne vois pas ce qu'il fait, et je ne peux me résoudre à m'écarter de Chase le temps de regarder.

Ça n'a pas d'importance, parce qu'une seconde plus tard, je découvre ce qu'il manigance.

De grandes mains se glissent sous le T-shirt trop large que je porte, caressant les lignes plates de mon ventre et la rondeur de mes hanches. Quand elles atteignent l'élastique enroulé de mon short, deux doigts s'accrochent de chaque côté.

— Seigneur ! Tu es si *sexy* dans cette tenue ! J'aime te voir porter mes vêtements.

La voix de Dax est étouffée sous la couverture, et je ne saurais dire si c'est à moi qu'il parle ou s'il est perdu dans ses pensées et les exprime juste à voix haute.

Je roule fébrilement des hanches, et prends Chase par les épaules pour le maintenir immobile pendant que ma langue affronte la sienne. Quand Dax tire sur le short, je me soulève pour l'aider à le retirer, puis je le sens se pencher encore plus bas sur le lit pour s'installer entre mes jambes. Ses mains glissent le long de mes hanches et de mes cuisses, comme pour cartographier le moindre centimètre carré de mon corps.

Ils ne m'ont pas donné de sous-vêtements.

J'étais nue sous le short de Dax, et maintenant, je suis complètement exposée devant lui. Il n'a même pas encore touché mon sexe, mais entre la pénombre de la chambre et le fait qu'il soit enfoui sous les couvertures, je doute qu'il voie grand-chose.

Mais je sens son regard rivé sur moi comme un laser,

me réchauffant la peau et me faisant gémir dans la bouche avide de Chase.

Quand Dax s'empare enfin de mes cuisses pour les ouvrir, je me prépare à éprouver les sensations que je sais être sur le point de me submerger. Et quand sa langue trouve mon clitoris déjà palpitant pour le lécher avec force, j'écarte vivement ma bouche de celle de Chase et me mords la lèvre inférieure pour étouffer un cri rauque.

— Avec moi, Low. Reste avec moi, dit Chase.

Il se hisse sur un coude et pose deux doigts sur mon visage pour l'incliner à nouveau vers lui. Son sourire rayonne dans la pénombre, comme celui d'un chat du Cheshire *sexy* en diable.

— Et tu peux arrêter de te mordre la lèvre. Tu n'as pas de raison de craindre de faire du bruit. Personne ne peut t'entendre à part nous, et je peux te promettre qu'on aime ça.

Dax est toujours en train de laper mon clitoris comme si c'était sa sucette préférée, et un élan de plaisir emplit mon corps alors que je rive mon regard à celui de Chase, complètement captivée par lui.

Avec moi, a-t-il dit.

Il veut voir. Il veut savoir ce que son frère est en train de me faire, il veut l'observer sur mon visage, le sentir sur mon corps.

Je ne suis pas habituée à ça. Ce n'est pas la première fois que des garçons me lèchent, mais jamais comme ça. Il n'y a jamais eu d'autre garçon présent pour être témoin de ma réaction, pour absorber mon plaisir et me le renvoyer sous la forme de baisers brûlants et exigeants.

Ça me plaît.

Non, oubliez ça. J'adore ça.

Cela intensifie les sentiments qui tourbillonnent en moi, comme si le nombre de corps qui touchent le mien permettait d'accroître chaque sensation de manière exponentielle. Comme si partager notre plaisir le faisait grandir.

La langue de Dax lèche mon sexe de haut en bas, glissant le long de mes replis jusqu'à trouver à nouveau mon clitoris. Quand il glisse un doigt en moi, mes hanches se soulèvent du lit. J'attire la tête de Chase vers la mienne et l'embrasse avidement, désespérément — comme si en l'embrassant assez fort, je pourrais survivre aux sensations qui martèlent mon corps.

Mais je ne suis pas sûre d'y parvenir.

J'ai été tendue comme un fil de fer toute la journée, et maintenant, j'ai l'impression d'être à deux doigts de me casser en deux.

Je n'arrive pas à reprendre mon souffle, et j'inspire de grandes goulées d'air chaque fois que Chaise et moi nous séparons une seconde. Mes doigts griffent le tissu de son T-shirt usé, caressant les muscles bandés au-dessous, et mes hanches se soulèvent à nouveau du matelas pour chevaucher le visage de Dax sans la moindre honte.

Celui-ci murmure quelque chose contre mon sexe, des mots que je n'entends pas, mais que je peux sentir. La vibration de ses lèvres et la sensation de son souffle me font trembler, et quand il passe les mains sous mes cuisses pour me soulever du lit et me dévorer, je craque.

Mes mains agrippent les cheveux cuivrés coupés court de Chase, si fort que cela doit faire mal, et je mords doucement ses lèvres, l'embrassant encore et encore alors que mon orgasme me submerge et embrase chaque terminaison nerveuse de mon corps, de mes doigts au bout de mes pieds.

— Putain !

Mon juron est presque aussi étouffé que les paroles de Dax plus tôt, et je sens Chase sourire contre mes lèvres quand il l'entend. Il s'écarte de ma bouche et reporte son attention plus bas, déposant des baisers sur ma mâchoire, mon cou et mon épaule tandis que Dax remonte, sa langue glissant le long de mon abdomen pour tourner lentement autour de mon nombril. Ses lèvres et ses dents effleurent les os et les muscles sensibles de mes hanches, me dévorant à petites bouchées.

Puis Dax s'éloigne et revient se placer à ma gauche, avant de s'étendre à côté de moi alors que son jumeau s'installe à ma droite.

— À quoi tu penses, maintenant ? murmure Chase d'un ton amusé.

Je laisse échapper un long gémissement satisfait.

— Rien. Rien du tout.

— Bien, répond-il avec un petit rire.

Il masse ma poitrine à travers le T-shirt que j'ai emprunté, joue avec mon téton jusqu'à ce qu'une petite décharge de plaisir me transperce.

— Dans ce cas, notre objectif est accompli.

Attendez, quoi ?

Ça ne me paraît pas juste.

Ils sont tous les deux en érection. Je peux sentir leur désir pressé contre moi, au cas où je ne comprendrais pas déjà à quel point ils sont excités à leur respiration forte et à la tension de leur corps alors qu'ils me tiraient un orgasme.

Je baisse les mains de chaque côté de mon corps nu. Quand je trouve deux sexes durs tendus contre les confins de leur short de sport, je les caresse doucement à travers le tissu.

Dax grogne, d'un air à la fois amusé et torturé. Sa main se referme sur mon poignet et il l'écarte délicatement de son sexe.

— Pas ce soir, Low.

— *Quoi ?*

J'ai l'air outrée, presque offensée à l'idée qu'il ne me laisse pas le toucher, et il émet un rire bas.

— Bon sang, tu es incroyable !

Puis il se penche en avant et m'embrasse, me laissant me goûter moi-même sur ses lèvres et sa langue.

— Mais je veux que tu te reposes, conclut-il tout en remuant sa langue contre la mienne. Et puis, je ne peux pas te laisser me toucher sans avoir envie d'être en toi. Et la première fois qu'on couchera ensemble, je ne veux pas avoir à précipiter les choses ou à m'inquiéter à l'idée que tu aies peut-être un traumatisme crânien.

Putain ! Ce sont de bons arguments, je suppose.

Mais cela ne m'empêche pas de le punir un tout petit peu en aspirant sa langue dans ma bouche et en avançant la main malgré ses doigts autour de mon poignet pour caresser une dernière fois son sexe.

Il grogne et donne un coup de reins contre mes doigts, et Chase rit.

— Elle en a après toi, mec.

Je punis Chase de la même manière, juste pour m'assurer qu'il sache que j'en ai après lui aussi. Mais tout comme son frère, il ne me laisse pas aller plus loin que ça.

— Dors, maintenant, Low, dit-il en déposant un baiser sur mon nez. On aura tout le temps pour ça plus tard. C'est promis. On ne va nulle part.

Et comme pour le prouver, les jumeaux se rapprochent tous deux de moi et me prennent dans leurs bras.

Mon corps est au bout du rouleau et épuisé, et grâce à eux deux, mon esprit est divinement vide.

Alors, je dors.

5

Je marche le long d'une rue sombre et déserte, tout comme Iris le soir de sa mort. C'est presque comme si j'étais Iris, sauf que quand je baisse les yeux, les mains et les bras que je vois sont les miens.

Je sais que ça va arriver. Je sais que la voiture m'attend. Mais comme si l'univers avait déjà décidé de mon sort, je ne peux m'empêcher de m'engager sur la route, de me mettre sur le chemin de la berline sombre qui apparaît soudain dans un crissement de pneus.

Elle me heurte et je suis propulsée dans les airs, avant d'atterrir brutalement, le corps brisé et tordu.

Je vais mourir.

Je suis peut-être déjà morte.

Mais je ne sais comment, je peux encore voir l'homme qui sort du véhicule d'un mouvement fluide, et qui est habillé tout en noir. Il devrait porter un masque, mais ce dernier a disparu. Je vois les traits de son visage dans leurs moindres détails. Les rides sur son front. Son visage rond. La petite fossette sur son menton. Ses yeux noisette sont sympathiques, même à cet instant

— alors qu'il est en train de commettre un meurtre, de voler une vie.

Il s'avance vers moi et s'accroupit, il passe les mains le long de mon corps brisé avant de les immobiliser au niveau de mon cou pour chercher un pouls.

Il n'y en a pas.

Je suis morte.

Mais je ne sais comment, il sait que je l'observe toujours.

Une expression qui ressemble à de l'amusement danse dans les yeux clairs couleur noisette d'Hollowell, et il porte un doigt à ses lèvres.

M'intimant de garder le silence.

Je me réveille d'un coup, couverte d'une sueur froide, et je prends une inspiration étranglée. La lueur brumeuse de l'aube s'infiltre à travers les stores, et l'espace d'un moment horrible et terrifiant, j'ignore où je suis.

Mon cœur cogne dans ma poitrine de manière erratique et mes poils sont hérissés de froid, malgré les deux corps chauds pressés contre moi.

Deux corps chauds.

Dax et Chase.

La peur s'évanouit et je me détends un peu, m'extirpant du brouillard de mon cauchemar.

Putain !

Mon cœur reprend peu à peu un rythme normal et je jette un œil aux jumeaux qui dorment à côté de moi. Leurs deux corps sont encore blottis contre le mien, leurs bras posés nonchalamment sur moi. Mon regard passe de l'un à l'autre, et je remarque les légères différences et les similarités de leurs traits. Comme leurs personnalités, ce sont ces petites différences dans leur apparence qui permettent à tous ceux qui les connaissent bien de ne pas les confondre.

Les traits de Dax sont un peu plus épais, ses épaules un peu plus larges. Cela semble correspondre à son caractère, puisque des deux, il est le plus enclin à être sérieux — même si les deux garçons Lauder peuvent être de vrais clowns.

Il a une petite cicatrice au-dessus du sourcil droit, à peine visible, et j'ai envie de savoir comment il s'est fait ça. Je doute que ce soit en jouant au football, vu tout le dédain qu'il semble éprouver pour Trent, le *quarterback* star de la Linwood Academy. Mais il s'est peut-être blessé en pratiquant un autre sport. Dax m'a tout l'air d'être du genre athlétique. Chase et lui semblent toujours avoir de l'énergie à dépenser.

Je reporte mon regard sur Chase et son odeur de bergamote me chatouille les narines alors que je l'étudie avec soin. Il a la même mâchoire carrée, le même nez droit et la même peau dorée que son frère, mais ses traits sont un tout petit peu plus aiguisés, un peu plus anguleux. Même dans son sommeil, un petit sourire étire ses lèvres, et je l'imite machinalement.

Ce garçon est né pour sourire. Il est né pour être heureux, et contrairement à certaines personnes, dont le bonheur repose sur des circonstances extérieures, sur leurs accomplissements, leur richesse et leur statut, je crois que Chase pourrait trouver le bonheur où qu'il se trouve, quels que soient les revers qu'il pourrait connaître dans sa vie.

Ça me plaît. Je ne crois pas être pareille que lui, mais

sa présence dans ma vie me rappelle que ce genre de bonheur est possible.

Alors que je le regarde, le sourire sur ses lèvres s'étire plus largement, et il ouvre soudain les yeux, ses iris brillants et bleu azur fixés sur moi.

— Arrête de me regarder comme ça, espèce de perverse.

Je pousse un petit cri de surprise. *Merde ! Depuis combien de temps il est réveillé ?*

Dax resserre les bras autour de moi de l'autre côté du lit.

— Elle essaie sûrement de découvrir comment on peut être des jumeaux identiques alors que l'un de nous est *sexy* et l'autre affreux.

— Oh, arrête ! rétorque Chase, m'adressant un sourire avant de regarder son frère par-dessus mon épaule. Elle ne te dira jamais en face qu'elle te trouve affreux.

Avec un petit rire, je me blottis un peu plus dans leurs bras pendant qu'ils échangent des plaisanteries, dénigrant avec bonhomie leurs traits soi-disant hideux.

J'avais oublié que les jumeaux pouvaient passer du sommeil profond à l'éveil complet en quelques secondes. Ces dernières semaines, chez River, je m'étais habituée à me réveiller par étapes et à lui accorder un peu de temps pour rejoindre le monde des vivants avant d'essayer d'entamer la conversation.

Dax et Chase sont comme une tasse de café fort sur la tête.

Nous restons tous les trois au lit un petit moment, jusqu'à ce que la pièce s'illumine autour de nous.

J'étudie mon ecchymose dans le miroir et découvre qu'elle a désenflé un peu, même si sa couleur violet foncé semble tout aussi sévère à la lumière du jour. Quand les jumeaux me guident au rez-de-chaussée pour le petit déjeuner, je ne peux m'empêcher de marcher sur la pointe des pieds, craignant de tomber sur leurs parents. Mais il s'avère que je n'ai aucune raison de m'inquiéter.

Nous croisons leur mère en chemin vers la cuisine. Elle semble revenir de son jogging, dans son survêtement de créateur qui doit coûter plus cher que l'intégralité de ma garde-robe. Les garçons me présentent, et si madame Lauder remarque que chacun d'eux l'une de mes mains, elle ne fait aucun commentaire.

— Ravie de te rencontrer, Harlow, dit-elle.

Elle jette un regard à mon bleu, avant de détourner les yeux et de sourire, l'air de déjà penser à autre chose. Elle regarde Dax et Chase et annonce :

— Votre père et moi allons à cette fête chez les Masterson, ce soir. Vous serez seuls pour le dîner. Cheryl pourra vous préparer quelque chose et le laisser dans le frigo.

— D'accord. Amusez-vous bien, répond Dax en hochant la tête.

Chase et lui me font avancer tandis que leur mère monte l'escalier. Elle est plus âgée que la mienne, et elle pourrait sûrement se faire passer pour plus jeune. Je ne saurais dire exactement quelle opération de chirurgie esthétique elle a fait pratiquer sur elle, mais c'est si subtil et efficace que cela a balayé les années comme si elles n'avaient jamais existé.

Je me demande si elle tente de retrouver la jeunesse qu'elle a « gaspillée » pour élever ses enfants — si on peut dire qu'elle les a élevés, sachant qu'elle n'a fait que les mettre au monde avant de plus ou moins ignorer leur existence.

— Je te l'avais bien dit, lance Chase en souriant.

Nous entrons dans la cuisine, qui est immense, tout en chrome et remplie d'appareils électroménagers en acier.

— Elle n'en a rien à foutre, ajoute-t-il.

— Oui, j'ai remarqué.

Mon estomac se crispe quand je tourne à nouveau la tête vers l'escalier par où madame Lauder a disparu.

Soudain, je ressens le besoin de compenser le manque d'affection dont souffrent les jumeaux de la part de leur mère et de leur père, de m'assurer qu'ils savent qu'on se soucie d'eux. Qu'ils sont aimés. Je me mets sur la pointe des pieds pour l'embrasser, et il me rend avidement mon baiser, avant de se diriger vers l'un des frigos pour fouiller dedans.

C'est étrange. Cette interaction avec leur mère était en réalité plutôt... plaisante. Il ne semblait y avoir aucune tension ou colère d'un côté ou de l'autre. Mais ils n'avaient pas non plus l'air de parler à leur mère — plus à une colocataire qu'ils connaissent à peine.

Une pression douloureuse grandit dans ma poitrine, et je réalise ce que j'ai envie de faire, aujourd'hui. Ce que je dois faire.

J'ai besoin d'aller voir ma mère.

— Oh mon Dieu, Harlow ! Que s'est-il passé ?

J'ai tout juste le temps de soulever le combiné du téléphone pour entendre les paroles de ma mère. Elle a bondi sur ses pieds dès que je suis entrée, et ses yeux écarquillés sont fixés sur l'ecchymose violette sur ma tête.

— J'ai eu un accident de voiture, expliqué-je, puis je lève une main pour l'interrompre avant qu'elle ait pu dire quoi que ce soit. C'est bon. Je vais bien.

— Tout le monde va bien ? Comment c'est arrivé ? C'était la voiture de qui ?

Son déluge de questions s'abat sur moi à toute vitesse, et je réfrène un sourire en réalisant que ce stupide accident de voiture a un petit avantage inattendu : au moins, cela distrait ma mère de son procès imminent, avec un avocat incompétent pour la défendre.

— Personne d'autre n'a été blessé, j'étais toute seule. La route était mauvaise et j'ai dérapé. C'était... la voiture d'un ami.

Elle sait qui est River, mais je ne mentionne pas son nom. Dax et Chase m'ont conduite ici aujourd'hui, mais ils attendent dehors, comme le faisait autrefois Linc.

— Mon Dieu, ma chérie ! dit ma mère en plaquant une main sur son cœur. Tu es sûre que tu vas bien ? Tu t'es fait examiner par un médecin ?

— Oui. Je suis allée aux urgences et tout va bien.

Je me rapproche sur ma chaise et pose les coudes sur

le petit comptoir qui court le long de la base de la vitre qui nous sépare.

— Comment tu vas, maman ?

— Oh, je vais bien !

Elle cligne des yeux d'un air distrait, sans cesser de fixer le bleu sur mon visage. Puis elle secoue la tête comme pour s'éclaircir les idées.

— Je suis désolée d'avoir été si déprimée, hier, Low. Ni toi ni moi n'avons besoin de ça en ce moment. Ça... ne se passe pas comme je l'espérais, mais nous devons garder foi dans le système judiciaire, n'est-ce pas ? Je ne suis pas coupable. Alors, nous devons croire que la vérité finira par triompher.

Mon cœur se serre alors que j'étudie l'expression de son visage. Après tout ce qu'il s'est passé, même après tous ces moments de peur et de désespoir, ma mère est toujours capable de trouver de l'optimisme au milieu de la boue noire de la vie.

Comment un jury pourrait-il croire cette femme capable de meurtre ?

Cette pensée me turlupine, et fait remonter le souvenir de ma conversation avec le juge Hollowell, hier. Devrais-je lui répéter ce qu'il a dit ? Devrais-je suivre les conseils qu'il a donnés ?

Pour être honnête, je ne sais pas à quel jeu il jouait. Je devine qu'il m'a laissé entrer dans sa maison et qu'il a accepté de me parler parce qu'il voulait déterminer ce que je savais et s'assurer que le crétin d'avocat de ma mère n'avait aucun atout incroyable dans sa manche.

Mon Dieu, si seulement !

Mais que dois-je en conclure s'agissant de ce

qu'Hollowell m'a dit ? S'il tentait de préserver sa couverture de bon samaritain inquiet et serviable, il aurait été fou de me donner des conseils clairement mauvais.

Mais je ne sais pas si ceux qu'il m'a donnés étaient bons. Et je suis terrifiée à l'idée qu'il ait pu me tendre un piège, dans lequel je tomberais sans le savoir si je fais ce qu'il m'a suggéré.

Ce qu'il m'a dit était logique. Ma mère ne ressemble pas à une tueuse, et elle ne se comporte pas non plus comme telle. C'est quelqu'un de gentil et de doux, et si Scott Parsons ne peut rien faire de plus pour prouver son innocence, il peut au moins souligner sa bonté.

Je me penche en avant sur ma chaise et baisse un peu la voix — même s'il n'y a personne pour m'entendre, mis à part le garde, qui a l'air de s'ennuyer à mourir.

— Maman, j'ai réfléchi à ton affaire. Je sais que ton avocat commis d'office est un peu nul, mais ça veut juste dire que tu dois être ta propre avocate.

— Oui, soupire ma mère en balayant quelques mèches rebelles de devant son visage. Je me disais la même chose. Au moins, je ne me sentirais peut-être pas aussi impuissante.

— Dis à Scott de se concentrer sur ta personnalité, lâché-je avant d'avoir eu le temps de douter de ma décision. Dis-lui de faire venir à la barre des gens qui te mettront en valeur auprès du jury.

Ma mère pince les lèvres et réfléchit à cela.

— OK. Oui, je lui en parlerai.

L'attitude positive qu'elle a adoptée depuis hier

s'atténue un peu et elle déglutit. Quand elle reprend la parole, sa voix est un peu tremblante.

— Putain, je suis vraiment nerveuse, Low ! Dans seulement quelques mois, je vais me retrouver face à un jury. Je n'arrive pas à le croire.

Ma mère ne jure pas souvent. Cela ne la dérange pas que je le fasse, mais elle a tendance à trouver d'autres manières de s'exprimer. Le fait qu'elle prononce ce mot à cet instant me fait comprendre à quel point elle a peur.

Je plaque la main contre la vitre entre nous, souhaitant la faire se volatiliser pour traverser l'espace qui nous sépare et la prendre dans mes bras.

— Je sais, maman. Moi aussi. Tout ira bien. Comme tu l'as dit, il faut avoir la foi, n'est-ce pas ?

Elle sourit, une expression pâle et fatiguée.

— C'est ça.

Quelques mois. C'est le temps qu'il nous reste avant que ma mère se retrouve assise dans un tribunal, devant un juge et un jury, de parfaits étrangers qui décideront de son sort.

Mais je ne les laisserai pas faire.

J'ai beau être terrifiée par ce que j'ai appris hier, je commence doucement à réaliser que je me rapproche un peu plus du moment où je pourrai faire sortir ma mère de prison.

Les rois et moi avons passé des semaines à chercher l'identité de l'homme au masque noir, et maintenant, nous savons qui c'est. Je ne sais pas comment prouver que ma mère n'a pas tué Iris, mais si j'arrive à prouver que quelqu'un d'autre est le coupable, je n'en aurai pas besoin.

J'ai peut-être une cible sur le dos en ce moment, mais ce putain de juge Hollowell aussi.

Et je me fiche de ce que ça coûtera. Je trouverai un moyen de révéler au monde entier ce qu'il a fait.

Ma mère et moi parlons encore un peu, et elle me fait promettre de retourner voir un médecin si mon bleu ne montre pas de signes d'amélioration. Je sais que chaque fois qu'elle me voit blessée ou malade, cela fait remonter ses inquiétudes à l'idée que mon cancer revienne, comme si elle souffrait d'un genre de syndrome post-traumatique après avoir été à mes côtés durant cette épreuve — bon sang, c'est sûrement le cas ! —, alors je ne lève pas les yeux au ciel à son comportement surprotecteur.

Des larmes brillent dans ses yeux quand je me lève pour partir, et je la vois cligner des paupières pour les réfréner alors que nous pressons nos paumes l'une face à l'autre.

J'ai envie de lui dire d'être forte, de lui promettre que je vais tout arranger, de lui assurer que j'ai un plan.

Mais je ne peux rien dire. Alors je lance la seule chose qui me vient à l'esprit, et la seule qui compte, à cet instant :

— Je t'aime, maman.

6

Les cours reprennent lundi, et quand je passe les portes de la Linwood Academy, j'ai l'impression d'entrer dans un épisode de *La Quatrième Dimension*. Comment tout le monde peut avoir l'air aussi normal ? Comment les autres élèves peuvent-ils parler d'où ils sont allés pour les vacances et des cadeaux hors de prix qu'ils ont reçus de la part de leurs parents comme si tout allait parfaitement bien ?

Linc et River ont apporté mes affaires chez Dax et Chase, et nous avons tous passé la majeure partie du week-end à réfléchir à un moyen de prouver que le juge Hollowell est le véritable assassin d'Iris.

Ça ne va pas être facile.

D'abord, on doit le faire sans le laisser découvrir que nous sommes après lui. Et ensuite, nous n'avons encore aucune preuve solide de sa culpabilité.

J'ai toujours gardé espoir que Linc ait conservé des copies des photos qu'il a effacées de son téléphone et sur lesquelles on peut voir l'homme en noir, mais non. Il a pris la décision de les effacer dans le feu de l'action, et n'a pas eu le temps de sauvegarder quoi que ce soit. Il ne l'avait pas fait avant ça parce qu'il ne voulait pas que quelqu'un découvre que nous possédions ces photos, et plus il y aurait eu de copies, plus le risque aurait été grand.

Même si ça n'a pas grande importance, de toute façon. Les photos représentaient clairement un homme, mais comme on n'aperçoit à aucun moment son visage, personne n'aurait pu reconnaître Alexander Hollowell.

Ce qui veut dire que notre première et meilleure piste pour trouver des preuves à utiliser contre le juge repose sur la personne que je préfère dans tout ce foutu lycée.

Savannah.

— Seigneur, j'espérais vraiment que je la verrais moins, ce semestre, et pas plus ! marmonné-je à Linc alors que les rois et moi traversons le couloir vers mon vestiaire.

Ils me flanquent tous les quatre de manière protectrice, comme s'ils s'attendaient à ce que le juge Hollowell possède des espions dans l'établissement qui risqueraient de s'en prendre à moi à n'importe quel moment.

Il lâche un rire bas.

— Après tout ce que Trent nous a révélé sur elle, je suis sûr qu'elle pense la même chose. Tu as bien plus d'informations compromettantes sur elle qu'elle n'en a sur toi.

— Oui. Mais de manière assez incroyable, ça ne l'a pas rendue moins garce pour autant.

Il lève les yeux au ciel, l'air d'accord avec moi, et alors que nous tournons au coin du couloir, la reine des garces en personne apparaît devant nous.

Savannah ressemble à un mannequin, avec ses longs cheveux roux toujours coiffés avec soin pour donner l'impression qu'ils ne le sont pas. Elle a des lèvres boudeuses, de grands yeux bleu-vert et une poitrine ferme, et elle se sert de ces trois atouts comme des armes — ou des outils pour obtenir tout ce qu'elle veut.

Et apparemment, elle veut toujours Trent.

Je me demandais si elle avait rompu avec lui, après qu'il avait déblatéré tous ses secrets aux garçons, qui l'avaient traîné à l'arrière d'une boîte de nuit en centre-ville pour le tabasser. Cela me retourne encore l'estomac rien que d'y penser, mais j'ai du mal à éprouver beaucoup de pitié pour le *quarterback*, sachant que c'est lui qui m'a agressée après une partie de poker dans l'entrepôt.

— On dirait qu'elle lui a pardonné, marmonné-je entre mes dents alors que les garçons et moi passons devant Savannah.

Elle est en train de se frotter contre Trent comme une chatte en chaleur, alors qu'il est appuyé contre la rangée de vestiaires.

— Ou plus vraisemblablement, elle a décidé qu'elle n'avait pas encore fini de se servir de lui, rectifie Dax en reniflant.

Il a sûrement raison. Trent a commencé à sortir avec Savannah quelques semaines seulement après la mort d'iris, et depuis le tout début, cela ressemblait plus à un acte mutuellement bénéfique visant à acquérir plus de pouvoir qu'à une relation basée sur de vrais sentiments.

Ne vous méprenez pas, je suis sûre qu'ils couchent ensemble, mais ce n'est pas comme s'ils tenaient l'un à l'autre.

Ils lèvent tous deux la tête quand nous passons devant eux, et Savannah crache presque dans ma direction. Je pourrais jurer voir ses poils se hérisser sur son dos. Je possède encore largement de quoi la faire chanter, mais je ne sais pas si cela suffira à la dissuader de chercher à me nuire — ou si cela ne fera que la rendre encore plus sournoise.

La réaction de Trent est presque l'opposé total de celle de Savannah. Au lieu d'avoir l'air en colère, il semble effrayé. Il se redresse un peu et écarte la *cheerleader* rousse de lui, avant de se lécher les lèvres avec nervosité alors que les quatre garçons qui m'entourent lui lancent un regard intimidant. Je vois ses doigts s'agiter, comme s'il ne savait pas trop s'il devrait serrer les poings ou pas.

Mais le principal Osterhaut a indiqué clairement qu'il appliquerait une politique de tolérance zéro pour les bagarres dans l'enceinte du lycée, alors j'enroule la main autour du biceps de Linc en signe d'avertissement, et je secoue légèrement la tête quand il me regarde.

— Ne t'inquiète pas, Low, dit-il, étirant les lèvres en un sourire dangereux. On va juste le tenir occupé pendant que tu discutes avec Savannah.

Seigneur, j'espère qu'ils vont réussir à se maîtriser !

Je ne pense pas qu'aucun d'eux ait eu l'intention d'y

aller si fort avec Trent, au club, mais quand ils ont compris ce qu'il m'avait fait, ils ont craqué.

Je lui étreins une dernière fois le bras et je lui lance mon regard le plus sérieux. Il me surprend en se penchant en avant pour m'embrasser.

L'épaule de River effleure la mienne, et Chase et Dax se tiennent juste derrière nous. Tout le monde à Linwood sait que nous sommes proches — ils nous voient ensemble tout le temps —, mais si je ne m'abuse, c'est la première fois que Linc m'embrasse au lycée. Surtout comme ça, alors que ses amis sont si proches de nous et qu'ils planent autour de moi de manière protectrice, comme s'ils m'avaient revendiquée aussi.

C'est le cas.

Mais je ne suis pas sûre que tout le monde ici le sache.

Jusqu'à maintenant.

Savannah écarquille les yeux, puis les plisse alors que son regard vient se poser sur les doigts de River entremêlés nonchalamment aux miens. Elle a l'air d'avoir avalé quelque chose de dégoûtant, et quand nous nous rapprochons d'elle et de Trent, elle se raidit comme l'a fait son petit ami plus tôt.

Linc fait un pas en avant et lui adresse un signe de tête.

— Savannah. Harlow a besoin de te parler.

— Quoi ?

Elle se renfrogne et la peur que j'ai aperçue un instant s'évanouit sous une nouvelle vague de dédain.

— Pourquoi j'aurais envie de parler à cette *traînée* ?

Chase et Dax émettent tous deux un son mécontent

venant du fond de leur gorge, et je sens River se raidir à côté de moi. Ils ont déjà prévenu Savannah qu'elle ferait mieux de me laisser tranquille — plusieurs fois —, mais elle ne semble pas vouloir comprendre le message.

— Parce que si tu ne lui parles pas, répond Linc d'une voix douce, basse et presque plaisante, elle va devoir aller trouver *d'autres* personnes à qui parler. D'autres sujets.

La bouche de Savannah se referme d'un coup, comme un piège en acier. Ses narines se dilatent et je sais qu'elle a compris la référence voilée aux informations compromettantes que je possède sur elle.

En réalité, ce n'est rien de très grave. Ce n'est pas comme si elle avait tué quelqu'un. La plupart de ces trucs ne lui causeraient même pas d'ennuis.

Mais ce sont des informations embarrassantes. Elles entacheraient la réputation qu'elle a passé des années à construire, ici, et je pense que pour elle, c'est plus important que la menace d'être punie ne le sera jamais.

Elle crispe la mâchoire et son regard passe de Lincoln au reste des rois, avant de se poser sur moi. Trent a fait deux pas en arrière et semble envisager de s'enfuir tant que les garçons sont distraits.

Bon Dieu, pourquoi ça ne me surprend pas ?

Il est tout à fait prêt à abandonner Savannah et à la laisser braver la tempête toute seule, tout comme ses prétendus amis l'ont laissé se faire entraîner dehors par les quatre garçons autour de moi.

C'est ce qui arrive quand on traîne avec des gens qui n'en ont rien à foutre de vous et qui se servent juste de vous dans leur propre intérêt. Dans les moments critiques, quand ça importe vraiment, ils disparaissent.

Aucun des rois ne laisserait tomber les autres, pour quelque raison que ce soit, quelle que soit la menace. Et je suis à peu près sûre qu'ils ne m'abandonneraient pas non plus.

Je sais que je ne le ferais jamais, en ce qui me concerne.

— Très bien, finit par dire Savannah avec un rictus.

Elle plaque un faux sourire sur ses lèvres et se tourne vers moi.

— De quoi tu veux parler ?

— J'ai juste quelques questions à te poser, expliqué-je en ignorant sa petite crise de colère.

Elle fait ce qu'on attend d'elle, c'est tout ce qui compte. Et puis la sonnerie retentira dans environ dix minutes, alors nous n'avons pas de temps à perdre.

— Mais pas ici, ajouté-je. Viens avec moi.

Je la prends par le bras et elle pousse un cri furieux alors que je l'entraîne dans le couloir, vers les toilettes des filles. Les gens se mettent à parler à voix basse derrière nous, mais je ne me retourne pas pour voir ce que les garçons sont en train de dire à Trent. Je dois leur faire confiance pour être malins et garder suffisamment leur calme pour ne pas se faire griller. Pour l'instant, Savannah est ma seule préoccupation.

Je pousse la porte des toilettes, l'attire à l'intérieur et la lâche pour jeter un œil sous la porte de chaque cabine. Il n'y a personne, et l'élève de première année en train de se laver les mains au lavabo ne nous adresse qu'un regard avant de s'empresser de sortir, les mains encore trempées.

Dès que la porte s'est refermée, je me tourne vers Savannah, pour découvrir qu'elle a plissé les yeux en deux fentes.

— Alors, j'avais raison, lance-t-elle en faisant un pas vers moi et en inclinant la tête. Seigneur, tu es vraiment la plus grosse traînée qu'on n'ait jamais vue ici ! Tu couches avec les quatre.

Ce n'est pas le cas. Pas encore, en tout cas.

Mais j'en ai envie. Et je finirai sûrement par le faire.

Il est hors de question que je laisse quelqu'un comme Savannah me faire culpabiliser à ce sujet. Ce qu'il y a entre les rois de Linwood et moi me paraît plus solide que toutes les autres relations que j'ai connues dans ma vie, et même si une attirance intense bouillonne entre nous tous, c'est aussi beaucoup plus que ça.

Je tiens à eux.

Ce sont mes amis.

Je suis en train de tomber amoureuse d'eux.

Mon absence de réaction ne semble pas être ce qu'espérait provoquer Savannah, parce qu'elle réessaie :

— Tu sais, le fait d'avoir quatre petits amis ne fait pas de toi quelqu'un de cool.

Elle rejette ses cheveux derrière son épaule et me fusille du regard.

— Ça fait juste de toi une pétasse dégoûtante.

La colère envahit mon estomac et je hausse un sourcil d'un air moqueur.

— Dit la fille qui n'a qu'un petit ami. Si on peut

l'appeler comme ça. Je ne sais pas.

Je plisse le nez et fais semblant d'y réfléchir.

— Quand le type avec qui on couche a un sexe aussi petit, comment on appelle ça ? Un demi-petit ami ?

— Espèce de garce !

Le croassement furieux de Savannah est le seul avertissement dont je dispose avant qu'elle se jette sur moi.

Oups ! J'ai dû toucher une corde sensible.

J'esquive ses ongles griffus et attrape l'une des lanières de son sac, lui faisant perdre l'équilibre et la repoussant loin de moi.

— Attention.

J'ai parlé d'un ton dur, et j'agite un doigt vers elle d'un air menaçant. J'en ai assez de supporter ses conneries, et je ne l'ai pas amenée ici pour m'engager dans un crêpage de chignons stupide.

Savannah s'accroche au rebord du lavabo pour retrouver l'équilibre, avant de se retourner lentement face à moi. Je vois à l'expression de son visage qu'elle est en train de faire le compte de tout ce que je sais à son sujet, et qu'elle en compare le poids à celui de la satisfaction qu'elle éprouverait à me botter les fesses. Mes moyens de pression ressortent vainqueurs — pour cette fois, en tout cas.

Elle lève les mains en un geste d'apaisement maussade et pousse un soupir mécontent.

— *Très bien.* Que veux-tu savoir ?

— Tu m'as dit qu'Iris sortait avec un homme plus âgé. Quelqu'un qu'elle surnommait son renard gris. Tu te souviens ?

— Bien sûr que je m'en souviens, idiote. C'est moi qui te l'ai dit.

— Elle t'a dit autre chose à son sujet ?!

Savannah me regarde d'un air renfrogné.

— Pourquoi tu veux savoir ça ?

Je serre les dents.

— Parce que je collectionne les petits amis et que je veux élever l'âge moyen de mon harem.

Elle fronce les sourcils, confuse, puis lève les yeux au ciel. *J'aurais dû me douter que les blagues impliquant des calculs lui passeraient au-dessus de la tête.*

— Je veux juste savoir si elle a dit autre chose à son sujet, d'accord ? Tu m'as dit qu'elle l'avait rencontré par l'entremise de quelqu'un qu'ils connaissaient tous les deux. C'était qui ?

Elle a toujours l'air suspicieuse.

— Pourquoi tu n'arrêtes pas de me poser des questions sur Iris ?

— *Savannah !* m'exclamé-je et je pourrais jurer sentir mon sang bouillir dans mes veines. Contente-toi de me répondre, putain !

Elle lève les mains et me renvoie mon regard noir.

— Je ne sais pas qui c'était, OK ? Une fille qu'elle connaissait d'un autre lycée. Waverly Prep, je crois. Je ne sais rien d'elle, sauf qu'apparemment, elle avait ce tatouage iiiincroyable dont Iris n'arrêtait pas de parler. Elle disait qu'elle allait s'en faire faire un aussi. Comme si elle avait le cran de faire ça !

Savannah lève les yeux au ciel, puis se mord la lèvre. Je crois qu'elle s'en veut un peu d'avoir dit du mal d'un mort.

Putain ! Une fille de Waverly Prep avec un tatouage. C'est la seule information qu'on a ?

— Iris n'a jamais dit son nom ? Elle n'a jamais rien mentionné d'autre à son sujet ? insisté-je, désespérée.

— Non ! réplique-t-elle en me fusillant du regard. On ne se racontait pas tout, putain ! Cette fille était un peu son « amie rebelle » ou je sais pas quoi. Elle ne m'a jamais beaucoup parlé d'elle, mais il était clair qu'elle la vénérait. Et Iris m'a dit que c'était comme ça qu'elle avait rencontré le mec plus âgé avec qui elle sortait en cachette ; par cette fille.

— Est-ce que tu...

La sonnerie retentit bruyamment, m'interrompant, et Savannah s'écarte du lavabo en tirant sur son T-shirt. Il s'est fripé et tordu quand je l'ai repoussée.

— Je t'ai dit tout ce que je savais. Tu es contente, maintenant ?

— Pas vraiment, dis-je en toute franchise.

Elle émet un rire creux, puis fait un pas vers moi et baisse un peu la voix.

— Tant mieux. Je sais que tu crois avoir du pouvoir sur moi, maintenant, et que je serai ton petit chien pendant tout le reste du semestre. Mais ne t'attends pas à ce que j'accoure chaque fois que tu m'appelleras. Et ne crois pas que je ne vais pas trouver un moyen de te rendre la pareille.

Avant que j'aie pu dire quoi que ce soit, elle fait volte-face et se dirige vers la porte, puis l'ouvre et disparaît.

Génial !

7

Aucun des garçons n'a la moindre idée de l'identité de la fille dont a parlé Savannah. Waverly Prep est un lycée rival, alors ils ne connaissent pas beaucoup de jeunes qui vont là-bas. Mais ils commencent à tâter le terrain et à poser des questions dans Linwood. Quelqu'un a forcément une idée de qui est cette mystérieuse fille, ou a au moins ses entrées parmi les élèves de Waverly, pour qu'on puisse poser la question à quelqu'un de là-bas.

Je me raccroche à cet espoir pendant quelques jours, mais quand arrive le jeudi et que nous n'avons toujours pas découvert la moindre information utile, je commence à m'impatienter. C'est notre meilleure piste, et je refuse de la laisser s'éteindre, mais ça prend trop de temps — et nous n'en avons pas.

Nous pouvons essayer d'autres choses, suivre d'autres voies, mais elles sont plus risquées. Elles impliquent de se rapprocher du juge Hollowell, ce qui augmente les chances qu'il nous découvre en train de fouiner, c'est pourquoi les garçons sont résolument opposés à l'idée de tenter ces options tant que nous ne serons pas sûrs d'être à court de meilleur choix.

Je comprends leurs raisons, mais quand arrive le vendredi, je suis à deux doigts de devenir folle.

Je dois faire un gros effort pour rester concentrée en cours. J'ai réussi à terminer tous mes devoirs avant la fin des vacances d'hiver, mais je suis déjà en train de prendre à nouveau du retard. Je n'ai pas envie de me faire virer du lycée, surtout pour ma mère, mais je suis incapable de me concentrer sur mon travail en ce moment.

L'arrivée imminente de mon anniversaire, ce samedi, ne fait rien pour arranger les choses.

En général, je passe ce jour avec ma mère, à manger trop de glace et à faire un truc drôle et stupide rien que pour célébrer le fait d'être en vie.

Mais cette année, nous ne pourrons rien faire de tout ça.

Elle voulait que je vienne lui rendre visite en prison, mais elle n'a plus beaucoup d'heures de visite, et je lui ai dit qu'il était plus important qu'elle s'en serve pour voir Scott plutôt que moi, de manière à le convaincre de sa stratégie de défense. C'est la vérité, mais je ne suis pas sûre non plus de pouvoir me retenir de craquer et de me mettre à sangloter, si je vais la voir le jour de mon anniversaire, et je ne veux pas qu'elle se sente triste à cause de moi.

Je me réveille tôt le samedi matin, et je garde les yeux rivés au plafond alors que j'écoute le son de ma respiration.

Je suis dans la chambre d'amis de la maison des Lauder, située dans le même couloir que celles de Dax et Chase. Quand River et Linc m'ont apporté mes sacs le lendemain de Noël, les jumeaux m'ont installée dans cette pièce à moi toute seule. J'ai dormi encore plusieurs fois dans celle de Dax, blottie entre les deux garçons, mais le reste du temps, je suis installée dans l'immense chambre d'amis.

Une partie de moi ronge son frein, mourant d'envie d'aller plus loin avec eux, mais comme avec River, quelque chose me retient. J'ai appris à faire confiance à mon instinct, à laisser les choses arriver à leur propre rythme, avec ces garçons, et à croire que tout finira par se réaliser comme prévu.

Je n'éprouve aucun doute quant au lien qui nous unit tous. Il a peut-être été créé par la mort d'Iris, mais il s'est passé tant d'autres choses qui l'ont solidifié, depuis ! Malgré tout, il y a quelque chose de fragile et de délicat dans cette relation à cinq que nous sommes en train de bâtir. Tout ça est nouveau pour moi, et je préfère y aller lentement plutôt que de trop me précipiter et de tout gâcher.

C'est trop important pour moi.

Mais j'ai un peu regretté de dormir toute seule, hier soir. Mon anniversaire m'a plongée dans un drôle de cafard, et je croyais avoir besoin d'être seule pour traverser la journée, mais je me trompais peut-être.

Hier, j'ai dit aux garçons que je ne voulais rien faire de spécial pour mon anniversaire, parce que je m'inquiète quoi que je fasse et que j'aurais juste passé tout mon temps à penser à ma mère et à quel point elle me manque. Et même si j'étais arrivée à m'amuser, je me serais sentie pire encore, d'une certaine façon.

Le réveil sur la table de chevet affiche six heures quarante-sept. Les prochaines vingt-quatre heures vont être très longues, alors même si je ne suis pas vraiment fatiguée, je ferme les yeux et tente de sommeiller un peu plus longtemps.

Un coup à la porte me réveille d'un demi-sommeil à environ neuf heures, et je roule sur le flanc tout en lançant :

— Entrez.

Je suis sûre que ce sont les jumeaux. Ça ne peut être personne d'autre. J'ai appris à traiter monsieur et madame Lauder comme la faune sauvage lors d'un safari. Ne pas les déranger, et ils ne vous dérangeront pas. Ils savent que je vis ici, et contrairement aux parents de River, je les croise dans la maison tout le temps. Mais ils se contentent de m'adresser des sourires polis et de m'ignorer.

C'est tellement bizarre !

— Eh ! lance Chase, et ses cheveux cuivrés apparaissent quand il passe la tête dans la chambre. Tu comptes dormir toute la journée ?

Je hausse les épaules, mais le mouvement est entravé par les couvertures remontées jusqu'à mes oreilles. Il n'a plus neigé depuis Noël, mais il fait encore beaucoup trop froid.

— J'y songeais.

Il grimace, et une expression compatissante se peint sur ses traits. Puis il ouvre la porte plus grand, et Dax et lui entrent dans la pièce. Ils s'avancent vers le lit et s'assoient, puis la main de Dax se pose sur ma hanche à travers les couvertures. Le poids chaud de sa paume est réconfortant.

— Tu ne peux pas, Low. Désolé, grimace Chase.

Je me redresse sur un coude et me demande s'il s'est passé quelque chose.

— Pourquoi ? Vous avez découvert quelque chose au sujet de la fille de Waverly ?

— Non, répond Dax en secouant la tête. On y travaille toujours. Mais... eh bien, River a eu une idée, et on s'est tous dit qu'elle était bonne. On sait que tu as dit ne rien vouloir faire pour *fêter* ton anniversaire, mais tu n'as jamais dit que tu ne voulais rien faire *pendant* ton anniversaire. Alors on a prévu des trucs.

Je me renfrogne, mais je ne parviens pas à conserver une expression amère très longtemps. Je leur ai dit que je ne voulais rien faire, mais alors que toute une journée à ne rien faire se profile devant moi, je commence à le regretter.

— Vous avez prévu quoi ? demandé-je.

— Tu verras quand on y sera, répond Chase.

Sa grimace disparaît et un sourire la remplace. Puis il me donne une petite tape sur les fesses.

— Lève-toi et habille-toi. On va préparer le petit déjeuner en bas.

Je hausse les sourcils. J'apprécie assez la façon dont ils me dorlotent.

— OK, dis-je en prenant une voix aristocratique. Je préfère mes œufs Bénédicte légèrement pochés.

Dax émet un petit rire.

— Je peux te les offrir brouillés et caoutchouteux. Qu'en dis-tu ?

— J'imagine que ça conviendra, ris-je, avant de quitter le lit pour aller dans la salle de bains attenante.

Même ma chambre d'amis en dispose, et elle est très chic.

Le petit déjeuner promis m'attend au rez-de-chaussée quand j'ai terminé, et malgré les paroles de Dax, les œufs sont cuits à la perfection. Ils ont aussi fait du café, et Chase me tend une tasse alors que je m'assois sur une chaise devant l'îlot en marbre qui donne sur la cour, derrière les baies vitrées.

Pendant que nous mangeons, j'essaie encore une ou deux fois de leur faire dire où nous allons, mais ils demeurent muets. Ça devrait peut-être me rendre nerveuse, compte tenu de notre passif — la première fois qu'ils m'ont emmenée quelque part sans me dire où, je me suis retrouvée dans un club de *strip-tease* où ils voulaient rassembler de quoi faire chanter Trent.

Mais tant de choses ont changé depuis lors qu'au lieu d'être nerveuse, j'éprouve de la curiosité et une petite pointe d'excitation. À tout le moins, tenter de deviner ce qu'ils ont prévu m'empêche de m'appesantir sur la douleur aiguë que je ressens en l'absence de ma mère.

Monsieur Lauder descend l'escalier, en route pour aller jouer au golf, et nous dit bonjour avant de partir. Nous sortons quelques minutes après lui et nous entassons dans la voiture de Dax pour aller chercher les deux autres garçons.

Quand River se glisse sur le siège arrière à côté de Chase, je me tords le cou pour regarder vers lui.

— J'ai entendu dire que cette petite excursion était ton idée.

Il hausse les épaules, un sourire discret étirant ses lèvres.

— J'ai eu l'idée de base, mais ce n'est pas seulement la mienne.

Je le regarde en plissant les yeux.

— Donc… j'imagine que tu vas refuser de me donner un indice sur l'endroit où on va ?

Il ne répond rien, se contentant de sourire plus largement.

Oui, c'est bien ce que je me disais.

Je lève les yeux au ciel et souris, puis je me laisse retomber sur mon siège et regarde devant moi.

Alors que Dax conduit avec une main paresseusement posée sur le volant, je sens mon téléphone vibrer dans ma poche et le sors.

HUNTER : Joyeux anniversaire, meilleure amie. Je t'aime. Tu me manques.

Le message est suivi de plusieurs mèmes d'animaux en train de se faire des câlins, et je lâche un rire bref.

MOI : Je t'aime aussi. Dépêche-toi de passer ton diplôme pour qu'on puisse aller dans la même fac et se voir tous les jours.

HUNTER : Tu rigoles, mais je suis 100 % sérieuse. C'est exactement ce qu'on va faire.

Mon sourire s'élargit, et elle n'a pas besoin de savoir que des larmes me piquent les yeux alors que nous échangeons des messages. Je ne peux m'empêcher de sentir mon cœur se serrer, mais ça fait du bien de faire semblant d'avoir une vie normale pendant quelques minutes. De faire comme si je pouvais avoir accès au genre de futur dont nous parlons. Que je pourrai célébrer le jour où j'aurai passé mon diplôme, plutôt que de rendre visite à ma mère en prison.

Je sens qu'elle essaie de me faire penser à des choses positives pour mon anniversaire, mais le négatif n'est jamais très loin dans notre esprit, et cela se sent très clairement dans son dernier message.

HUNTER : Je t'aime, Low. Sois forte aujourd'hui. Appelle-moi si tu as besoin de QUOI QUE CE SOIT.

MOI : Je le ferai. Merci, idiote.

Alors que je remets mon téléphone dans ma poche, la main libre de Dax vient se poser sur ma cuisse. Je commence à m'habituer un peu trop à ça — au réconfort que même un simple contact peut m'apporter.

Quelques minutes plus tard, nous passons le portail de l'allée de la maison de Lincoln. Le manoir de la famille Black se profile devant nous, large et imposant, et il semble à la fois très familier et étrange.

J'ai vécu ici pendant presque trois mois, mais cela me paraît dater d'il y a une éternité — ou n'être qu'un fragment de la vie d'une fille complètement différente.

Je suis tirée de mes pensées quand la porte d'entrée s'ouvre en grand et que Lincoln descend les marches du perron, la démarche lourde. Il est en colère. Je le vois dans toutes les courbes de son corps, dans son expression orageuse. Je le suis du regard alors qu'il se dirige vers la voiture, mais un mouvement près de la porte attire à nouveau mon attention vers la maison.

Samuel Black se tient sur le seuil, les bras croisés sur son torse alors qu'il regarde son fils ouvrir la portière de la voiture et se glisser à l'intérieur.

Dax n'hésite pas, et n'attend pas de découvrir ce qui se passe. Dès que celle-ci s'est refermée, la voiture se remet en route, tournant dans l'allée circulaire avant de repartir vers la route.

— Que se passe-t-il ? Qu'est-ce qui ne va pas ? demandé-je.

Je me retourne autant que le permet ma ceinture et tente d'apercevoir le visage de Linc. Il est assis juste derrière moi, alors c'est difficile, mais je sens la colère émaner de lui comme une pulsation magnétique.

— Mon putain de père, voilà ce qui ne va pas ! grogne-t-il. Cette garce manipulatrice de Paige se sert de leur liaison comme moyen de pression, elle menace de la révéler au monde entier s'il ne fait pas tout ce qu'elle veut... et il est en train de céder. C'est comme s'il ne voyait pas que, quoi qu'il lui donne maintenant, ça ne sera jamais assez. Elle lui a quasiment avoué qu'elle avait fait *exprès* de tomber enceinte, et qu'elle voulait que ça arrive, et il la laisse quand même le contrôler comme une marionnette.

— Merde ! lâche Dax.

Il se passe une main sur la nuque, glissant ses doigts dans les courtes mèches de cheveux cuivrés à la base de son crâne.

— C'est tordu.

— Ce n'est pas le pire, continue Linc, et un muscle se contracte sur sa mâchoire. Il a accepté ses conditions, pour l'instant, mais ce n'est qu'une question de temps avant qu'elles ne changent à nouveau. Avant qu'elle n'en veuille plus. Alors il essaie de se protéger des retombées de manière préventive, au cas où elle déciderait de mettre ses menaces à exécution et de tenter de ruiner sa réputation.

— Ce n'est pas le pire, Linc, dis-je à voix basse. Je veux dire, c'est affreux qu'il ait trompé ta mère... euh, Audrey... mais ça pourrait tous vous affecter gravement, si Paige décidait de vraiment détruire sa vie. Il essaie peut-être de vous protéger.

Je ne sais pas trop pourquoi je défends monsieur Black. Peut-être parce que je m'en veux de l'avoir soupçonné d'être un meurtrier, et pas juste un coureur de jupons. À moins que ce ne soit parce qu'il a toujours été gentil avec moi, même après tout ce qui est arrivé avec ma mère. Je ne tolérerai jamais que l'homme avec qui je suis me trompe, alors je peux comprendre pourquoi Audrey est si furieuse, mais j'ai l'impression que Samuel essaie d'arranger la situation du mieux qu'il peut.

Les épaules de Linc s'affaissent, et en un clin d'œil, sa posture passe de la fureur à l'abattement.

— Il essaie de tisser des liens solides et de consolider sa réputation dans son cercle social. Et il vient de faire don d'une grosse somme d'argent à la campagne électorale du juge Hollowell.

Mon cœur cesse de battre. Je n'étais pas prête à entendre ce nom ni à voir ce visage apparaître dans mon esprit.

— Il... quoi ? demandé-je doucement.

— Le juge Hollowell compte briguer un siège au

Sénat. Apparemment, il cherche ses premiers donateurs.

— Et ton père lui a donné de l'argent ?

— Oui, répond Linc en retroussant la lèvre de dégoût. Un putain de gros chèque !

— Bordel de merde ! souffle Dax, jetant un bref coup d'œil à tout le monde dans la voiture avant de reporter son attention sur la route. Il veut se faire élire au Sénat ? Pas étonnant qu'il ait cherché à empêcher cette histoire entre Iris et lui de s'ébruiter. Coucher avec une adolescente et la mettre enceinte ? Sa campagne aurait été terminée avant même d'avoir commencé.

J'ai la nausée. J'en suis malade rien que d'imaginer cet homme qui, jusqu'ici, est parvenu à tuer impunément — en prenant non pas une, mais deux vies — puisse décider du sort d'autres accusés. Et en tant que sénateur, il aurait encore plus de pouvoir. Les gens respecteraient et suivraient l'avis d'un homme qui mérite lui-même la prison.

— Non !

J'ai prononcé ce mot d'un ton étranglé et rauque, mais c'est la seule réponse que je peux donner.

Non ! Ça ne peut pas se passer comme ça. Je ne peux pas l'accepter.

— Je sais, Low, dit Lincoln.

Il tend la main derrière moi et prend la mienne pour la serrer avec force.

— Je ne peux pas convaincre mon père de reprendre son argent sans qu'il me pose un tas de questions pour comprendre pourquoi. Et je suis sûr qu'Hollowell dispose d'un tas d'autres personnes influentes prêtes à faire un don pour sa campagne. Mais on va l'arrêter. On trouvera un moyen.

Un silence s'étire dans la voiture alors que Dax nous emmène vers un côté de Fox Hill que je ne reconnais pas.

Les pensées tourbillonnent encore dans ma tête, alors que j'essaie de déterminer toutes les implications de cette nouvelle information. Si le juge Hollowell compte se porter candidat, ça veut dire qu'il a encore plus à perdre qu'on le croyait si l'on découvre la moindre connexion entre Iris et lui. Cela signifie aussi qu'il s'apprête à s'associer à des gens puissants qui ne voudront pas être entraînés dans un scandale, eux non plus.

— Eh bien, je crois qu'on a choisi la bonne activité pour la journée, remarque Dax d'une voix pince-sans-rire.

Il se gare sur un parking devant un grand bâtiment qui ressemble à un entrepôt et ajoute :

— Je pense qu'on a tous besoin de relâcher un peu la pression.

J'incline la tête pour regarder à travers le pare-brise alors qu'il se gare devant le bâtiment, et je lis la grande inscription sur le côté. Puis je me retourne vers River.

— Un... stand de tir ?

La tension se dissipe dans la voiture alors que les garçons réagissent à la surprise dans ma voix.

— Oui, répond River en souriant. Tu as déjà tiré avec un flingue, Low ?

Je secoue la tête. J'étais trop occupée à endurer le

traitement contre le cancer, puis à jouer au poker avec tous ceux qui voulaient bien s'asseoir à une table avec moi.

Il observe mon expression et hoche la tête.

— Je ne suis pas venu souvent. Mon père m'emmenait avec lui quand j'étais plus jeune, pour m'aider à devenir un homme, ou un truc comme ça. Ça peut vraiment aider à soulager le stress.

— Oh ! OK.

Je suis encore dubitative, mais je sors quand même de la voiture en même temps que les garçons. Nous entrons et passons à la réception, où nous montrons notre carte d'identité à la femme assise derrière le comptoir.

Puis nous sommes escortés au fond de la pièce et emmenés sur le stand de tir. Je regarde autour de moi avec intérêt alors que nous avançons, étudiant l'espace environnant, mais sans cesser de poser les yeux sur les quatre garçons qui m'accompagnent.

Ils m'ont amenée ici pour une bonne raison. Pour plusieurs, même. Pour m'aider à arrêter de penser à ma mère et à la solitude que je ressens alors que je passe mon anniversaire sans elle, pour me donner l'occasion de soulager une partie de la pression qui s'est accumulée dans mon cœur à cause du stress de toute cette situation… et pour s'assurer que je sache me défendre.

Personne ne l'a dit à voix haute, mais il m'est impossible de ne pas y penser alors que l'homme qui nous a emmenés au fond de la salle nous expliquer les procédures de sécurité et les techniques pour manipuler une arme.

Il y a un an, je n'aurais pu trouver aucune raison pour laquelle j'aurais pu avoir besoin de me servir d'une arme.

Maintenant, j'en ai plusieurs en tête.

Mon estomac se noue à cette idée, mais je repousse mon malaise alors que l'instructeur nous fait enfiler le matériel pour nous protéger les yeux et les oreilles, avant de me tendre un pistolet lourd et noir.

Il est froid et solide dans ma main, et je m'avance jusqu'à l'endroit duquel je vais tirer, concentrée sur la cible suspendue devant moi — un morceau de papier noir avec une silhouette d'homme dessinée en blanc.

Je fixe la silhouette. Ses épaules rondes, les lignes de son cou et l'ovale vide qui représente la tête. Aussitôt, deux yeux noisette me viennent à l'esprit. Un front aux rides profondes, encadré de cheveux poivre et sel. Un visage rond avec une petite fossette sur le menton.

L'image est si précise, si *réelle* que l'espace d'un instant, je crains de ne pouvoir tirer. Mais mon doigt trouve quand même la gâchette et je serre mon autre main autour de l'arme tout en la pressant, comme me l'a expliqué l'instructeur.

Une bruyante détonation retentit et l'arme sursaute dans ma main alors qu'un petit trou apparaît au bord de l'épaule gauche de la cible.

À ma grande surprise, une pointe de déception m'envahit.

Je voulais tirer dans la tête.

— Bon sang, Low ! Joli coup ! siffle Chase tout en se préparant à tirer à son tour. Tu es sûre de n'avoir jamais fait ça ?

Je secoue la tête, levant déjà le pistolet pour

réessayer. Le recul est affreux — à moins que je sois juste une chochotte —, mais je n'en ai rien à faire. Mes bras seront courbaturés demain, mais ça en vaudra la peine.

River me regarde avec une étincelle brûlant dans ses yeux gris orageux, alors que je tire deux fois supplémentaires. Puis il tire à son tour plusieurs fois tandis que l'instructeur s'approche pour corriger quelques détails dans ma technique.

Nous nous tenons en rang tous les cinq, et pendant l'heure qui suit, je me perds dans les *pop pop pop* erratiques des coups de feu.

Ils avaient raison. C'est un bon moyen de relâcher la pression.

De plus, je m'améliore, à force de m'entraîner, et parviens à toucher la cible avec de plus en plus de précision.

Quand nous repartons, j'ai les bras qui tremblent, mais je me sens mieux. River passe un bras autour de ma taille alors que nous sortons du bâtiment pour rejoindre l'air frais de ce mois de janvier, puis il dépose un baiser sur ma joue.

Je me demande une seconde s'il aurait été autorisé à entrer sur le stand de tir s'ils avaient su qu'il était malentendant — si cela aurait été considéré comme un risque —, mais c'est sans importance, vu qu'il est si doué pour le cacher que je suis sûre qu'aucun employé du lieu ne s'est douté de rien.

J'enroule mes bras autour de lui, l'étreins à mon tour et incline la tête vers le haut pour le regarder dans les yeux.

— C'était une bonne idée. Merci.

— De rien.

Cette fois, il pose les lèvres sur les miennes, et c'est... agréable de s'embrasser comme ça. De manière désinvolte et à découvert, sans réfléchir ou hésiter.

Nous nous rassemblons tous à nouveau dans la voiture de Dax et nous rendons dans un restaurant tout proche pour manger un hamburger gras et des frites. Puis nous nous installons dans la voiture, sur le parking presque vide, et nous passons un joint alors que de minuscules flocons de neige dansent dans l'air, dehors, trop légers et petits pour tomber droit.

Pendant toute cette journée, les garçons ont pris soin de ne jamais appeler ça une « fête ». En fait, ils n'ont presque à aucun moment mentionné mon anniversaire, si l'on excepte les jumeaux ce matin.

J'en suis soulagée. Je ne veux pas de fête. Je ne crois pas avoir la moindre raison de faire la fête, en ce moment.

Mais cette journée est mieux que ça.

Elle m'a rappelé que je ne suis pas seule.

8

— Bon sang ! Elle ne connaissait pas du tout Iris ?

— Non, répond Lincoln en secouant la tête.

Il roule sa serviette en boule et la jette sur la table.

— Elle correspondait à la description que t'a donnée Savannah : elle va à Waverly, a un tatouage de fleur, mais ce n'est pas la fille que nous cherchons.

— Merde !

Mon juron est presque noyé sous les sons de la cafétéria autour de nous. Les rois et moi avons réquisitionné une table près du mur du fond de la salle, nous isolant pour pouvoir parler sans craindre d'être entendus.

Les garçons croyaient avoir une piste mercredi, alors Linc est allé à Waverly hier pour voir s'il pourrait trouver la fille qui avait présenté Iris et Hollowell.

Mais ce n'était pas elle, ce qui veut dire que nous sommes revenus à la case départ. Une semaine de plus est passée sans rien nous apporter, et la date du procès de ma mère approche à grands pas. Je lui ai à nouveau rendu visite hier, et bien qu'elle ait tenté de le cacher, je sens qu'elle est terrifiée. D'une certaine manière, le procès ne sera que le début, mais pour je ne sais quelle raison, j'ai la sensation que ce sera la fin. Comme si le simple fait qu'elle entre dans cette salle d'audience allait sceller son destin.

Elle m'a dit que Scott Parsons avait accueilli sa suggestion de baser sa défense sur sa personnalité avec enthousiasme, mais je ne sais pas si c'est une bonne ou une mauvaise nouvelle. Cet homme est un idiot.

Je me passe une main dans les cheveux et parcours des yeux la cafétéria bondée. Savannah est assise sur les genoux de Trent, à quelques tables de là, mais son regard sinistre n'arrête pas de se tourner vers nous, sans que je puisse comprendre pourquoi, mis à part que c'est une petite garce boudeuse.

Ignorant son regard, je me retourne vers les garçons.

— Et si on faisait une énorme erreur ? Peut-être qu'on devrait juste aller révéler ce qu'on sait au détective Dunagan et le laisser prendre le relais ? Il a l'entraînement et les ressources nécessaires pour enquêter, contrairement à nous.

— Oui, mais c'est aussi lui qui a arrêté ta mère, en s'appuyant sur une preuve mise là à dessein, rappelle Chase, son regard s'assombrissant. Et même si on lui fait confiance, on ne sait pas qui sont les flics qu'Hollowell s'est mis dans la poche.

— Ce serait risqué d'aller le voir sans une preuve solide, remarque River.

Il réfléchit en se mordillant la lèvre, puis reprend à voix basse :

— Il n'enquêtera peut-être même pas, si tout repose sur notre parole, surtout s'il sait qu'Hollowell compte se porter candidat au Sénat. Il serait politiquement risqué de commencer à fouiner dans sa vie sans une très bonne raison.

Merde ! Je sais qu'il a sûrement raison, mais je déteste ça.

On ne peut pas se contenter d'attendre sans rien faire. Nous devons trouver quelque chose, une preuve assez solide pour convaincre Dunagan que ça vaut la peine de se pencher dessus.

Nous devons dénicher cette foutue fille de Waverly.

Mais le week-end passe sans que nous ne trouvions rien.

Quand le lundi arrive, je passe de classe en classe comme un zombie, en me reposant lourdement sur les garçons pour m'assurer de ne pas prendre trop de retard. Où que je sois, quoi que je fasse, une part de moi est avec ma mère, dans sa petite cellule du centre correctionnel de Fox Hill.

À attendre.

Espérer.

M'angoisser.

Le mardi, je sèche les cours et Dax et Chase me déposent au tribunal pour que je puisse assister à l'audience préliminaire de ma mère. J'aimerais que les garçons soient avec moi, mais je sais que s'ils venaient tous, elle comprendrait qu'il se passe quelque chose entre nous en un claquement de doigts, et je n'ai pas envie qu'elle se pose des questions ou s'inquiète à ce sujet en ce moment. Je veux le lui annoncer à ma manière, quand je serai prête.

Le tribunal de Fox Hill est un bâtiment classique et bien entretenu. Beau, même, mais cela n'empêche pas mes poils de se hérisser quand je passe les portes. Je sens mon cœur accélérer et je serre les poings, avant de les détendre, dans un effort pour balayer la tension nerveuse qui afflue dans tout mon corps.

J'erre dans les couloirs pendant un bon moment, les jambes tremblantes, puis je trouve la salle d'audience où sera amenée ma mère. Quand j'ouvre la porte et que j'entre, la pièce est presque vide. Je m'assois derrière la table de la défense et j'attends, ôtant mon manteau et me tordant les mains avec nervosité. Mon téléphone vibre plusieurs fois à intervalle rapproché. Des messages de la part des quatre garçons m'attendent sur l'écran, et je tente de les laisser me réconforter.

Enfin, ma mère est amenée par une porte située sur le côté de la pièce, et je bondis presque sur mes pieds.

Elle a l'air différente — encore une fois. Quand elle est arrivée en prison, la voir en tenue orange était si choquant, si perturbant qu'elle ne ressemblait presque plus à ma mère. Pour le meilleur ou pour le pire, j'ai fini par m'y habituer, mais la voir dans ce costume orange et dans cette salle austère, alors qu'un garde la retient nonchalamment par le coude me noue l'estomac.

Elle ressemble à une prisonnière.

Et c'est comme ça que la verra le jury le moment venu, réalisé-je alors qu'un goût acide me remonte dans la gorge. Elle ne portera pas son vieux jean confortable et un T-shirt, comme elle le faisait à la maison. Ni même ce stupide uniforme de domestique qu'elle arborait en tant que gouvernante en chef de la famille Black.

Elle sera vêtue d'une tenue de prison orange, comme si sa place était derrière les barreaux.

Je repousse cette pensée quand elle m'aperçoit. Quand un sourire s'étire sur son visage, elle ressemble à nouveau à ma mère, peu importe ce qu'elle porte.

Elle s'installe sur la chaise devant moi et je me penche un peu par-dessus la séparation pour lui parler.

— Eh ! Tu as l'air en forme.

Ma mère me lance un regard impassible qui me donne mal au cœur.

— Tu ne sais pas mentir, Low. Mais tu es gentille.

Avant que j'aie pu ajouter autre chose, Scott Parsons arrive à grands pas et s'assoit à côté d'elle. Il a la quarantaine, est rond au niveau de la taille et fin partout ailleurs. Il a un visage sincère et naïf qui lui donne constamment l'air un peu surpris par tout ce qui l'entoure — et je doute que ce soit le genre de qualité qui fait de vous un bon avocat.

— Bonjour, Pénélope. Harlow.

Il m'adresse un signe de tête tout en sortant des trucs de sa mallette en cuir, faisant tomber plusieurs papiers au sol.

Ma mère a presque l'air embarrassée, comme si elle ne voulait pas que le monde entier se rende compte que cet être humain maladroit est son avocat. Mais je garde un sourire collé aux lèvres. Je n'ai pas envie de le déstabiliser et je ne veux pas angoisser ma mère. Je suis ici pour apporter autant de soutien émotionnel que possible, et cela signifie garder le contrôle de mes propres émotions.

Ma mère et Scott confèrent à voix basse pendant quelques minutes pendant que le procureur entre et s'installe, puis l'huissier demande à tout le monde de se lever alors que le juge pénètre dans la salle. Le juge Conway est une femme au visage sévère, aux cheveux blanc et gris coupés au carré et avec des lunettes de lectures autour du cou. Elle s'installe derrière son bureau comme une reine sur son trône, et un frisson de nervosité me parcourt.

À la différence de Scott Parsons, cette femme a l'air sûre d'elle. Elle semble du genre à ne jamais changer d'avis après avoir pris une décision, et elle à ne pas tolérer l'incompétence.

Formidable !

Je m'assois sur mes mains pour les empêcher de s'agiter nerveusement alors que l'audience préliminaire commence. Les délibérations durent plusieurs heures, et je fais de mon mieux pour suivre, mais c'est comme regarder un sport dont on n'a jamais entendu parler. Je ne sais pas qui gagne et qui perd, si ma mère s'en sort bien ou si la situation est désastreuse.

Quand l'audience est finalement ajournée, je suis une boule de nerfs.

Je salue ma mère de la main et lui adresse un sourire forcé alors qu'elle est escortée hors de la pièce par un garde, puis je me lève pour partir, suivant le flot de personnes qui quittent la salle. Je saisis mon téléphone dans ma poche et envoie un message à Linc.

MOI : Je suis sortie. L'audience vient de se terminer.

Sa réponse est presque instantanée.

LINCOLN : Je pars tout de suite. J'arrive bientôt.

Les cours ne sont pas encore finis, mais les garçons ont insisté pour que je le leur fasse savoir à la seconde où ce serait terminé. Je ne serais pas surprise qu'il se soit levé pour sortir de la salle de classe au beau milieu du cours.

Je remets mon téléphone dans ma poche et entre dans les toilettes pour femmes. Je regarde mon reflet dans le miroir tout en me lavant les mains, puis j'asperge un peu d'eau sur mon visage blafard et l'essuie avec une serviette en papier. Je n'ai pas l'air beaucoup plus en forme, mais je me sens un peu plus humaine quand je ressors dans le couloir.

Je me dirige vers l'entrée, et alors que je tourne au coin du couloir, je manque d'entrer en collision avec quelqu'un qui marche dans la direction opposée. Je laisse échapper un petit cri surpris alors que des mains se tendent pour me rattraper.

— Désolée ! m'exclamé-je. Je...

Je m'interromps en croisant deux yeux noisette.

Le juge Hollowell me regarde, vêtu de la même robe noire que le juge Conway.

— Oh, Harlow ! dit-il avec un gentil sourire.

— Salut, lâché-je d'un ton étranglé.

— Qu'est-ce qui t'amène ici ?

— Ma mère.

Merde ! Mon visage me paraît comme engourdi. Je n'arrive pas à me souvenir de comment respirer.

— Son audience préliminaire était aujourd'hui.

Il a toujours les mains posées sur mes avant-bras, et je sens ses longs doigts me brûler et me glacer à la fois à travers mon sweat.

— Comment ça s'est passé ? me demande-t-il, baissant un peu la voix et fronçant les sourcils d'un air inquiet.

Je ne sais pas s'il a le droit de me poser cette question, et dans d'autres circonstances, je lui aurais peut-être été reconnaissante de prendre le risque de me demander des nouvelles.

Mais à cet instant, je ne ressens que de la colère.

Je viens de regarder ma mère être emmenée hors d'une salle d'audience, menottes aux poignets, et le juge Hollowell veut savoir comment ça s'est passé. Il veut sûrement savoir s'il doit cacher d'autres preuves ou si nous perdons déjà si clairement qu'il n'a pas besoin de prendre cette peine.

— Ça… s'est bien passé.

Mes lèvres me semblent trop rigides alors qu'elles prononcent ces mots, comme si mon corps était congelé. Je fais deux pas en arrière. Je ne peux pas m'en empêcher. La sensation de ses mains posées sur moi me donne l'impression que mon estomac va se retourner.

— Bien. Bien.

Il sourit toujours, mais il m'observe avec soin alors que je me dégage d'entre ses doigts. Il incline la tête sur le côté et baisse un peu plus la voix pour demander :

— Et ce dont nous avons parlé… ça a été utile ?

— Je ne sais pas.

Je suis sûrement plus honnête que je ne devrais

l'être. Mais la tristesse qui teinte ma voix semble faire se détendre Hollowell.

Il m'adresse un autre sourire rassurant et tend à nouveau la main pour m'étreindre le bras.

— Tout va s'arranger, Harlow. Si tu as besoin de parler, tu peux m'appeler, d'accord ?

— D'accord. Merci.

Je remets mon masque de joueuse de poker, dissimulant ma colère et ma douleur derrière lui, et Hollowell me contourne pour continuer son chemin. Mais dès qu'il est parti, mon masque s'effrite à nouveau.

Merde, merde, merde ! Quel salopard !

J'arrive à peine à me maîtriser. Je n'ai jamais ressenti une telle combinaison d'impuissance, de colère et de peur jusqu'alors. Cela me fait penser à l'expression qu'arborent les animaux sauvages quand ils se retrouvent piégés, acculés sans aucune issue.

Comme s'ils étaient déterminés à se forger une issue, même si ça doit les tuer.

— Low ? Harlow !

Je cligne des yeux et lève la tête, pour découvrir Lincoln et River qui se précipitent vers moi.

C'est l'expression du regard de Linc qui me fait revenir à la réalité. Il a l'air inquiet, et je réalise que je suis plantée au milieu du couloir, serrant mon manteau d'hiver à deux mains et tremblant des pieds à la tête.

River et lui m'atteignent en quelques longues enjambées, et plutôt que de me poser des questions ou de dire quoi que ce soit, ils me font passer une porte toute proche où est écrit « Escalier ».

Celle-ci se referme derrière nous avec un bruit sourd

et Lincoln enroule aussitôt les bras autour de moi par-derrière, m'emprisonnant contre lui — m'empêchant de fuir, de me débattre ou de m'écrouler.

River est devant moi, il prend mon visage entre ses mains et plonge son regard dans le mien.

— Que s'est-il passé ?

— J'ai vu… Hollowell.

J'ai la respiration forte, mais c'est comme si l'atmosphère était diluée. Je n'arrive pas à aspirer suffisamment d'oxygène.

— Putain ! lâche-t-il.

Son regard passe de moi à Linc, qui a posé le menton près de ma tempe alors que j'ai le dos collé à son torse. Quand River reporte son attention sur moi, il resserre un peu les doigts autour de mes joues.

— Qu'a-t-il dit ?

— Il m'a demandé comment… se passait le procès, murmuré-je d'une voix râpeuse. Il voulait savoir si le conseil qu'il m'avait donné… avait été *utile*.

Je secoue la tête de droite à gauche, me débattant entre les mains de River.

— Je ne peux pas continuer à faire ça. Je ne sais pas comment. Il va découvrir que je suis au courant et il va s'en prendre à ma mère. À moi. Putain ! Je suis une bonne joueuse de poker, alors pourquoi je n'arrive pas à faire ça ? Pourquoi je n'arrive pas à bluffer ?

River ne m'empêche pas de secouer la tête, mais il ne me relâche pas non plus, se contentant de suivre le mouvement sans me quitter des yeux. Derrière moi, le corps de Lincoln est ferme et solide, ses bras constituent un bandeau serré autour de ma taille.

— Parce que ce n'est pas une partie de poker, Low, dit le garçon devant moi d'une voix douce. C'est ta vie. Celle de ta mère. C'est terrifiant, et il n'y a aucune raison pour que tu te sentes capable de gérer ça. Mais tu t'en sors bien. Tu t'en sors très bien. Respire.

Je prends une inspiration en hoquetant, et me perds dans les iris gris de River tout en luttant pour retrouver le contrôle.

— C'est ça. Respire, bébé. Respire.

La voix de Linc gronde contre mon dos. Je le sens respirer, lui aussi, le mouvement régulier de sa poitrine est comme une démonstration qui m'est destinée.

Mais je suis encore en train de m'effondrer.

Je suis encore un animal piégé qui ne trouve pas d'issue. Je suis un rat sur un bateau qui coule, cherchant à prendre de plus en plus de hauteur alors que l'eau afflue autour de moi.

Je me noie.

Puis River baisse la tête et presse ses lèvres contre les miennes.

Je sursaute légèrement de surprise, mais ce petit choc me permet de laisser entrer l'air par mes narines, et d'octroyer à mon corps l'oxygène dont il avait désespérément besoin. C'est comme s'il avait appuyé sur un interrupteur, ouvert une trappe pour le laisser entrer.

Sa bouche remue contre la mienne, aussi délicate et patiente que toujours, et je retrouve enfin mon souffle, l'air entrant et sortant à chaque inspiration prise entre nos lèvres. Mon corps se détend dans l'étreinte de

Lincoln et je m'affaisse contre lui, mon instinct de survie se rendormant.

River écarte mes cheveux de devant mon visage et s'apprête à s'éloigner de moi, mais je pourchasse ses lèvres, pas prête à le laisser partir.

J'ai besoin de ça.

J'en ai plus besoin que de l'oxygène qu'il vient de me donner.

Il se rapproche d'un pas, m'enveloppant complètement entre son corps et celui de Linc, me caresse les cheveux et m'embrasse. Lincoln étale ses mains sur mes côtes et je sens sa tête pressée contre la mienne, sa joue contre ma tempe, si près du baiser que je suis en train d'échanger avec son ami.

Quand mes lèvres s'écartent enfin de celles de River, elles me picotent légèrement, et je recule juste assez pour lui permettre de voir mon visage avant de murmurer ces mots :

— Ramène-moi à la maison. S'il te plaît.

9

River et Linc s'immobilisent tous deux une seconde, sans cesser de me serrer entre eux.

Je réalise que j'aurais peut-être dû me montrer plus claire. Techniquement, je suis sans domicile fixe, et j'ai tellement rebondi d'une maison à l'autre, ces dernières semaines, que je crois être officiellement devenue une vagabonde.

Mais la vérité, c'est que je me fiche d'où ils m'emmènent.

Tant qu'ils viennent avec moi.

Tant qu'ils n'arrêtent pas de me toucher.

Le regard bleu-gris de River croise à nouveau le mien alors que Linc hoche la tête derrière moi.

— Viens.

Sur ces mots, Lincoln me relâche, mais me prend la main, comme s'il savait à quel point j'ai besoin du réconfort de sa présence. River ouvre la porte de l'escalier et nous suit tandis que nous ressortons dans le couloir.

Je scrute les lieux du regard — un instinct de proie à la recherche de prédateurs —, mais je ne vois le juge Hollowell nulle part alors que nous nous dirigeons vers les grandes portes à l'avant du bâtiment.

La voiture de Linc est garée dehors ; je m'assois sur le siège passager et River derrière moi. Le garçon silencieux aux cheveux bruns se penche en avant, de manière que, même sans le toucher, je puisse sentir sa présence malgré le siège qui nous sépare. La main de Lincoln est posée sur mon genou et la voiture est plongée dans le silence tandis que nous roulons.

Il n'y a pas de musique. Personne ne prononce un mot. Je regarde le paysage enneigé défiler derrière la vitre, jusqu'à ce que je reconnaisse les lieux.

C'est le quartier de Lincoln.

Quand nous nous engageons dans l'allée du garage, une promesse silencieuse et tacite semble envahir toute la voiture. Linc entre dans le garage et éteint le moteur, avant de tourner les yeux vers moi. Son regard ambré scintille comme des joyaux au moment où il m'observe une seconde, et une douzaine d'expressions différentes défilent sur son visage. Puis il se retourne et descend de la voiture.

Il est presque quinze heures et la maison est silencieuse quand nous entrons. Gwen est sûrement dans la cuisine, et Audrey Black est peut-être quelque part dans le coin, mais le père de Linc est sûrement au boulot.

Non pas que je songe vraiment à aucun de ces gens.

Lincoln prend à nouveau ma main droite dans la sienne, et les doigts de River s'entrelacent avec ceux de ma main gauche. Sans un mot, nous montons l'escalier en file indienne. Après avoir manqué de faire une crise de panique au tribunal, je me sens étrangement calme, étrangement sûre de moi. Et je sais que c'est grâce aux deux mains qui tiennent les miennes, aux deux garçons qui me prennent en sandwich, se complétant l'un l'autre à la perfection.

Nous traversons le couloir en silence vers la chambre de Lincoln, sans nous presser. Ce n'est que lorsque nous sommes entrés que les garçons me lâchent les mains, et la promesse qui a grandi entre nous trois durant tout le trajet de retour du tribunal semble enfler dans l'air.

Nous nous précipitons les uns vers les autres comme une chute d'eau — comme si nous ne pouvions aller que dans une seule direction.

Cela n'a rien d'une collision violente.

C'est une *union*.

Lincoln m'embrasse de manière lente, continue et si profonde, tandis que River fait courir ses mains partout sur moi, avant de prendre le bord de mon T-shirt pour le soulever doucement. Je lève les mains et m'écarte de Linc le temps de le laisser glisser le tissu par-dessus ma tête. Puis nous recommençons à nous embrasser alors que d'autres vêtements s'envolent.

Je me sens à la fois légère et les pieds fermement enracinés, comme si, pour une fois, tout était facile et logique.

Quand River fait descendre mon jean le long de mes jambes, je fais un pas pour le retirer et frissonne en sentant ses lèvres remonter le long de l'arrière de ma cuisse. Quand il atteint la courbe de mes fesses, il me mord délicatement, provoquant une décharge électrique dans tout mon corps.

Je me presse plus fort contre Lincoln à cette sensation, incapable de réfréner ma réaction. Il s'écarte le temps de retirer son T-shirt, et je l'aide avant de poser mes mains avides sur son torse sculpté, suivant des doigts les contours fins de ses muscles jusqu'à son ventre, qui se crispe à mon contact.

J'entends un froissement de vêtements derrière moi et me retourne dans les bras de Linc, comme je l'ai fait dans la piscine ce soir-là, découvrant que River est torse nu, lui aussi. Ses lèvres pleines et moelleuses dévorent les miennes alors qu'il baisse son pantalon et l'écarte d'un coup de pied sans rompre notre baiser.

Mon soutien-gorge est défait, ma culotte glissée le long de mes hanches, puis nous nous dirigeons tous les trois maladroitement vers le lit, l'impatience nous forçant enfin à accélérer le mouvement.

Je grimpe sur le matelas doux, mais avant que j'aie pu me coucher dessus, les bras de Lincoln s'enroulent autour de mes côtes. Comme il l'a fait dans le tribunal, il me maintient serrée contre lui, mon dos contre son torse. Sauf que maintenant, nous sommes peau contre peau. Je sens son sexe contre mes fesses, dur et prêt, et cela me fait mouiller de désir et tremper mon entrejambe.

River s'agenouille devant moi. Nous sommes tous les trois à genoux et, quand je sens son sexe contre mon ventre, quelque chose prend vie en moi.

De la certitude.

Du *désir*.

Avant de rencontrer ces garçons, je n'aurais jamais deviné que je pourrais avoir envie de ça. En avoir besoin. Le désirer ardemment.

Mais c'est le cas.

— Putain, Harlow ! Tu m'as tellement manqué, grogne Linc à mon oreille.

Je hoche la tête et m'enroule autour de lui alors que River se penche pour faire courir ses lèvres le long de mon cou et de ma clavicule, puis de parcourir le renflement de mes seins. Mes tétons pointent et Lincoln et moi regardons River mettre l'un d'eux dans sa bouche, mordre doucement et piéger le téton durci entre ses dents alors qu'il lui donne des coups de langue.

Merde ! Putain ! Merde !

Mon sexe palpite et je respire de plus en plus vite et fort, arquant le dos pour me donner encore plus au garçon devant moi.

Quand il s'écarte enfin, ma peau est rougie par l'excitation et l'air frais frappe mon téton humide, me faisant frissonner.

Lincoln garde un bras passé autour de mes côtes tandis que l'autre descend plus bas, glissant le long du renflement de ma hanche pour trouver le sommet de mes cuisses. Il grogne quand il glisse un doigt en moi, titillant mon entrée de ses caresses.

— Bon sang ! Tu es si mouillée ! murmure-t-il.

River doit lire sur ses lèvres, parce qu'il baisse les yeux le long de ma poitrine nue et de mon ventre, jusqu'à l'endroit où Linc me caresse. Ses yeux gris s'assombrissent comme un nuage d'orage sur le point de déverser un torrent de pluie.

— Tu es si belle, Harlow ! Tu es parfaite, me marmonne Linc à l'oreille.

J'entends une émotion dans sa voix qui me comprime le cœur dans la poitrine.

Je ne sais pas vraiment ce que c'est, mais cela ressemble presque à... de la révérence.

De l'adoration.

De la tendresse.

Comme si c'était beaucoup plus que du sexe, pour lui.

Il ôte son doigt de moi et sa main remonte le long de mon corps alors qu'il embrasse le côté de mon cou, et je ne sais pas où je trouve le cran de me montrer aussi audacieuse, mais je baisse la main à mon tour pour remplacer la sienne, et sentir ce qu'il vient de ressentir. Le désir que ces deux garçons ont provoqué chez moi.

River émet un son étranglé quand je glisse deux doigts en moi et je soutiens son regard. Sa respiration devient de plus en plus rapide alors que le désir et l'excitation me submergent. Je ne suis pas du genre timide s'agissant du sexe, mais il y a quelque chose de si... intime dans le fait de me toucher devant eux deux.

Je glisse les doigts plus loin entre mes parois et les recourbe un peu avant de les retirer, rassemblant l'humidité qui les recouvre. Puis je tends la main trempée et l'enroule autour du sexe de River, et les deux garçons émettent des sons que je sens résonner jusqu'au plus profond de moi.

— Seigneur... oh, merde !

River se mord la lèvre, sa poitrine se soulevant avec force.

Je sens Linc prendre sa verge dans son poing derrière moi, puis il trouve mon sexe et s'enfonce lentement en moi. Je ne suis pas habituée à cet angle, mais c'est incroyable. Je me penche un peu en avant pour lui offrir un meilleur accès alors qu'il commence à donner de légers coups de reins. J'enroule un bras autour du cou de River et l'embrasse tout en lui caressant la verge de mon autre main.

Lincoln se raccroche à mes hanches et me maintient immobile alors que nous nous balançons en rythme, remuant tous les trois pour ajuster nos mouvements.

Plus Lincoln me prend fort, puis je renforce mes caresses sur le sexe de River, et plus River m'embrasse passionnément. Nous nous encourageons les uns les autres, et je suis en train de lâcher prise, de flotter dans une merveilleuse brume de sensations.

Je ne savais pas.

Même quand j'en avais envie, je ne savais pas que ce serait comme ça.

Comme être *enveloppée*, dépassée, comme me perdre dans quelque chose de plus grand que moi.

— Putain, Harlow ! Putain ! *Putain !*

Le son léger des hanches de Linc heurtant mes fesses emplit la pièce, ainsi que nos souffles saccadés, nos grognements et nos gémissements.

Il me paraît si gros, sous cet angle, c'est comme s'il touchait des endroits que je n'avais encore jamais ressentis en moi, et quand son sexe épaissit et enfle en moi, je laisse échapper un hoquet étranglé et abandonne les lèvres de River pour enfouir mon visage dans son cou.

— On est là, Low. On est toujours là.

Les paroles de River sont apaisantes, mais sa voix est aussi tendue que celle de Linc et son sexe ressemble à une barre de fer dans ma main.

Il est près. Si près.

Mais je suis plus près encore.

La sensation d'être entourée par ces deux garçons, remplie, devient trop à supporter, et un orgasme me balaie comme un raz-de-marée. Lincoln émet un juron et s'empale en moi encore et encore, et je force ma main à continuer d'aller et venir le long de la verge dure de River, mobilisant toute ma concentration pour le faire jouir aussi.

Je veux le sentir jouir.

Ils finissent en même temps, et d'un coup, leurs corps convergent contre le mien, se pressant tout contre moi sans laisser un seul centimètre d'espace entre nous. River grogne contre mes cheveux alors que son sperme me macule le ventre, et le sexe de Lincoln tressaute en moi alors qu'il se décharge en grognant.

L'espace d'un instant divin et parfait, nous nous figeons tous les trois. Le temps semble s'arrêter alors qu'ils me serrent contre eux.

Puis Lincoln se retire lentement et nous nous écroulons tous sur le lit comme si nous étions soudain sans force. Mon ventre est tout collant, alors je me couche sur le dos, le cœur battant comme un tambour contre mes côtes.

Linc se hisse sur les coudes et se penche vers moi.

Une tignasse de cheveux sombres retombe sur son front, et ses yeux ambrés ont presque la couleur du miel, à cet instant, chaud et sucré.

— Bordel de merde ! De quelle planète tu es tombée, Low ?

— L'Arizona, dis-je d'une voix faible.

Il émet un petit rire, puis se penche pour m'embrasser avec lenteur et douceur.

— Tu vas bien, bébé ? murmure-t-il contre mes lèvres.

Je ne sais pas s'il parle du sexe, du juge Hollowell, du procès de ma mère ou de tout en même temps, mais je hoche la tête quoi qu'il en soit. Parce que je vais bien. Rien n'est arrangé, aucun de mes problèmes n'a disparu, mais la sensation d'être un animal piégé s'est estompée. Je me sens moins terriblement désespérée.

Lincoln se lève pour prendre une serviette dans la salle de bains et River replace une mèche de cheveux derrière mon oreille, avant de m'embrasser jusqu'au retour de Linc. Nous nous nettoyons un peu, puis nous nous rhabillons.

Mais maintenant que l'adrénaline quitte mon organisme, je me sens si fatiguée ! Trop fatiguée pour bouger. Quand je retourne sur le lit, les garçons ne protestent pas. Ils se contentent de me rejoindre et de se coucher de chaque côté de moi, me pressant entre eux alors que mes yeux se ferment.

Et je dors.

Je ne saurais dire combien de temps j'ai dormi, mais quand j'ouvre les yeux, la lumière qui s'infiltre à travers les fenêtres a faibli. Le son continu et égal de respirations m'entoure, et je me dis que Linc et River ont dû s'endormir aussi — puis je lève la tête et découvre une paire d'yeux gris qui m'observent.

— Salut, murmuré-je.

— Salut.

— Tu as dormi ?

— Non, répond-il à voix basse en secouant la tête.

Linc dort, lui — je le sens à sa respiration toujours aussi profonde.

— Tu t'es contenté de nous regarder dormir ?

Le sourire de River lui donne une expression radieuse et enfantine.

— J'aurai l'air tordu si je dis oui ?

— Non, dis-je en lui rendant son sourire.

— Tu vas bien ?

Il se penche un peu plus près de moi sur le lit et j'enroule une jambe autour de la sienne alors qu'il pose une main sur ma hanche.

— Oui.

Je prends une grande inspiration, savourant le *fait* d'en être capable, que mes poumons acceptent à nouveau l'oxygène.

— C'est juste... je ne sais pas. Parfois, j'ai l'impression que tout ce qui se passe est... inévitable. Comme si à la seconde où nous avons vu Iris mourir, nous n'avions aucune chance d'arrêter tout ça. C'est comme ce truc de « portes coulissantes » quand chaque petite décision que tu prends envoie dégringoler ta vie dans une autre direction. Mais je n'ai jamais ressenti ça de manière aussi forte que maintenant. Je peux situer le moment exact où ma vie est passée de ce qu'elle aurait pu être… à ça.

Il sort la langue pour se lécher les lèvres tout en réfléchissant à ma réponse, le regard sérieux.

— Tu aimerais revenir en arrière ? Tout effacer ?

J'hésite.

Est-ce que j'en ai envie ?

Des larmes me brûlent les yeux et je déglutis, la gorge soudain devenue sèche.

C'est une question simple, et la réponse l'est tout autant.

— Oui, avoué-je. Je serais prête à m'arracher un membre pour effacer certaines parties de ce qui s'est passé. Mais il y a aussi d'autres parties…

Je m'interromps et me rapproche encore plus de lui, sentant la chaleur de son corps et laissant son odeur exquise infuser mes sens. Je pose la tête sur son torse et plonge les yeux dans son regard gris profond, dont la couleur varie au fil de ses humeurs.

— Ça me tuerait d'abandonner ces parties-là.

— Moi aussi, murmure-t-il, un petit sourire étirant ses lèvres.

Je soupire.

— Je ne sais pas comment autant de mauvaises choses ont pu arriver en même temps qu'autant de bonnes choses. Je déteste qu'elles soient venues de pair.

Le sourire de River disparaît et son expression se fait sérieuse. Déterminée.

— Harlow, nous ne laisserons pas le mauvais gagner. On va arranger ça.

Il le pense vraiment. Je le vois dans ses yeux.

Je ne réponds rien. Je me contente de m'appuyer contre lui et de poser mes lèvres sur les siennes.

Nous respirons le même air alors que nous retirons lentement nos vêtements pour la deuxième fois aujourd'hui, doucement et sans nous presser, pendant que Lincoln dort à côté de nous. Puis River me fait rouler sur le dos et s'installe entre mes jambes. Nos regards se rivent l'un à l'autre alors qu'il se glisse en moi.

Nous remuons en rythme, comme la marée qui va et vient sur une plage de sable.

C'est parfait.

Naturel.

Facile.

Quand je jouis, j'enroule mes bras et mes jambes autour de lui et l'attire aussi près de moi que possible.

Et parce que je sais qu'il ne peut pas m'entendre, je murmure des mots que je ne devrais pas dire.

NOUS NOUS RENDORMONS, ET QUAND NOUS NOUS réveillons, il est presque huit heures. Je me sens vaseuse et un peu désorientée — je ne suis pas du genre à faire la sieste —, mais je me sens aussi mieux.

Quelque chose a changé en moi, et ma détresse s'est transformée en détermination.

Ce n'est pas encore terminé.

Lincoln ouvre la marche jusqu'au rez-de-chaussée, et

River et moi le suivons. Quand nous quittons l'escalier de l'aile ouest pour nous diriger vers la porte du garage, monsieur Black tourne au coin du couloir et aperçoit Linc.

— Lincoln, est-ce que tu as une min...

Il s'interrompt en voyant qui est avec son fils.

— Oh, Harlow ! Comment vas-tu ? Comment ça se passe avec ta mère ?

Mon sang me paraît se glacer dans mes veines. Le juge Hollowell m'a quasiment dit la même chose, et même si je sais que nos soupçons au sujet du père de Lincoln étaient sans fondement, j'ai du mal à me débarrasser de ma peur.

Au milieu de tous ces mensonges et de ces trahisons, mon cercle de confiance s'est réduit de plus en plus. Je fais confiance aux rois, à ma mère et à Hunter, et c'est à peu près tout.

— Ça va, dis-je, sans donner plus de précisions.

— Bonne nouvelle. J'espère que tout s'arrangera. Fais-moi savoir si je peux faire quoi que ce soit.

— Je le ferai, merci.

Pendant que nous parlions, Lincoln s'est positionné lentement entre son père et moi, ne nous séparant pas complètement, mais s'assurant que nous conservions nos distances. Je sais qu'il ne soupçonne plus son père d'être un meurtrier, lui non plus, mais leur relation est compliquée, c'est le moins qu'on puisse dire.

Quand je reporte mon attention sur monsieur Black, je remarque soudain à quel point il a l'air fatigué et las. Je suppose que ça a quelque chose à voir avec ses efforts pour repousser une domestique manipulatrice qui est tombée enceinte à dessein pour tenter de lui prendre tout son argent et de ruiner son mariage.

Cela l'a aussi poussé à courir dans le camp du juge Hollowell dans une tentative pour améliorer son statut social.

— Bon, je ne vais pas vous retenir plus longtemps, dit Samuel.

Il arbore son masque jovial habituel, même s'il est facile de voir que c'est un mensonge.

— Mais Lincoln, quand tu auras un moment, tu pourras venir me voir dans mon bureau ? J'aimerais te dire un mot.

— Oui. D'accord.

Linc fronce ses sourcils sombres et une expression méfiante passe sur ses traits, puis il incline la tête vers River et moi.

— Mais je dois d'abord les déposer.

— Bien sûr. Rien ne presse.

Son père nous salue de la tête et repart par où il est arrivé. Je jette un œil à Linc alors que nous reprenons notre route vers le garage.

— Tu as une idée de ce dont il veut te parler ?

— Non.

Sa mâchoire se contracte et je sens l'agitation l'envahir.

— Mais je suis sûr que ce n'est rien de bon. Tout n'est plus qu'un vrai foutoir, ici, ces derniers temps.

Je glisse ma main dans la sienne et l'étreins. Il baisse les yeux sur moi et son expression s'adoucit une seconde. Mais l'agitation ne le quitte pas alors que nous montons dans la voiture et nous engageons dans l'allée.

Il a beaucoup à gérer, en ce moment, et je déteste avoir à ajouter à son stress. Mais quelque chose me tiraille depuis que nous nous sommes réveillés, et j'ai besoin de l'exprimer à voix haute.

— On ne peut pas attendre plus longtemps, annoncé-je.

Nous approchons de la maison de Dax et Chase, et je me tourne sur mon siège pour que River voie mon visage.

— Il faut qu'on trouve un lien entre Iris et Hollowell. Et si on n'arrive pas à trouver cette fille de Waverly, alors, on doit envisager d'autres options.

Linc me jette un regard en coin, avant de reporter son attention sur la route.

— Non. Suivre le juge Hollowell ou se rapprocher de lui est trop dangereux.

Je hausse les épaules, refusant d'abandonner.

— Peut-être. Mais on atteint un point où jouer la sécurité est tout aussi dangereux. Si on reste en sécurité sans rien faire plus longtemps, il gagnera. On doit agir.

La main de Lincoln se resserre sur le volant et River prend la parole depuis le siège arrière.

— Low, si Hollowell te voit près de sa maison ou même de son bureau, il comprendra que tu sais.

Il a raison. Je le sais. Je ne cesse de repenser à la manière dont il m'a regardée quand je me suis dégagée d'entre ses doigts au tribunal — cette légère inclinaison de la tête, l'expression scrutatrice de son regard. Il a sûrement déjà des soupçons.

Mais nous sommes à court d'options.

Mon regard passe du profil dur de Lincoln à l'expression inquiète et attentive de River, puis je me tourne un peu plus sur mon siège pour lui faire face.

— On ne peut pas laisser le mauvais gagner. Tu as promis.

10

River est le premier à céder. Puis Lincoln.

Quand j'explique le plan aux jumeaux après avoir été déposée chez les Lauder, ils y sont tous deux encore plus résolument opposés que Linc et River.

Mais pour finir, ils acceptent aussi.

C'est peut-être stupide et dangereux, mais je commence à réaliser qu'on nous a donné une main merdique, et qu'on ne peut rien faire pour changer ça. On ne peut pas échanger nos cartes ou demander qu'elles soient redistribuées. Tout ce qu'on peut faire, c'est jouer du mieux qu'on peut et bluffer à fond.

Le lendemain, nous séchons tous les cinq les cours. J'ai arrêté de craindre de voir mes notes en souffrir ou d'être virée du lycée. Je n'ai pas envie de stresser ma mère, mais si on regarde le tableau d'ensemble, ça en vaut la peine. Je préfère lui causer du stress à court terme et la faire sortir de prison plutôt que de jouer les bonnes élèves et d'avoir mon diplôme avec d'excellentes notes, alors que mon seul parent est derrière les barreaux.

Le juge Hollowell préside une affaire, et nous avons réussi à obtenir le programme du procès en appelant le bureau du sous-préfet. La bonne nouvelle de ce côté-là, c'est qu'on sait exactement où il sera et quand.

Nous arrivons au tribunal en fin de matinée, quand nous sommes sûrs qu'Hollowell est encore dans le bâtiment.

Parce que nous devons trouver sa voiture.

Si on se base sur le nombre de véhicules présents dans le garage de la famille Black, il n'est pas déraisonnable d'imaginer qu'Hollowell doit avoir plusieurs voitures. Et il est peu probable qu'il aille travailler tous les jours avec celle dans laquelle il a tué Iris. Mais nous devons bien commencer quelque part, et c'est plus facile que nos prochaines étapes.

Nous trouvons un petit parking à l'arrière du bâtiment, avec des places assignées aux employés du tribunal, et mon cœur cesse brièvement de battre quand Chase pointe le doigt vers la petite plaque sur laquelle est écrit « Juge Hollowell ».

Le véhicule garé devant est d'un beige clair métallisé.

Il est de la bonne taille et de la bonne forme, mais de la mauvaise couleur.

— Il faisait sombre, sur la route. Il n'y avait presque aucun lampadaire sur ce tronçon, remarque Chase en haussant les sourcils, même si lui-même n'a pas l'air convaincu. La voiture nous a peut-être juste paru sombre parce que tout l'était autour d'elle.

— Non, dis-je en secouant la tête, le cœur remonté dans la gorge. Elle était sombre. Noire, bleue ou grise. Je ne sais pas de quelle couleur elle était exactement, mais ce n'était pas celle-là.

Ce serait une perte de temps de tenter de nous convaincre que c'est peut-être la bonne, alors qu'il est clair que ce n'est pas le cas. Ce qui signifie que nous devons continuer à chercher.

La deuxième partie, plus compliquée, de notre recherche, est aussi bien plus risquée. Si le juge Hollowell me voyait au tribunal, il n'en ferait sûrement pas grand cas. Mais s'il me voit traîner devant sa maison, j'aurai de la chance s'il se contente d'appeler la police.

Nous nous entassons tous à nouveau dans la voiture de Lincoln et je lui donne l'adresse d'Hollowell. Il se met en route, mais change de direction à mi-chemin.

— Eh, lancé-je en levant les yeux du GPS sur mon téléphone, qui est posé sur mes genoux. Tu as tourné dans le mauvais sens.

— Non, répond-il.

Il garde les yeux fixés sur la route, et je remarque que tout le monde est devenu très silencieux dans l'habitacle.

— Tu ne viens pas avec nous, ajoute-t-il.

— Quoi ? Bien sûr que si ! Je...

— Non, Harlow.

Il me regarde, et une flamme brille avec intensité dans ses yeux ambrés.

— C'est déjà assez stupide comme ça de camper devant la maison d'Hollowell. Mais si on se fait prendre, je refuse que tu sois avec nous. On est des adolescents, on pourra dire que c'était un genre de farce de dernière année. Mais tu ne viens pas avec nous. Je vais te redéposer au lycée.

— Je...

— Ce n'est pas négociable. Soit on y va seuls, soit personne n'y va.

Merde ! Mon estomac se noue si fort et si vite que j'ai l'impression d'avoir mangé un bloc de ciment.

Je comprends pourquoi ils ne veulent pas que je sois présente. Vraiment. Mais ce n'est pas ce qu'on avait prévu. C'est moi qui étais censée mettre ma sécurité en jeu dans notre recherche de réponse, pas eux.

Mais on doit savoir. La voiture qui a tué Iris est peut-être dans le garage d'Hollowell en ce moment.

Je me retourne vers le siège arrière et regarde les garçons tour à tour, une expression dure sur le visage.

— Très bien. Mais soyez prudents, putain ! Et envoyez-moi des messages tout du long. Si je n'ai pas de nouvelles de vous toutes les vingt minutes, je viens vous chercher.

— Marché conclu, acquiesce Dax, l'air sombre.

Quand Linc s'engage devant Linwood, le lycée semble très calme. Au début de l'automne, les jeunes traînent sur les marches de la façade durant leur temps libre, mais en ce moment, il fait bien trop froid pour ça. Tout le monde est à l'intérieur.

Je me tourne vers le garçon aux cheveux sombres assis derrière le volant.

— Sois prudent. S'il te plaît.

— Toujours.

Il se penche vers moi et m'embrasse. Quand je sors

de la voiture et la regarde s'éloigner à la lueur grise de ce mois de janvier, j'ai l'impression qu'elle emporte quatre morceaux de mon cœur avec elle.

Ils font ce que je leur ai demandé et les premiers messages arrivent alors que je suis en cours de sport. J'ai caché mon téléphone dans ma brassière de sport et je le sors en le sentant vibrer, ralentissant à un rythme de marche rapide alors que je fais le tour de la piste intérieure. Savannah me bouscule l'épaule et me fusille du regard en me dépassant, mais je l'ignore et passe le doigt sur l'écran de mon téléphone.

RIVER : On vient d'arriver. On a abandonné la voiture et trouvé un endroit d'où on peut observer.

Je sais qu'il évite prudemment d'évoquer le nom d'Hollowell ou de me donner trop de détails, juste au cas où. J'aimerais qu'ils puissent m'en dire plus, mais au moins, je sais qu'ils sont encore en vie.

D'autres nouvelles arrivent tout juste vingt minutes plus tard, de la part de Chase, cette fois.

CHASE : Toujours rien.

Je me douche et me change, puis je vais déjeuner, mais je ne fais que triturer ma nourriture dans mon assiette. Je crois que si j'essayais de manger, je vomirais.

Après le déjeuner vient mon cours de *business* et économie, et monsieur Arndt me confisque mon téléphone quand il me surprend les yeux fixés dessus. Mon cœur me remonte dans la gorge et y reste pendant tout le cours. Quand la sonnerie retentit enfin, je bondis vers l'avant de la salle de classe pour le récupérer et il m'adresse un regard inquiet.

— Tout va bien, Harlow ?

— Oui.

Je lève à peine la tête, trop occupée à lire les messages des garçons. *Ils vont toujours bien. Ils attendent toujours.*

— C'est juste... que j'attends des nouvelles à propos de ma mère.

— Ah ! Bien sûr.

Il me regarde comme s'il ne savait pas quoi répondre à ça. Je suis sûre qu'il n'existe aucune réponse de professeur standard pour ma situation.

— Eh bien, tu n'es pas autorisée à sortir ton téléphone en cours, alors sois prudente ! Madame Watson te le confisquera jusqu'à la fin de la journée, si elle te surprend.

Je comprends l'avertissement sous-entendu dans sa voix, et je lui en suis reconnaissante. Monsieur Arndt n'a rien d'un rebelle — c'est lui qui m'a emmenée voir le principal quand Savannah a saboté mes examens pour faire croire que j'avais triché —, mais je crois qu'il essaie de m'aider à ne pas me faire griller.

Pendant le cours d'algèbre, je cache mon téléphone dans les pages de mon cahier, et les tourne de temps en temps pour regarder si j'ai de nouveaux messages.

On attend toujours.

Enfin, alors que je suis à mon dernier cours de la journée, je reçois un message de Linc qui contient plus de trois mots. Monsieur Heller me tourne le dos, occupé à écrire sur le tableau, alors je m'empresse de sortir mon téléphone pour le lire.

LINCOLN : Elle n'est pas là. Il y a une voiture sportive rouge et une Bentley argentée, et c'est tout.

Quelle que soit la voiture dont il s'est servi, soit ce n'était pas la sienne, soit il l'a cachée ailleurs. Ou détruite.

Je regarde l'écran pendant plusieurs longues secondes, relisant le message encore et encore.

— Mademoiselle Thomas !

La voix de monsieur Heller me tire de ma stupeur, mais quand je relève la tête, l'expression de mon visage est si désemparée qu'il fait aussitôt machine arrière. Il n'exige pas que je lui donne mon téléphone et ne menace pas de me punir, il se contente de se racler la gorge et de me demander d'écouter le cours.

Mais je ne le fais pas.

Je range mon téléphone, mais je n'arrête pas de retourner dans ma tête les mots que Lincoln m'a envoyés.

Ce n'était peut-être même pas sa voiture. Il l'a peut-être détruite.

Chaque fois que j'essaie de trouver une piste, elle semble me glisser entre les doigts comme du sable. J'ai envie de renvoyer un message à Lincoln pour lui dire qu'il se trompe, qu'il y a forcément une autre voiture qu'ils n'ont pas vue dans le garage d'Hollowell. Mais je suis sûre qu'il n'y en a pas.

Dès que la cloche sonne, j'enfile les bretelles de mon sac sur mes épaules et sors de la salle. Je descends au premier étage et dépasse d'un pas vif la rangée de vestiaires appartenant à Savannah et à quelques autres de ses sbires *cheerleaders*. Elle rit à une blague prononcée par l'une des autres filles plus jeunes, mais ce son se transforme en cri quand j'attrape son sac à dos et tire.

— Qu'est-ce que tu fous ? s'exclame-t-elle.

Elle enfonce les talons dans le sol et se dégage de ma poigne, avant de se retourner pour me fusiller du regard.

— Je dois te parler. Maintenant !

— Va te faire foutre, traînée !

— Mauvaise réponse.

Elle recourbe les lèvres avec mépris et se tourne à nouveau vers sa petite bande. Je me tourne en même temps qu'elle, et avant qu'elle ait pu ouvrir la bouche, je m'adresse au troupeau de filles aux yeux écarquillés.

— Eh, vous saviez que votre reine avait...

Savannah émet un son étranglé et se raidit comme si quelqu'un lui avait enfoncé une barre de fer dans le derrière.

— Attends !

Je m'interromps et tourne la tête vers elle. Elle est blanche comme un linge, et j'aimerais pouvoir savourer cela, mais pour être honnête, je ne suis pas là pour l'emmerder. Je ne fais pas ça pour la mettre dans l'embarras, mais j'en ai assez d'être gentille. Je suis prête à révéler tous ses secrets les plus embarrassants tout de suite, si elle refuse de me donner ce que j'exige.

— Que veux-tu ? siffle-t-elle.

— Dehors.

Je fais un signe du menton vers le bout du couloir et attends qu'elle se soit mise à marcher avant de la suivre. Nous rejoignons la foule d'élèves qui se dirige vers la sortie, et une fois que nous avons passé les portes d'entrée, je l'attire sur le côté du bâtiment. Elle a les joues rouges de colère, de froid ou d'embarras, et elle a l'air d'envisager de me poignarder dans l'œil avec un stylo.

Sans lui laisser le temps de réaliser les fantasmes violents qui flottent dans sa tête, je m'avance vers elle et place mon visage tout près du sien.

— Tu dois me donner autre chose à propos de cette amie d'Iris. Maintenant.

Elle écarquille les yeux. Elle a l'air d'hésiter entre la peur et la colère.

— C'est quoi, ton problème, putain ? Pourquoi tu es obsédée par elle ?

— Ça n'a pas d'importance. Si tu m'aides à trouver cette fille de Waverly, je te laisserai tranquille, et je suis sûre que c'est ce que tu veux, hein ? Alors *aide*-moi. Qu'est-ce qu'Iris t'a dit d'autre à son sujet ?

— Je te l'ai dit, je ne sais pas !

Savannah me pousse en arrière, me faisant reculer d'un pas en trébuchant, mais je retrouve vite l'équilibre et me rapproche jusqu'à ce que nos nez se touchent presque.

— Très bien, marmonné-je. Mais si tu ne me donnes pas quelque chose, je m'assurerai que tout le monde à Linwood découvre tout ce qu'il y a à savoir à ton sujet. Alors, réfléchis bien.

Elle pâlit et j'ai presque de la peine pour elle. Je suis en train de l'acculer, exactement comme je me sens acculée, de la pousser dans une situation où la catastrophe se profile à l'horizon et où elle n'a aucune issue.

Sauf qu'elle en a une. Il le faut.

Parce que son issue est aussi la mienne.

Elle sait forcément quelque chose.

— S'il te plaît, Savannah, murmuré-je.

Mon ton menaçant a disparu, et je la regarde sans ciller, tentant de la pousser à la force de ma volonté à déterrer quelque chose des recoins de sa tête creuse.

Elle émet un son agacé et porte les mains à sa tête, pressant ses doigts contre ses tempes. Elle a l'air d'être en train de tenter un genre de tour de télépathie au rabais, mais je ne le lui fais pas remarquer ; je fais juste un pas en arrière et la laisse réfléchir.

— Sérieusement, je ne sais pas, lâche-t-elle. Ce n'est pas comme si Iris m'avait dit… attends.

— Quoi ? *Quoi ?*

— Elle m'a dit un jour que cette fille était présente à toutes les fêtes organisées par les garçons de Waverly.

Elle laisse retomber ses mains et me lance un autre regard noir.

— Alors si tu vas à une fête de Waverly, tu devrais l'y trouver.

Mon cœur semble embrayer dans ma poitrine.

Ce n'est pas grand-chose. Mais c'est un début.

11

Les garçons passent me récupérer au lycée, et quand ils arrivent, Savannah est partie depuis longtemps, s'étant éloignée avec un soupir mécontent après m'avoir juré que ce petit scoop était tout ce dont elle se souvenait.

Tout le monde a l'air abattu quand je grimpe sur le siège passager, frustré à l'idée que cette longue planque devant la maison du juge Hollowell n'ait rien donné. Mais quand je leur annonce ce que Savannah vient de me dire, le visage de Chase s'illumine.

— C'est parfait, putain ! Alors que je posais des questions au sujet d'une fille qui aurait un tatouage de fleur, j'ai entendu parler d'une fête entre élèves de Waverly qui a lieu ce week-end. Ça avait l'air d'être un événement assez important.

Il sourit et ajoute :

— Mieux encore, c'est une soirée piscine en intérieur.

Mon souffle se coince dans ma gorge quand il

prononce les mots « soirée piscine », et un torrent d'images et de sensations saisissantes submerge mon esprit et mon corps. L'air semble se réchauffer de plusieurs degrés dans la voiture, et un silence pesant s'installe avant que Dax se racle la gorge.

— C'est parfait. On n'aura même pas besoin de demander aux gens s'ils connaissent une fille avec un tatouage. Si tout le monde est en maillot de bain, on devrait pouvoir la repérer nous-mêmes.

La fête a lieu vendredi, ce qui veut dire que je passe deux jours à me sentir minable pendant que ma mère est en prison et que j'essaie de m'empêcher de devenir dingue.

Je vais au lycée, je regarde mes professeurs comme un zombie alors que je m'efforce de me concentrer, mais je passe tous mes cours à imaginer des scénarios où l'amie d'Iris nous procure des photos de la *cheerleader* blonde avec Hollowell, des preuves de leur liaison. Ça ne prouverait pas qu'il l'a tuée, mais si on établit une connexion entre eux, ce sera un très bon début.

Le vendredi soir, nous nous rassemblons tous chez Linc. Ses deux parents sont sortis et Bri, leur nouvelle gouvernante en chef, est dans l'appartement des communs où vivait autrefois ma mère. La chambre dans laquelle je m'étais installée est encore remplie de cartons contenant nos affaires, à ma mère et moi, et il y a encore des vêtements dans le placard et la commode, que je n'ai pas pris la peine d'emporter quand Linc m'a emmenée chez River.

Je retrouve le bikini que j'ai apporté d'Arizona et l'enfile, puis je mets un jean et un débardeur par-dessus.

Les garçons ne prennent pas la peine de mettre un jean par-dessus leur maillot de bain, ce serait trop serré. Ils se contentent d'enfiler un T-shirt et une veste. Nous ne passerons pas beaucoup de temps dehors, de toute façon.

— Alors, que demande-t-on à la fille quand on la trouvera ? demande Chase alors que nous traversons Fox Hill en direction du secteur scolaire.

— Comment elle connaît le juge Hollowell. Comment Iris et elles se sont rencontrées. Si elle a une preuve qu'ils sortaient ensemble, dis-je en énumérant la liste sur mes doigts.

— Si elle connaît Hollowell, comment on peut être sûrs qu'elle ne lui dira pas qu'on a posé des questions ?

— On ne peut pas. Mais on doit arrêter de jouer la sécurité.

Je me mords la lèvre et regarde le paysage sombre et enneigé par la fenêtre.

— Et on fera attention à ce qu'on lui dira.

Vingt minutes plus tard, Lin s'arrête dans un quartier que je ne reconnais pas. Des voitures sont alignées le long de la rue et des jeunes traînent sur la grande pelouse devant l'une des maisons situées quelques mètres devant nous. Ils portent des maillots de bain et se gèlent sûrement les fesses, mais les garçons se comportent de manière cool et virile, tandis que les filles n'ont clairement pas envie de couvrir leurs atouts alors qu'elles se pressent l'une contre l'autre pour fumer et boire dans des gobelets rouges.

La maison est loin d'être aussi chic que celle de Linc ou des jumeaux, mais elle est grande. Et quand nous entrons et suivons le son des voix, des rires et de la musique bruyante, nous découvrons un pavillon de piscine attenant à la maison.

Les propriétaires de cet endroit ont visiblement décidé qu'ils préféraient dépenser leur argent sur des objets fonctionnels plutôt que sur des fioritures décoratives. Je ne peux pas les en blâmer.

Le bassin est plus grand que certaines des piscines extérieures auxquelles j'allais en Arizona, un gros rectangle qui occupe tout le milieu de la pièce. Des baies vitrées donnent sur la cour du fond d'un côté, et des chaises longues et des tables ont été installées sur le sol carrelé autour de la piscine. Nous retirons nos vêtements dans un vestibule attenant et les suspendons à des crochets, puis nous revenons dans le grand pavillon de baignade.

Le bruit sourd de la basse semble encore plus fort, dans la pièce pleine d'échos, et des jeunes sont rassemblés en groupes dans l'eau, nageant au milieu ou s'accrochant aux bords alors qu'ils boivent et bavardent.

— Eh, c'est quoi, ces conneries ? Qui a invité Linwood ?

Un type qui me rappelle Trent — aux larges épaules et à l'air un peu lourdaud — vient se mettre sur notre chemin quand nous entrons.

— On s'est invités tous seuls, répond Linc d'un ton posé.

Il l'observe avec la même expression dédaigneuse qu'il réserve généralement à Trent. Les quatre rois sont athlétiques et musclés, mais aucun d'eux ne semble beaucoup apprécier les sportifs. Je ne peux pas leur en vouloir, vu ceux que j'ai rencontrés jusque-là.

— Que se passe-t-il, vous vous êtes lassés de sauter les filles hideuses qui viennent aux fêtes de Linwood ?

Le type rit à sa propre blague stupide, et je résiste à l'envie de m'avancer vers lui pour le pousser dans la piscine. Nous devons rester discrets, pas chercher la bagarre.

Lincoln se raidit et serre les poings, mais parvient lui aussi à garder son calme.

— Non. Aucune d'elles ne m'intéresse.

— Oui. C'est ça.

Le type émet un rire railleur, mais quand il tourne les yeux vers moi, son regard pétille d'un intérêt lubrique. Lincoln fait un pas vers lui et les trois autres garçons resserrent les rangs autour de moi, alors que le mec recule en trébuchant, surpris. Je crois qu'il n'avait pas réalisé que j'étais avec l'un de ces garçons, sans parler d'être avec les quatre, et leur réaction l'a complètement déstabilisé ; il les regarde tour à tour, et finit par battre en retraite. Son torse bombé se dégonfle un peu et il pousse un soupir mécontent.

— Très bien. Peu importe. Mais ne croyez pas que vous pourrez vous incruster dans toutes nos fêtes.

— Crois-moi, nous n'en avons pas l'intention, répond Lincoln d'une voix traînante.

Il parcourt la pièce des yeux avec dédain, un sourcil haussé, et je réprime un sourire. Je savais que ce garçon aux cheveux sombres et aux traits durs pouvait se montrer très intimidant, mais je n'aurais jamais cru qu'il puisse être aussi vache.

Et ça me plaît assez.

Le type s'éloigne la queue entre les jambes en réalisant qu'il est tout seul.

Même si ça pourrait très vite changer.

Je tends la main pour effleurer le coude de Linc et attirer son attention.

— On ferait mieux de se dépêcher pour nous barrer d'ici avant qu'il revienne avec ses potes.

— Oui, acquiesce-t-il.

Il fait un signe de tête vers la table couverte de bouteilles et de gobelets, devant laquelle un grand groupe de personnes s'est rassemblé.

— Allons-y.

Nous nous tournons tous dans cette direction. Le tatouage presque identique de Dax et Chase remue sur les muscles de leur dos au rythme de leurs pas, alors qu'ils marchent près de River de manière protectrice. Personne ici ne peut s'en rendre compte, mais je sais qu'ils gardent un œil sur lui et s'assurent qu'il ne rate rien, dans ce lieu bondé.

Je fais mine de les suivre, mais Linc enroule un bras autour de moi par-derrière et son souffle effleure mon oreille alors qu'il étale une main sur la peau nue de mon ventre.

— Ils appellent ça une soirée piscine, murmure-t-il avec un petit rire. Ils ne savent pas ce dont ils parlent.

Un petit frisson de désir et de vertige me saisit et je me retourne dans ses bras pour lui faire face. J'incline la tête en arrière pour le regarder dans les yeux. Il sourit, l'amusement et l'ardeur se reflétant dans ses yeux ambrés.

— Oui, murmuré-je en faisant courir mes doigts le long de son dos. J'ai préféré notre manière de faire. Il n'y a que quatre personnes au monde avec qui j'aie envie d'aller nager.

— Bien.

Il a prononcé ce mot dans un grognement possessif, et il dépose un baiser brutal et exigeant sur mes lèvres avant de s'écarter avec réticence.

Il glisse sa main dans la mienne et nous nous joignons aux autres, devant la table des boissons. Nous prenons un gobelet et le remplissons avant d'aller dans la piscine. L'eau est chaude et une forte odeur de chlore en émane. Nous nous rassemblons dans l'un des coins et lissons nos cheveux mouillés en arrière tout en scrutant la foule autour de nous. La piscine est au milieu de la pièce, alors d'ici, nous disposons d'un point de vue privilégié pour étudier la foule à la recherche d'un tatouage floral.

À supposer que Savannah n'ait pas menti pour que je lui foute la paix. Elle nous a peut-être envoyés ici dans l'espoir que les garçons se fassent sauter dessus par une bande de sportifs de Waverly.

Au début, je ne vois rien, parmi la multitude de corps pressés l'un contre l'autre. Rien à part un tas de jeunes que je ne connais pas et qui se déplacent dans la pièce ; les filles flirtent et rient, les garçons bombent le torse. En temps normal, j'adore regarder les gens, tenter de déterminer qui cache quoi, ce qui flotte sous la surface de leurs paroles et qu'ils ne disent pas. Ce qui les motive.

Mais je ne peux apprécier cela à cet instant, et alors

que mon regard se porte à nouveau sur l'endroit où j'ai débuté ma lente analyse de la pièce, une bulle d'agitation grandit en moi.

— Putain ! Et si elle n'était pas ici ?

— On vient d'arriver, remarque Chase.

Il se tord le cou pour regarder entre les jambes des filles arrêtées à quelques mètres de nous, et occupées à chuchoter entre elles.

Quelque chose de chaud m'emplit la poitrine quand je réalise que malgré le nombre de jambes, de seins et de fesses exposés, Chase semble à peine remarquer les filles, et ne les considère que comme des obstacles dans ses recherches.

Non. Aucune d'elles ne m'intéresse.

Je repense soudain à ce qu'a dit Lincoln un peu plus tôt, et je réalise à quel point c'est vrai. Depuis que cette histoire entre nous a commencé, je n'ai plus vu aucun des rois ne serait-ce que regarder une autre fille, et je sais que je n'ai regardé aucun autre garçon de cette manière. Pourquoi le ferais-je, sachant ce que j'ai déjà juste sous les yeux ?

J'espère qu'ils le sa...

Cette pensée est interrompue quand j'aperçois du rose et du rouge parmi la masse de corps. Je me raidis et me hisse sur le bord de la piscine pour me surélever de l'eau et me tordre le cou.

— Là-bas. Là-bas !

Un couple en train de se peloter en gloussant de rire s'écarte du passage, et je le vois.

De grosses fleurs de cerisier rose et rouge sur une branche, qui remonte le long du flanc de la fille, de sa hanche à son omoplate. Je comprends pourquoi il obsédait Iris, il est sublime. La fille à qui il appartient se retourne et scrute la pièce des yeux. Elle n'a pas de verre à la main et on dirait qu'elle vient d'arriver.

Parfait !

— Venez.

Avant même que j'aie fini de parler, nous sortons tous les cinq de l'eau et remontons sur le sol carrelé. Nous abandonnons nos boissons et nous nous dirigeons droit sur elle, lui coupant la route avant qu'elle ait pu s'entourer de ses amis.

Elle s'arrête net quand je viens me placer devant elle, et son regard passe de moi aux garçons. Elle a des cheveux châtains qui cascadent en vagues sur ses épaules et de grands yeux bleus qui me font penser à ceux d'Iris.

— Euh, oui ? Je peux vous aider ?

Elle nous regarde l'un après l'autre, et même si ses yeux s'attardent sur Dax et Chase d'un air appréciateur — *j'imagine qu'elle a un faible pour les jumeaux* —, elle a quand même l'air irritée.

— J'aime bien ton tatouage, remarqué-je, ne sachant trop comment aborder le sujet de son amie morte.

— Oh, merci ! répond-elle avec un sourire narquois. Ma mère était furieuse quand je l'ai fait, mais peu importe. Qu'elle aille se faire foutre !

Seigneur ! À un moment donné, j'aimerais vraiment rencontrer un adolescent de Fox Hill qui *aime* ses parents. Cela fait peut-être de moi une vraie ringarde, mais ma mère est l'une de mes meilleures amies, et je me fiche de ce que les autres en pensent.

J'esquive complètement cette remarque et jette un œil à Lincoln, qui hoche la tête. Inutile de tourner autour du pot.

— Tu connaissais Iris Lepiane ? demandé-je en reportant mon attention sur la fille.

Elle cligne des yeux. Quelque chose me dit que si elle avait fait une liste des mille trucs que j'étais le plus susceptible de dire, cette question aurait été environ neuf cent quatre-vingt-dix-neuvième.

— Oui. Et alors ?

Elle parcourt à nouveau des yeux notre petit groupe, en nous étudiant vraiment, cette fois.

— J'ai besoin de te poser quelques questions à son sujet. On peut aller dans un endroit un peu plus calme pour discuter une seconde ?

La fille hausse les sourcils. Elle a l'air d'hésiter entre nous dire d'aller nous faire foutre et satisfaire sa curiosité en découvrant ce que nous cherchons. La curiosité finit par l'emporter et elle esquisse un haussement d'épaules paresseux.

— Bien sûr. Si tu veux. Les parents d'Anna ne sont pas là, alors on peut aller où on veut dans la maison. Si toutes les chambres ne sont pas déjà prises, en tout cas.

C'est le cas de plusieurs, mais nous finissons par trouver une pièce vide au deuxième étage. Qui que soit cette Anna, je devine que cette pièce appartient à sa petite sœur. Elle est rose, avec des photos de poneys partout.

Nous sommes encore tous en maillot de bain. Je ne comptais pas risquer de laisser la fille au tatouage — Summer — devenir nerveuse et nous abandonner pendant qu'on se changeait. J'évite à dessein de m'asseoir sur les meubles, ne voulant pas laisser d'empreinte de fesses mouillées dans la chambre de la pauvre gamine, mais Summer s'étend sur le couvre-lit, l'air d'une mannequin en maillot de bain attendant que les embruns s'écrasent sur elle.

Maintenant qu'elle a décidé de jouer le jeu, l'irritation a disparu de son visage et elle s'est remise à observer les jumeaux comme si elle avait envie de les dévorer.

J'essaie de me dissuader de grimper sur le lit pour la gifler quand Dax et Chase m'épargnent cette peine. Ils laissent River à côté de Lincoln, traversent la pièce en même temps et viennent se placer de chaque côté de moi, si près que la peau nue de leurs bras effleure la mienne. Ils baissent les yeux sur moi, et je pourrais jurer voir un rire danser dans les iris bleu-vert de Chase.

Quand je reporte mon attention sur Summer, elle arbore à nouveau une expression irritée, et je la préfère de loin.

— Que voulais-tu me demander ?

Elle se redresse un peu, l'air plus pressée d'en finir avec ça, maintenant qu'elle sait qu'elle n'aura pas droit au sandwich de jumeaux.

C'est ça, ma belle. C'est mon sandwich.

Je m'assure de ne pas laisser mes pensées se lire sur mon visage et fais un pas en avant.

— Quelqu'un nous a dit que tu connaissais Iris et que tu l'avais peut-être présentée à... un homme plus âgé qu'elle voyait. C'est vrai ?

Elle prend un air amusé, et un sourire satisfait joue sur ses lèvres.

— Oui. Sûrement.

— Comment ça, sûrement ? demande Lincoln d'une voix dure.

— Je veux dire que je lui ai expliqué ma technique. Mais je ne savais pas qu'elle s'était trouvé un homme. Tant mieux pour elle.

— Quelle technique ?

Summer pousse un soupir, se redresse en position assise et retire ses jambes du lit. Elle s'appuie en arrière sur les mains et scrute les quatre garçons, avant de reporter son regard sur moi.

— Eh bien, tu as l'air de bien t'en sortir, *toi*. Mais en général, les garçons du lycée ont tendance à être un peu décevants. Je préfère les types plus âgés. Ils savent ce qu'ils font, au lit, et en plus, ils ont l'argent nécessaire pour vous offrir des cadeaux, et tout ça. Des bijoux de chez *Cartier*, ajoute-t-elle en insistant sur le mot, comme si c'était censé m'impressionner.

— C'est ça, ta technique ? demandé-je.

— Eh bien, quand on veut attraper un gros poisson, on doit aller là où sont les poissons, explique-t-elle.

Elle bat des cils, et je décide que je trouve cette fille encore plus antipathique qu'Iris.

— Mes parents reçoivent environ un million d'invitations à des galas de bienfaisance, des soirées de collecte de fonds et ce genre de trucs. Mais ils ne peuvent pas aller partout ; ma mère n'aime même pas ça, et mon père est tellement radin qu'il n'aime pas donner son argent à qui que ce soit. Alors, je prends leurs invitations et j'y vais à leur place.

Pour pouvoir partir à la pêche aux hommes riches plus âgés. *Beurk ! Dégueu !*

— Et tu as appris ce « tour » à Iris ?

— Oui, répond-elle avec un sourire satisfait. Je l'ai emmenée avec moi, une fois. J'ai dit qu'elle était mon invitée.

— C'était quel événement ? Un gala ? Une collecte de fonds ?

Summer agite la main en l'air, comme si ce détail n'avait pas la moindre importance. Je suppose que pour elle, il n'en a pas.

— Je ne sais pas. Une collecte de fonds, répond-elle avec un petit son moqueur. Je n'arrive pas à croire que cette garce a réussi à choper quelqu'un et qu'elle ne me l'a pas dit.

J'ai envie de lui demander si elle sait qu'Iris est morte, parce qu'elle n'en a pas l'air du tout. Mais elle le sait sûrement — on en a parlé partout. Je suppose que sa capacité de concentration n'est pas assez longue pour qu'elle soit encore en deuil.

— Tu te souviens pour quoi c'était ? insisté-je en faisant un autre pas en avant. Et quand c'était ?

Elle lève les yeux au ciel d'un air agacé, mais pince les lèvres et réfléchit.

— Au printemps. Je ne sais pas, c'était une collecte de fonds pour un politicien. Halloway, un truc comme ça.

Ma peau se met à me picoter, comme si un fantôme venait de me traverser. Je dois faire de gros efforts pour empêcher ma voix de trembler alors que je force les mots à passer mes lèvres :

— Hollowell ? Alexander Hollowell ?

— Oh, oui ! acquiesce-t-elle. C'était ça, je crois. Elle a dû donner son numéro à l'une des personnes présentes ce soir-là. Je n'arrive pas à croire qu'elle ait pu me faire ça, cette garce !

— Elle ne t'a jamais... rien dit à son sujet ? Elle n'a jamais évoqué un homme avec qui elle sortait ?

— Oh, elle parlait de *Trent* tout le temps ! répond Summer avec une grimace. Et j'avais l'impression qu'il y avait un autre type, mais je croyais que c'était un autre élève de Linwood.

— Il y a des photographes, durant ce type d'événements ? demande River d'une voix douce.

Summer le regarde comme s'il était une sorte de barbare mal élevé.

— Évidemment !

Nous l'interrogeons un peu plus, mais elle insiste pour dire qu'elle ne sait rien de ce mystérieux homme plus âgé avec qui sortait Iris. Et même si je n'en ai pas envie, je la crois. Iris a à peine mentionné Hollowell à Savannah, ce qui signifie que soit elle réalisait à quel point ce qu'elle faisait était tabou et qu'elle voulait le garder secret, soit elle craignait que ses « amies » tentent de le lui voler.

Quand je n'ai plus d'idées de questions à poser à Summer, nous redescendons tous et les rois et moi fonçons vers nos vêtements. J'envisage de demander à Summer de ne mentionner notre conversation à personne, avant de changer d'avis. Elle ressemble au genre de fille qui adore le *drama*, alors si je lui demande de garder ça secret, ce sera sûrement comme la mettre au défi de le répéter à tous ceux qu'elle connaît.

Mon bikini a un peu séché quand j'enfile mon pantalon et mon haut, mais les garçons doivent être gelés quand nous sortons pour nous empresser de rejoindre la voiture de Linc.

Dès que les portières sont fermées, il allume le moteur et monte le chauffage à fond, avant de s'écarter du trottoir.

Tout le monde reste silencieux un instant, puis Chase prend la parole.

— Dooonc...

— Donc, on sait comment ils se sont rencontrés, dis-je.

Je me tourne vers le siège arrière, même si je ne suis pas sûre que River puisse me voir dans la pénombre.

— Il l'a séduite pendant sa propre collecte de fonds, ajoute Dax en tapotant la vitre avec la jointure de ses doigts. C'est gonflé.

— Ou stupide, ajoute River en levant les yeux de son téléphone. Il y a des photos. Toutes celles qui ont été prises ne sont sûrement même pas là, mais il y a une galerie en ligne, et je parie que le photographe garde une copie de tout quelque part.

— Je peux voir ? demandé-je en me tordant le cou.

Il hoche la tête et me passe son téléphone. Je fais défiler les clichés tandis que Lincoln conduit et que les garçons murmurent à voix basse autour de moi. Je n'écoute qu'à moitié alors qu'ils débattent de ce qu'on devrait faire des informations qu'on possède. Je scrute chaque photo des yeux, fouillant chaque image de haut en bas.

Puis je la vois.

Iris Lepiane est sur son trente-et-un, ses cheveux blond clair savamment noués sur sa tête et de petites mèches retombant en cascade le long de son cou. Elle porte une robe longue et la combinaison entre la robe, les cheveux et le maquillage lui donne dix ans de plus.

J'étais sceptique quand Summer a affirmé pouvoir débarquer aussi facilement dans ces collectes de fonds et ces galas parmi un tas d'adultes sans que personne sourcille.

Maintenant, je comprends mieux.

Le juge Hollowell pourrait être pardonné d'avoir confondu Iris avec une fille d'une vingtaine d'années, s'il l'a rencontrée à cet événement. Mais à un moment donné, peu de temps après cette soirée, il a forcément découvert son âge réel, et le fait qu'il ne l'ait pas aussitôt quittée montre son vrai visage : celui d'un salopard libidineux.

Le photographe a immortalisé Iris avec un verre de champagne à la main, et alors qu'elle sourit à la foule autour d'elle. Elle a quelque chose d'éthéré. D'intemporel. Elle ne ressemble pas du tout à la fille que j'ai entendu hurler après Savannah dans le vestiaire des filles plus de fois que je ne saurais le dire.

C'est comme si elle avait toute une vie secrète en dehors du lycée.

J'imagine que c'est notre cas à tous, d'une certaine façon. Mais pour la plupart des gens, cette vie secrète ne cause pas leur mort.

Avant de continuer de faire défiler les images, je prends une photo de celle-là sur mon téléphone et la sauvegarde. Mais c'est le prochain cliché sur lequel elle apparaît, quelques images plus loin, qui me fait me redresser sur mon siège.

Elle n'est pas au premier plan, cette fois — elle est juste l'une des nombreuses personnes en arrière-plan.

Son visage est en partie détourné de l'objectif, mais on la reconnaît quand même sans mal.

Et elle est en train de parler au juge Hollowell.

12

Je suis assise devant l'îlot en marbre de la maison des Lauder, serrant mon café dans ma main alors que je suis penchée sur mon téléphone. Il est posé devant moi sur le comptoir et je n'arrête pas de faire passer mon doigt sur l'écran, alternant entre la photo d'Iris toute seule et celle où elle parle au juge Hollowell.

— C'est la bonne décision, Low.

Dax a parlé d'une voix sérieuse, et il se penche un peu plus près de moi, regardant par-dessus mon épaule alors que les photos défilent encore et encore.

— Tu crois ? murmuré-je.

Nous avons passé tout le week-end à en débattre : que faire des informations que Summer nous a données et de la photo d'Iris lorsqu'elle a rencontré le juge Hollowell à cette collecte de fonds ?

— Ça me paraît logique, intervient Chase, posant la main au creux de mon dos et se penchant par-dessus mon autre épaule. On a dit qu'on irait voir Dunagan quand on aurait quelque chose à lui dire. C'est le cas, maintenant.

— Oui.

Je me mordille la lèvre inférieure, si fort que la marque de mes dents s'imprime sur ma peau. Je suis terrifiée à cette idée, mais les garçons ont raison. Dunagan possède des ressources auxquelles nous n'aurons jamais accès, et alors que le compte à rebours jusqu'au procès de ma mère s'égrène jour après jour, nous n'avons plus de temps à perdre à tâtonner dans le noir.

Nous devons le faire.

— Oui, répété-je. OK.

— Prête ? demande Dax. On doit passer prendre River.

Je vide mon café en deux longues gorgées. Il est trop chaud, mais je m'en fiche. J'ai besoin de caféine. En fait, je préférerais même quelque chose de plus fort, mais la caféine devra suffire.

Je passe l'appel alors que nous sommes en chemin vers la maison de River. Dunagan a laissé sa carte à Samuel Black quand il l'a interrogé après l'arrestation de ma mère, et Linc m'a envoyé le numéro de sa ligne directe par SMS hier soir. J'appuie sur la touche d'appel verte et tente de maîtriser les battements de mon cœur alors que la sonnerie retentit une fois... deux fois...

Dunagan répond à la troisième sonnerie, et le son de sa voix me ramène brutalement au soir de l'arrestation de ma mère.

— Allô ?

— Détective Dunagan ?

— Oui, répond-il d'une voix posée. Qui est-ce ?

— C'est Harlow Thomas. On s'est rencontrés quand vous...

— Oui, je sais qui vous êtes, mademoiselle Thomas.

Il a pris un ton plus vif, et je le sens presque se redresser sur sa chaise.

Merde ! C'est parti.

— Je voulais savoir si je pourrais vous voir. J'ai des informations au sujet d'Iris Lepiane que je ne pense pas que vous ayez découvertes lors de votre investigation.

— Je vois, répond-il, et sa voix prend un ton rauque et las. Ça a un rapport avec un mystérieux homme masqué ?

— Non.

Si, mais je ne le lui dirai pas. Il pense déjà que je suis folle et désespérée. Il ne m'écoutera pas s'il croit que je compte juste déblatérer des théories conspirationnistes.

— Mademoiselle Thomas, je comprends que vous soyez bouleversée au sujet de votre mère, mais je n'ai pas le temps de partir à la chasse au dahu, vous comprenez ?

— Oui. Ce n'est pas du tout ça. Est-ce que je peux juste vous parler ? J'ai découvert quelque chose dont vous devriez être mis au courant. S'il vous plaît ?

Il y a un long silence à l'autre bout du fil, puis il reprend la parole.

— Très bien. La semaine prochaine. Lundi. Venez dans mon bureau.

Dans une semaine ? Merde, c'est dans plus longtemps que ce que j'espérais !

J'ai la sensation que c'est délibéré — sa façon de

s'assurer que je comprenne que, même s'il a accepté de me rencontrer, il ne considère pas ce que j'ai à lui dire comme urgent.

Mais si j'insiste, je suis sûre que je ne pourrai pas le rencontrer du tout.

— D'accord. Je serai là. Merci.

— Hum, hum.

Il raccroche et j'écarte mon téléphone de mon oreille pour fixer l'écran, ne réalisant que maintenant que mes mains tremblent.

— Il a dit oui ? demande Chase en se penchant en avant sur le siège arrière, l'air anxieux.

— Oui. La semaine prochaine. Je devrai aller à son bureau.

Le visage des jumeaux se décompose de manière parfaitement synchronisée, et ils se ressaisissent presque en même temps.

— Eh, c'est déjà ça ! répond Chase.

Ses cheveux cuivrés brillent à la lueur matinale quand il incline la tête.

— Au moins, il a dit oui.

Oui. C'est vrai.

Et ça veut peut-être dire qu'il va écouter ce que j'ai à dire.

Quelques minutes plus tard, nous nous garons devant la maison de River. Il se glisse à l'arrière avec Chase et je me retourne pour lui raconter mon appel avec Dunagan. Il m'écoute avec attention et hoche la tête une fois que j'ai terminé, l'air d'accord avec les deux autres : c'est le mieux qu'on puisse espérer.

Lincoln nous attend devant les portes de Linwood

quand nous arrivons. À la façon dont il se redresse quand nous approchons, je sais qu'il est impatient de savoir comment s'est passé le coup de fil, lui aussi.

Je lui répète l'histoire à voix basse alors que nous traversons les couloirs, et une fois que j'ai terminé, il se penche pour déposer un baiser sur ma tempe. La première fois qu'il m'a embrassée au lycée, ça m'a stupéfaite, mais depuis lors, tous les garçons se montrent plus affectueux avec moi en public. Chaque fois que ce genre de truc arrive, cela nous vaut les regards curieux de certains et désapprobateurs d'autres, mais j'essaie d'ignorer les deux.

— Alors, on n'a plus qu'à attendre que la semaine passe, dis-je avec un rire épuisé alors que nous atteignons mon vestiaire. Je pourrai peut-être faire mes devoirs, pour une fois.

Linc baisse les yeux sur moi et prend mon menton entre son pouce et ses doigts.

— Tu es une fille incroyable, Harlow Thomas.

Quand il me regarde comme ça, j'ai du mal à me souvenir qu'il fut un temps où il me regardait autrement. À une époque, nous nous détestions cordialement et luttions contre l'attraction que nous ressentions déjà l'un envers l'autre. Quand il me regarde comme ça, j'ai du mal à imaginer ma vie sans lui.

— Tu n'es pas mal non plus, Lincoln Black.

Le côté droit de sa bouche s'étire en un sourire de travers, et il dépose un baiser sur mes lèvres. Les autres rois m'embrassent chacun son tour avant de partir en cours, et je fais de mon mieux pour leur rendre leur baiser quand ils pressent leurs lèvres sur les miennes, sans leur montrer que j'hyperventile.

C'est une autre première.

Et je sens qu'elle n'est pas passée inaperçue.

Des murmures bas résonnent sur mon passage, mais je les ignore résolument et me dirige vers mon cours de science politique comme si rien ne sortait de l'ordinaire.

Je fais de mon mieux pour me concentrer sur le cours. Mes notes ont baissé, ce semestre, et je devrais vraiment essayer de me reprendre. Mais entre mon appel à Dunagan et les baisers qui flottent encore dans mon esprit, la voix monocorde de monsieur Becker n'a aucune chance de retenir mon intérêt.

Je me dirige vers mon deuxième cours de la journée, la biologie, quand quelqu'un attrape mon sac à dos et me tire en arrière. J'enfonce les pieds dans le sol, mais avant que j'aie pu retrouver l'équilibre, je suis entraînée derrière une porte de la cage d'escalier du premier étage.

Savannah me repousse loin d'elle et s'époussette les mains, comme si elles avaient besoin d'être nettoyées après qu'elle m'a touchée.

— Qu'est-ce que tu fous ? grogné-je.

OK, j'ai fait la même chose avec elle il y a une semaine, mais j'avais une bonne raison. Je suis sûre que ce n'est pas son cas.

Elle sourit, et il y a quelque chose d'à la fois vengeur et suffisant dans cette expression qui me noue l'estomac.

— Oh, je voulais juste te faire savoir que j'avais

l'intention de tenir ma promesse ! me dit-elle d'une voix faussement douce.

— Quelle promesse ? craché-je.

— Celle de te rendre la pareille, répond-elle avec un sourire cruel. Je veux dire, je pourrais considérer que l'inculpation imminente de ta mère pour meurtre est suffisante, mais ce n'est pas le cas.

Cette pique au sujet de ma mère me fait mal, comme si elle avait retourné un couteau qui semble enfoncé dans mon cœur en permanence, ces derniers jours.

— Fais ce que tu veux, Savannah, répliqué-je d'un ton sec, fatiguée de supporter ses mesquineries. Mais si tu t'en prends à moi, je dirai à toutes les *cheerleaders* ce que je sais sur toi. Je suis sûre que tout le lycée le saura très vite, après ça.

Au lieu de pâlir, son sourire ne fait que grandir.

Que se passe-t-il ?

— Non, espèce de traînée stupide, rétorque-t-elle, une lueur de triomphe dans les yeux. C'est ce que j'essaie de t'expliquer. Tu ne le feras *pas*.

Elle lève une main pour m'interrompre avant que j'aie pu dire un mot et continue :

— Parce que sinon, je ferai en sorte que tout le monde soit au courant de l'existence de la maman du futur bébé de Samuel Black. Et du fait que sa femme va le quitter parce qu'il a mis une putain de domestique enceinte.

Cela me fait me figer net.

Je la dévisage pendant plusieurs longues secondes, absorbant ses paroles et tout ce qu'elles signifient.

Elle est au courant de la liaison de monsieur Black. Je ne sais pas comment elle l'a découvert, mais elle sait.

Et Audrey va le *quitter* ? Est-ce que c'est vrai, ou est-ce qu'elle ment ?

Est-ce que Linc est au courant ?

Pour ce que j'en sais, monsieur Black continue de jouer le jeu de Paige, acceptant toutes les exigences de cette femme dans un effort pour empêcher cette histoire sordide de s'ébruiter dans tout Fox Hill.

Et quand Savannah menace de révéler cette affaire à tous les élèves du lycée, ce qu'elle veut dire, c'est qu'elle va la révéler à leurs *parents*. Si suffisamment d'étudiants l'apprennent, l'un d'eux dira quelque chose à sa mère ou son père, et l'histoire se répandra à partir de là.

Savannah menace de détruire toute la famille Black.

À moins que je fasse ce qu'elle veut.

Elle ne plaisantait pas. Elle ne bluffait pas. Elle a vraiment trouvé un moyen de se venger de moi.

Elle hausse un sourcil parfaitement taillé et me dévisage tout en enroulant une mèche de cheveux roux autour de son doigt.

— Alors ? Pas de répartie cinglante ?

— Que veux-tu, Savannah ? demandé-je d'une voix basse et rauque.

Son regard se durcit.

— Je veux que tu arrêtes de me traiter comme ton petit chien. Et je veux que tu oublies tout ce que Trent t'a raconté sur moi. Si tu ruines ma vie, je ruinerai celle de ton petit ami. De l'un d'eux, en tout cas, corrige-t-elle avec dédain. Et ne crois pas que je ne chercherai pas un moyen de détruire les autres aussi.

Merde !

Je songe aussitôt à River, au secret qu'il est parvenu à garder si longtemps auprès de presque tout le monde dans ce lycée. S'il est découvert, il n'aura pas d'ennuis. Il n'a rien fait de mal.

Mais cela le blessera.

Et je refuse de laisser une telle chose arriver.

Tout comme je ne peux laisser Lincoln être blessé plus encore par les écarts de son père.

Elle a gagné.

— Très bien, Savannah.

Je fais un pas en arrière, et la fureur brûle dans ma poitrine alors que je lève les mains en signe de reddition.

— J'arrête. Je ne te demanderai plus rien sur Iris, et je ne... répéterai à personne ce que je sais. C'est ce que tu veux ?

Un sourire lui vient lentement, venimeux et mortel.

— Oui, c'est ça. *Pour l'instant.* Je suis sûre que je trouverai d'autres trucs, à l'avenir, mais tu vas devoir attendre de voir ce que c'est.

Seigneur, j'ai envie de l'attraper par les cheveux et de lui écraser le visage contre le mur ! Je pourrais sûrement. La dernière fois qu'on s'est battues, c'est moi qui avais le dessus, et si je la prenais par surprise, je pourrais au moins obtenir la satisfaction de lui porter un coup avant même qu'elle ait pu se défendre.

Mais je me retrouverais traînée dans le bureau du principal Osterhaut, j'aurais des ennuis et elle révélerait le linge sale de monsieur Black quand même rien que pour me faire du mal.

Je dois faire un gros effort pour desserrer les poings et prendre une profonde inspiration par le nez.

— Super. Je suis impatiente de découvrir ce que ce sera.

— Oh, Harlow ! dit-elle avec un sourire suffisant. On va tellement s'amuser !

Quelle sale garce !

Je ne vais pas nier que ça me plaisait, d'avoir du pouvoir sur elle après tous les secrets embarrassants que Trent nous avait révélés sur elle. Mais je ne me suis servie de ce pouvoir que pour deux raisons spécifiques : annuler mon expulsion de la Linwood Academy et trouver des informations à propos de la façon dont Iris et le juge Hollowell se sont rencontrés.

Savannah va se servir de son nouveau pouvoir sur moi pour faire de ma vie un enfer, rien que parce qu'elle le peut.

— Oui, s'amuser.

Je remonte mon sac sur mon épaule et ouvre la porte de la cage d'escalier au moment où la sonnerie retentit, annonçant la deuxième heure de cours. Je suis mon cours de biologie, de littérature anglaise, puis de sport, me précipitant hors des vestiaires avant que Savannah ou l'une de ses comparses aient pu m'emmerder.

Ma poitrine est comprimée. Savannah n'a pas fait que retourner le couteau dans la plaie, elle en a enfoncé un autre à côté du premier, et j'ai l'impression de ne plus pouvoir respirer.

Au lieu de rejoindre la cafétéria, je monte les marches deux par deux jusqu'au deuxième étage et me dirige d'un pas vif vers la salle où a lieu le quatrième cours de Lincoln. Monsieur Wartenburg nous a laissé sortir de sport un peu en avance et l'heure de classe se termine tout juste quand j'arrive. Lincoln sort de la salle en se passant une main dans ses cheveux sombres et hirsutes, mais il s'immobilise en me voyant.

Une expression inquiète se peint aussitôt sur son visage et il me rejoint en deux pas, avant de me prendre dans ses bras et de m'écarter du flot d'élèves qui se répand dans le couloir. Il baisse la tête et lève mon visage vers le mien.

— Qu'y a-t-il ? C'est ta mère ? Dunagan ?

Je secoue la tête en silence, puis prends l'une de ses mains et l'entraîne plus loin dans le couloir, avant de me glisser dans la bibliothèque. Quelques étudiants sont penchés sur des tables, occupés à travailler sur je ne sais quel projet, mais j'attire Linc vers l'une des petites salles de réunion au fond de la pièce. Officiellement, nous sommes supposés réserver un horaire, si nous voulons en utiliser une pour un projet de groupe, mais les élèves s'y faufilent tout le temps pour batifoler, vu qu'elles sont vides la plupart du temps.

Quand nous sommes dissimulés dans la petite pièce, Lincoln retire sa main de la mienne et prend mon visage entre ses paumes, avant de me regarder avec une expression d'inquiétude grandissante.

— Que s'est-il passé, Harlow ? Qu'y a-t-il ?

— Est-ce que tes parents vont divorcer ? murmuré-je.

Il se raidit.

— Quoi ? Qui t'a dit ça ?

— Savannah.

— Comment elle l'a découvert ?

— Je ne sais pas. Elle est aussi au courant pour Paige et le chantage, m'empressé-je de continuer.

Même si Savannah est une garce manipulatrice, ce n'est pas de ça que j'ai envie de parler à cet instant.

— Elle a dit que tes parents allaient divorcer. C'est vrai ?

Lincoln hésite un instant et se passe la langue sur les lèvres. Puis il baisse la tête et pousse un soupir.

— Oui. Quand mon père a dit qu'il voulait me parler, le jour où River, toi et moi...

Il s'interrompt, comme s'il ne voulait pas associer ce moment incroyable entre nous à ce qui s'est visiblement passé ensuite.

— Bref, c'est de ça qu'il voulait me parler. Que ma mère et lui allaient divorcer.

— Merde ! soufflé-je. Linc, je suis tellement désolée ! Pourquoi tu ne m'as rien dit ?

Il hausse les épaules, et je sens bien qu'il tente de minimiser la situation et de faire comme si ce n'était pas très important. Mais même s'il est doué pour bluffer, je détecte son mensonge, cette fois. Il souffre.

— Il t'arrivait déjà tant de choses. Je ne voulais pas ajouter d'autres problèmes, surtout alors que ni toi, ni moi, ni qui que ce soit ne pouvait rien faire à ce sujet. C'est comme ça, c'est tout.

Je fais un pas en avant et enroule mes bras autour de lui. Il se raidit une seconde, comme s'il avait peur de m'affaiblir en se reposant sur moi. Comme si ce serait trop à supporter pour moi.

Mais ce qu'il ne comprend pas, c'est que je suis plus

forte quand je suis avec lui. Même si cela signifie porter un plus lourd fardeau.

Son corps se détend lentement, il passe les bras autour de moi et laisse tomber sa tête en avant. Nos corps sont si proches l'un de l'autre qu'il serait difficile de dire où je m'arrête et où il commence.

— Ça craint vraiment, Low ! murmure-t-il d'une voix rauque. Je crois que mon père a le cœur brisé. Il est bouleversé. Mais si perdre son mariage le rend si triste, je ne comprends pas pourquoi il l'a fichu en l'air au départ.

— Je suis désolée que tu aies eu à gérer tout ça tout seul.

Ma voix est étouffée contre son torse, mais je ne fais aucun effort pour me déplacer. Je peux à peine bouger, le visage écrasé contre lui comme ça, mais je m'en fiche. Son odeur de coriandre épicée m'enveloppe et je sens la chaleur de sa peau à travers le doux T-shirt à manches longues qu'il porte.

— Je suis désolée que tu aies découvert ça par cette foutue Savannah, marmonne-t-il, un grognement dans la voix.

— Elle m'a dit que si je ne la laissais pas tranquille et si je ne faisais pas tout ce qu'elle veut, elle raconterait ça dans tout le lycée.

Je finis par m'écarter un peu alors que je prononce ces mots, la culpabilité me tordant les entrailles à l'idée que Savannah s'en prenne à lui pour m'atteindre.

— Je lui ai dit que je ferai tout ce qu'elle veut, m'empressé-je d'ajouter.

Lincoln me regarde en clignant des yeux. Ses yeux ambrés sont indéchiffrables. Puis il secoue la tête.

— Non, tu ne feras pas ça.

— Si, insisté-je en resserrant les bras autour de lui. Je le ferai. Linc, ça pourrait tourner très mal, si cette histoire se répand. Ton père a passé des mois à négocier avec cette femme pour tenter d'acheter son silence. Et Savannah pourrait faire en sorte que tout Fox Hill découvre la vérité.

Il hausse les épaules.

— Qu'elle le fasse.

Je déglutis. *Quoi ?*

Ce qu'il dit n'a aucun sens.

Il lit peut-être mes pensées sur mon visage, parce qu'il secoue à nouveau la tête.

— Ce n'est pas ce dont j'avais envie, Low. Mais je ne te laisserai pas te jeter en pâture à Savannah pour protéger mon père. C'est un adulte. Personne ne l'a obligé à prendre ces mauvaises décisions, et il devra vivre avec les conséquences.

Il passe une main sur mon visage, suivant la courbe de ma mâchoire.

— Je suis de ton côté. C'est toi que je choisis.

Des larmes me brûlent les yeux, mais je cligne des paupières pour les balayer et le voir clairement, m'efforçant de lire son visage.

— Mais... c'est ton père.

— Oui, dit Linc en hochant la tête. Et je l'aime... même si parfois, je le déteste aussi. Mais ce n'est pas à moi de le protéger de tout ça. Il ne m'a pas protégé, ni ma mère, quand il couchait avec ces foutues domestiques. Quand il a mis l'une d'elles enceinte. Il faisait juste ce dont il avait envie, et ne pensait qu'à lui.

Son regard s'adoucit et ses yeux se réchauffent alors qu'une partie de la douleur s'en écoule.

— Il s'est mis lui-même dans cette situation parce qu'il n'a pas choisi Audrey. Quand il a eu le choix entre quelqu'un d'autre et elle, il ne l'a pas choisie. Mais je n'ai pas envie de devenir comme lui, Low. C'est toi que je choisis. Et ce sera toujours toi.

Bordel de merde !

Son visage se brouille alors que les larmes que je tentais de réfréner s'échappent quand même. Il les essuie à mesure qu'elles tombent en passant ses pouces sur mes joues.

— Je n'ai connu que de très mauvais exemples de relations amoureuses, continue Linc.

Il parle d'une voix douce. Honnête. À cœur ouvert.

— Je suppose que toi aussi, vu que ton père s'est barré avant même ta naissance. Mais ce n'est pas ce que je veux. Je veux que notre relation soit plus forte que ça.

— Moi aussi.

Mon cœur bondit dans ma poitrine alors que je fais glisser mes doigts le long de sa nuque, avant de les passer dans les mèches douces de ses cheveux. Il est si beau, les traits durs de son visage dissimulant une douceur qu'il n'est pas donné à tout le monde de voir.

— Tu crois que c'est possible ? murmuré-je. Même si c'est partagé ? Même si c'est entre nous cinq ?

— Eh !

Une étincelle de colère passe dans ses yeux, mais je sais qu'elle n'est pas dirigée contre moi. Elle est dirigée contre le monde extérieur, et c'est une colère protectrice.

— Personne n'a le droit de nous dire à quoi « nous » devrions ressembler. Personne n'a le droit de décider ça à part nous.

Je souris et me mords la lèvre.

— Oui. Tu as raison. Ça me plaît.

Un sourire éclot sur son visage. Il est différent de tous ceux que j'ai jamais vus sur ses traits jusqu'alors, et je pourrais jurer le sentir dans mon cœur, comme s'il était physiquement connecté à moi.

— Bien, dit-il, suivant la courbe de ma pommette de la jointure de son doigt. Je te veux, Harlow. Je te choisis. Et regarder mes meilleurs amis tomber amoureux de toi ne fait que me rendre encore plus amoureux moi-même.

Puis il baisse la tête et m'embrasse, et le monde entier disparaît.

13

La semaine passe à la vitesse d'un escargot qui escalade un rocher.

J'ai été tentée d'aller trouver Savannah juste après ma conversation avec Lincoln pour lui dire qu'elle pouvait aller se faire foutre. Mais même s'il m'a catégoriquement interdit d'accepter ses petits jeux mesquins rien que pour protéger son père, il me paraît stupide de lui déclarer une guerre ouverte. On a bien assez de trucs à gérer pour l'instant ; je n'ai pas besoin de nous ajouter plus de problèmes.

Alors au lieu de ça, je fais de mon mieux pour ignorer la garce rousse et rester hors de son chemin.

Scott Parsons m'appelle mercredi pour me donner des nouvelles des préparations pour le procès de ma mère. Il a l'air optimiste, mais rien de ce qu'il me dit ne me donne l'assurance que tout se passe bien. Alors soit il se montre exagérément optimiste, soit il est complètement paumé et croit vraiment déchirer.

Le jeudi, les jumeaux et moi déposons River chez lui

après le lycée comme d'habitude. Il a encore neigé, et le manteau blanc tout frais donne au monde un aspect immaculé et préservé.

— Je crois que c'est le seul truc que j'apprécie au sujet de l'hiver, dis-je d'un ton absent.

Je regarde par la fenêtre pendant que Dax remonte l'allée de leur maison.

— Lequel ? demande-t-il en tournant les yeux vers moi.

— La neige fraîche. C'est comme un nouveau départ, une toile blanche. C'est beau.

Puis j'émets un son dédaigneux entre mes dents et ajoute :

— Tant que je ne dois pas conduire dessus.

Chase rit alors que nous entrons dans le garage et que Dax éteint le moteur.

— Oui, toi, la neige et les voitures, c'est un mauvais mélange.

Nous sortons tous du véhicule et nous dirigeons vers la maison. Je réfléchis aux devoirs que je dois terminer pour éviter de prendre encore plus de retard, mais mes pensées sont interrompues au milieu de l'escalier par la mère des jumeaux, Evelyn.

— Les garçons, lance-t-elle en sortant du grand salon. Nous organisons une soirée, tout à l'heure, j'aurais donc besoin de vous en bas à dix-huit heures précises. Le dîner sera servi à dix-neuf heures.

Elle tourne les yeux vers moi et ajoute :

— Tu es la bienvenue si tu veux te joindre à nous, Harlow.

— Euh, d'accord.

Ce n'était pas du tout comme ça que j'envisageais de passer ma soirée, mais il me semble peu judicieux de refuser l'invitation d'une femme dont je squatte actuellement la maison. Les parents des jumeaux se sont montrés incroyablement indifférents à ma présence, mais je n'ai pas envie de me les mettre à dos.

— Merveilleux, dit-elle avec un sourire rayonnant.

Son enthousiasme fade la fait un peu ressembler à l'une des femmes robot de *Et l'homme créa la femme.*

— Le code vestimentaire sera semi-habillé.

— Euh, d'accord.

Elle repart dans le salon tandis que nous montons tous les trois à l'étage. Alors que nous traversons le couloir vers nos chambres, je jette un coup d'œil à Chase.

— Ce n'est pas que je me plaigne, mais pourquoi voudrait-elle que je sois là ?

Il lève les yeux au ciel.

— Sûrement pour pouvoir te faire parader, comme nous. On descendra à dix-huit heures, et elle se vantera devant tous ses amis des écoles dans lesquelles on a été acceptés et des honneurs qu'on a reçus cette année.

— Et elle veut se vanter de moi aussi ?

— Eh bien, pas se vanter à proprement parler, répond Dax. Elle veut plutôt se faire bien voir en faisant étalage de la façon dont elle t'a recueillie.

— Oh, *elle* m'a recueillie ? répété-je en arquant un sourcil.

— C'est sûrement ce que pensent toutes ses amies, oui, répond-il avec un petit rire. C'est juste l'un des petits jeux auxquels ils jouent pour leur statut social. À peu près tout le monde dans leur cercle est au courant pour ta mère et pour la mort d'Iris. Mais la plupart d'entre eux te considèrent comme une victime innocente dans cette histoire, alors ma mère se fera bien voir si elle dit qu'elle s'occupe de toi.

— Waouh ! OK.

Je grimace. Comme si je ne me sentais pas déjà assez comme un animal dans un zoo, des gens vont sûrement me dévisager toute la soirée avec une expression compatissante sur le visage, maintenant.

On a un peu de temps avant le dîner, alors nous nous installons tous les trois dans la grande salle commune du rez-de-chaussée pour faire nos devoirs, étalés ensemble sur le canapé dans un silence confortable. À dix-sept heures, je monte prendre une douche et me changer, optant pour une robe et un legging, vu que je ne sais pas trop ce que signifie « semi-habillé » dans ce contexte.

Je rejoins les garçons devant ma chambre et nous descendons ensemble. Les invités commencent à arriver peu après dix-huit heures et ils sont accompagnés jusqu'à une grande salle de bal par le personnel de la maison. La scène est si familière qu'elle me provoque un fort sentiment de déjà-vu, et je dois repousser mes souvenirs de l'époque où j'aidais ma mère à accueillir les invités chez les Black.

Mais ce rassemblement ne sera pas aussi grand que leurs soirées cocktail. La table de la salle à manger des Lauder est immense, assez pour accueillir confortablement trente personnes, mais nous sommes loin de la liste d'invités des fêtes de la famille Black.

Les parents de Lincoln et ceux de River ont été

invités, et les garçons viennent avec eux. Audrey et Samuel ne se regardent même pas. Je me souviens qu'ils jouaient autrefois les tourtereaux quand ils étaient en public, même quand ils venaient tout juste de se disputer — mais je suppose que l'époque où ils faisaient semblant est terminée.

Je rejoins Linc et étreins sa main alors que tous les adultes se dirigent vers le bar, qui est géré par l'un des employés de la maison.

— Tu vas bien ?

— Oui, répond-il en hochant la tête. Au moins, ils se soucient tous les deux assez de leur réputation pour se comporter de manière courtoise devant les autres. Ce n'est pas...

Je ne saurai jamais ce qu'il s'apprêtait à dire. Avant que Lincoln ait pu finir sa phrase, ses yeux se posent sur quelque chose derrière moi et tout son corps se raidit.

— Merde ! marmonne-t-il.

Je me retourne et mon estomac se noue.

Merde, exactement !

Le juge Hollowell traverse la pièce, bras tendus alors qu'il salue bruyamment un autre invité. Son sourire est large et sincère, et quand il atteint l'homme, ils se serrent la main et se donnent une tape sur l'épaule avant de rejoindre le bar ensemble, déjà plongés dans une conversation.

Merde ! *Merde !* J'aurais dû me douter qu'il serait là. J'aurais dû poser la question.

J'aurais pu faire semblant d'être malade, décliner l'invitation de madame Lauder et passer toute la soirée enfermée dans ma chambre. Je peux peut-être encore. Je peux m'en aller discrètement et demander à Dax et Chase de trouver une excuse pour moi.

Mais avant que j'aie pu faire un geste, le regard d'Hollowell parcourt la pièce, avant de s'arrêter sur moi. Il semble un peu surpris, puis il sourit et incline la tête en un petit salut.

J'étire les lèvres en un sourire raide et lui rends son bonjour.

— Bon sang ! On ne savait pas qu'il serait là, Low, je te le jure, me dit Dax.

Pendant qu'il parle, les autres garçons et lui se rassemblent autour de moi, si près que c'est comme s'ils tentaient de me protéger physiquement du juge.

Merde ! Cette situation pourrait dégénérer tellement vite !

Nous sommes tous sur les nerfs, et j'ai déjà assez de mal à garder mon calme en présence de cet homme. Ces quatre garçons protecteurs auront encore plus de difficultés que moi — surtout si je suis là. Je les sens déjà bomber le torse autour de moi, la colère et l'agressivité tendant leurs corps.

— Je... je crois que je vais sauter le repas, marmonné-je aux jumeaux en me retenant de jeter un nouveau coup d'œil à Hollowell. Ce n'est pas une bonne idée.

— Je suis d'accord, acquiesce Dax, et un muscle se contracte sur sa mâchoire. Je vais dire à maman que tu es malade. Elle sera furieuse, mais elle ne te traînera pas ici de force si elle pense que tu risques de vomir sur quelqu'un.

— OK.

Je hoche la tête et la panique rend ce mouvement saccadé et trop rapide.

— Ça va aller, pour vous ?

— Oui, on va s'en sortir, répond Chase. On va rester hors de son chemin. Il n'a aucune raison de nous parler, alors avec un peu de chance, il gardera ses distances.

Il jette un œil au groupe d'adultes du côté opposé de la pièce, une expression d'ennui et d'indifférence sur le visage. Ce n'est pas un très bon joueur de poker, mais il sait bluffer, quand il le faut.

Je hoche la tête, jette un dernier regard aux quatre garçons, puis me détourne et fonce vers la porte. Evelyn me jette un regard agacé quand je pars, mais je ne ralentis pas et laisse les jumeaux se charger d'elle.

Un autre couple bien habillé et leur fille sont invités à entrer dans la maison au moment où je commence à monter le large escalier de gauche pour rejoindre le deuxième étage. Quand j'atteins la chambre d'amis où je me suis installée, je ferme la porte derrière moi et m'appuie contre elle, tentant de forcer mon cœur à battre moins fort.

Je reste là plusieurs longues minutes, anticipant le coup qui sera frappé à la porte d'une seconde à l'autre, quand Evelyn exigera que je rejoigne sa fichue fête.

Mais il ne se passe rien.

Lentement, je m'écarte de la porte et traverse la chambre pour aller m'asseoir sur le lit. La maison est si grande et étendue que même si trente personnes sont en train de discuter et de rire au rez-de-chaussée, je n'entends rien du tout. C'est étrange, comme si j'étais dans une maison fantôme, silencieuse et abandonnée.

Le temps semble se traîner avec une lenteur d'escargot, et je me recroqueville sur le banc près de la fenêtre avant d'ouvrir un cahier de cours, mais je n'arrête pas de tourner la tête vers le réveil.

Dix-huit heures quinze.

Dix-huit heures trente.

Dix-neuf heures.

Ils sont tous assis pour dîner, maintenant, après avoir passé une heure à socialiser et à boire. J'ai l'impression que mon estomac se replie sur lui-même alors que je me demande si les garçons ont réussi à se maîtriser et à dissimuler leur haine et leur méfiance envers Hollowell.

Le fait de n'avoir rien mangé n'arrange rien. J'ai l'impression d'avoir l'estomac rempli d'acide, et ça ne fait qu'empirer. Je songe avec regret à l'époque où le petit appartement de ma mère était juste au coin du couloir, chez les Black, et où je pouvais la rejoindre pour dîner avec elle sans avoir à mettre les pieds en bas.

Mais il n'y a rien à manger, ici. Je n'ai même pas la moindre barre de céréales dans mon sac à dos.

À dix-neuf heures trente, je décide que tout le monde doit être installé à la table à manger. Je ne connais pas la cuisinière des Lauder aussi bien que je connaissais Gwen, mais je l'ai vue dans la cuisine de temps en temps, quand je traînais avec les garçons. C'est une femme âgée qui est aux petits soins pour les deux garçons, comme s'ils étaient ses propres fils — *elle est bien la seule dans cette maison* — et elle s'est toujours montrée amicale avec moi. Je parie que si je pointe mon nez dans la cuisine, elle aura pitié de moi et elle me donnera quelque chose à manger.

Je traverse le couloir d'un pas léger. Je porte encore la robe que j'ai enfilée pour le dîner, mais je suis pieds nus. Je jette un œil par-dessus la rambarde en approchant de l'escalier, mais je ne vois personne dans le vestibule. En chemin vers la cuisine, je passe assez près de la salle à manger pour entendre le bourdonnement de voix, mais je prends soin d'emprunter le chemin qui m'empêche de voir qui que ce soit dans la pièce — et vice versa.

Caroline est à son poste dans la grande cuisine, et travaille dur pour s'assurer que le prochain plat du dîner soit parfait, mais elle m'indique du doigt des restes de hors-d'œuvre que je peux manger.

Je remplis une serviette de plusieurs mini-sandwiches, avant de m'empresser de rejoindre ma chambre. Alors que je tourne au coin du couloir pour retourner dans le vestibule, je me cogne le doigt de pied dans la moulure qui borde les murs de la pièce au niveau du sol. L'un des sandwichs s'échappe de ma serviette et je laisse échapper un juron à voix basse. Puis je prends une inspiration douloureuse et me penche pour le ramasser.

— Je croyais que vous ne vous sentiez pas bien.

La voix derrière moi me fait me figer. J'hésite, mes muscles se crispant tellement que j'écrase presque la nourriture que je tiens encore dans ma serviette.

Le juge Hollowell a parlé d'un ton légèrement curieux, et quand je regarde par-dessus mon épaule, il a incliné la tête et m'observe avec intérêt.

— Je... c'est vrai. Je me suis dit que manger quelque chose apaiserait peut-être mon estomac.

Je récupère le sandwich par terre et le mets sur les autres, sans même prendre la peine de l'épousseter. Le sol est si propre que je pourrais sûrement manger directement dessus, et puis je ne suis plus sûre de réussir à avaler quoi que ce soit. La peur a transformé mon estomac en bloc de ciment.

— Ah ! dit-il en hochant la tête. C'est une bonne idée. En général, je prends des crackers et du ginger ale, quand je suis malade. C'est efficace.

— Oui.

Je tiens ma petite serviette repliée à deux mains et tente de reculer subtilement. Je veux mettre fin à cette conversation le plus vite possible. Je veux fuir.

— Comment va votre mère ? demande Hollowell.

Il fait un pas en avant, beaucoup plus grand que celui que je viens de faire en arrière.

— Bien, je crois. Je n'ai pas pu lui rendre visite très souvent, à cause du lycée. Mais je crois que ça se passe bien.

Hollowell hoche la tête, l'air de réfléchir à cela. Un drôle d'éclat brille dans ses yeux noisette alors qu'il incline la tête.

— Hum.

OK.

— Et ça vous convient ?

Mes poumons se gonflent trop vite dans ma poitrine et se pressent douloureusement contre mes côtes. Qu'entend-il par-là ?

— Eh bien, balbutié-je. Non, mais...

— Vous ne préféreriez pas qu'on découvre qu'elle est parfaitement innocente ? Qu'elle s'en sorte indemne ? Vous ne voudriez pas prouver que quelqu'un d'autre est coupable ?

Je ne peux plus bouger. Je ne peux plus parler.

Nous sommes assez loin de la salle à manger pour que je ne puisse plus entendre le bourdonnement des voix, ce qui signifie que personne ne peut nous entendre non plus depuis là-bas.

Nous sommes seuls.

Hollowell fait un autre pas vers moi, sa présence envahit tout mon espace et emplit tous mes sens. Quelque chose change dans le ton de sa voix alors qu'il me fixe des yeux, l'expression vide et indéchiffrable.

— De quoi voulez-vous parler avec le détective Dunagan, Harlow ? Pourquoi l'avoir appelé ?

14

Oh, merde !

Il sait.

Je ne sais pas comment il l'a découvert. Summer nous a peut-être balancés, à moins que Dunagan n'ait mentionné mon appel à l'un des flics que le juge Hollowell a dans la poche.

Mais à cet instant, le *comment* n'a aucune importance. Tout ce qui compte, c'est qu'il soit au courant.

Hollowell se tient toujours devant moi, son corps trop près du mien et le regard ferme. Il attend que je réponde, de voir si je vais tenter de bluffer à nouveau ou admettre la vérité.

— Je voulais juste lui poser quelques questions au sujet de l'affaire de ma mère, dis-je d'une voix chargée.

Ma langue me paraît trop grosse dans ma bouche. Un petit sourire apparaît sur le visage du juge, comme s'il s'attendait à ce que je dise ça. Comme s'il n'attendait que ça.

— Mais ce n'est pas vrai, hein ? vous vouliez lui *révéler* certaines choses au sujet de l'affaire.

Il marque une courte pause, puis ajoute :

— Au sujet de moi.

Je ne réponds rien. Je ne sais pas quoi dire. Il n'y a rien à répondre, aucun mensonge qu'il puisse croire.

Parce qu'il sait.

Et il s'avère que je n'ai pas besoin de dire quoi que ce soit. Hollowell prend mon silence pour un aveu et hoche la tête d'un air songeur. Il jette un œil par-dessus son épaule pour s'assurer qu'il n'y a personne dans le coin, puis tend la main vers mon bras et m'attire dans le vestibule, encore plus loin de la salle à manger.

Je sursaute à ce contact, à la sensation horrible de ses longs doigts enroulés autour de mon bras. Avant que j'aie pu me dégager, il me relâche et lève les mains comme pour m'assurer qu'il ne me fera aucun mal.

Je n'y crois pas une seule seconde.

— Harlow, dit-il d'une voix douce, égale et directe. Votre mère va être inculpée. C'est inévitable, maintenant. Mais toutes les sentences ne sont pas équivalentes. Si vous arrêtez de fourrer votre nez là où il ne faut pas, si vous vous taisez et ne dites rien à Dunagan, je peux tirer quelques ficelles pour m'assurer qu'elle bénéficie d'une réduction de peine. Homicide involontaire au volant. Elle sera sortie dans cinq ans maximum. Peut-être moins, si elle se conduit bien. Elle est jeune. Elle aura encore toute la vie devant elle.

— *Si* je fais ce que vous dites, me forcé-je à articuler d'une voix méconnaissable.

— Oui.

— Et vous, alors ?

Une vague de colère brûlante s'élève en moi, me rendant stupide et imprudente. Je parle toujours dans un murmure bas, mais je dois mobiliser toute ma volonté pour ne pas hurler.

— Vous avez couché avec une adolescente, puis vous l'avez tuée parce que vous l'aviez mise enceinte. Et vous allez continuer à vivre votre vie sans en souffrir les conséquences ?

Une étincelle que je n'arrive pas à identifier passe dans les yeux d'Hollowell. L'espace d'une demi-seconde, je crois reconnaître du remords, mais non. Il s'agit plutôt de surprise. Puis son visage se lisse alors qu'il balaie cette micro-expression.

— Oui, acquiesce-t-il.

Des douzaines d'émotions se cognent partout dans ma poitrine, se heurtant l'une à l'autre et accélérant mon pouls.

Cinq ans. Pourrais-je laisser ma mère aller en prison pendant cinq ans ? Laisser un assassin s'en tirer pour m'assurer qu'elle aura une peine plus légère ? Oserais-je seulement faire confiance à Hollowell pour qu'il tienne sa promesse ? S'en prendrait-il à nouveau à nous dès qu'elle serait sortie ?

J'ouvre la bouche sans même savoir ce que je vais dire, quand une voix attire mon attention.

— Harlow ?

Dax et Chase tournent au coin du couloir, suivis presque aussitôt de Lincoln et River. Ils s'immobilisent tous en nous voyant, Hollowell et moi, très proches l'un de l'autre et en pleine conversation.

Puis un sourire incroyablement crédible étire les lèvres de Dax.

— Oh, salut, Low ! On s'apprêtait à monter pour voir comment tu allais. Tu te sens mieux ?

— Oui, me forcé-je à répondre. Un peu. Je suis juste descendue prendre quelque chose à manger.

Je lève les petits sandwichs que je tiens encore dans mes mains, même si je les ai serrés si fort qu'ils se sont transformés en un seul sandwich de taille normale, maintenant.

Hollowell tourne les yeux vers les garçons et les observe une seconde, puis il reporte son attention sur moi et parle d'une voix posée et plaisante.

— Réfléchissez à ce que je vous ai dit, Harlow. J'aimerais vraiment pouvoir vous aider, votre mère et vous.

Il sort son téléphone de la poche de son costume et reprend :

— Maintenant, si vous voulez bien m'excuser. Je suis sorti de la salle à manger pour rappeler quelqu'un, et je devrais vraiment m'y mettre.

Il adresse un salut de la tête poli aux garçons, puis se retourne et se dirige vers la porte, avant de sortir tout en pianotant sur l'écran de son téléphone et en le portant à son oreille.

Le comportement des quatre amis change dès que la porte s'est refermée derrière lui.

— Bordel de merde ! Harlow, tu vas bien ? demande Chase en se rapprochant de moi, la voix basse et une expression affolée dans les yeux. On l'a tous vu se lever pour passer un coup de fil, mais on ne savait pas que tu étais en bas. Quand on a vu qu'il ne revenait pas après plusieurs minutes, on est allés vérifier, mais... merde, on aurait dû le suivre dès le départ.

— Qu'a-t-il dit ? demande River, le visage sérieux et figé.

— Il sait, murmuré-je d'une voix tremblante. Il a découvert que je savais que c'était lui.

— Comment ?

— Je ne suis pas sûre.

Je jette un œil vers la porte d'entrée et me demande si Hollowell est vraiment au téléphone, ou s'il se tient de l'autre côté, l'oreille pressée contre le bois pour écouter tout ce que nous disons.

Dax doit penser la même chose, parce qu'il fait un signe du menton vers la petite antichambre attenante au vestibule. Nous nous entassons tous dedans et dès qu'il a refermé la porte, je pose les sandwichs sur une petite table près de la porte et lève la tête vers les garçons.

— Il sait que j'ai appelé Dunagan. Il sait peut-être aussi qu'on a posé des questions à Summer. Je ne sais pas si c'était juste un truc ou une combinaison de plusieurs. Il m'a acculée dans le couloir et j'ai eu l'impression qu'il... tâtait le terrain avec moi. Il lâchait des indices de plus en plus évidents de ses soupçons, et attendait de voir comment je réagirais. Il n'était peut-être pas sûr jusqu'à tout à l'heure, mais il sait, maintenant.

— Putain ! lâche Lincoln, et ce simple mot en dit beaucoup.

Ses yeux ambrés brûlent comme un brasier quand il

fait un pas en avant, les muscles de ses épaules semblent s'élargir encore plus et il serre les poings.

— Il t'a menacée ?

Je secoue la tête et me lèche les lèvres.

— Non. Oui. Il... m'a proposé un marché.

— Quel marché ? demande River.

— Il a dit qu'il pouvait tirer quelques ficelles pour faire en sorte que ma mère ait droit à une remise de peine et pour s'assurer que sa sentence soit réduite si j'arrête de fouiner. Si je ne parle pas au détective Dunagan. Si je laisse ma mère plonger à sa place.

Personne ne parle pendant un long moment. Je sais que les mêmes pensées que celles que j'ai eues tournent dans la tête de chacun des garçons. Ils cherchent à déterminer ce que cela veut dire et se demandent si nous pouvons faire confiance au juge Hollowell pour tenir parole sur quoi que ce soit.

— La meilleure question, dit River à voix basse tout en triturant le bouton de manchette de sa veste de costume, c'est que fera-t-il si tu refuses de jouer le jeu ? Si tu vas quand même voir Dunagan lundi ?

Une peur froide me submerge comme un souffle de vent glacé, et je contracte les jambes pour éviter de m'écrouler au sol.

— Je ne sais pas. Je ne sais pas si je suis en sécurité ici, au lycée, où que ce soit... mais ma mère est une cible facile. Elle est enfermée dans une foutue cellule de prison, et elle n'a nulle part où se cacher. On ne sait pas qui Hollowell s'est mis dans la poche. Il pourrait demander à quelqu'un de s'en prendre à elle, avant de couvrir le crime...

Je m'interromps, refusant de terminer cette phrase. Je ne supporte pas d'y penser.

Lincoln m'attire contre lui et enroule ses bras autour de moi. Il me serre si fort que ça fait presque mal, mais je ne veux pas qu'il arrête. Cette sensation me rassure, d'une certaine manière, comme si être étreinte si étroitement m'empêchait de sentir ce nœud métaphorique qui se resserre autour de mon cou.

Nous y sommes. C'est le moment que j'attendais et que je redoutais depuis le tout début. Celui où je suis à court d'options. Où le sort de ma mère devient gravé dans le marbre.

À moins que…

Je me raccroche à Linc et enfonce les doigts dans son dos tout en enfouissant mon visage contre son torse. Les autres nous entourent, si près que je sens la chaleur qui émane de leur corps s'infiltrer dans le mien. Nous restons dans cette position plusieurs longues secondes, alors qu'une pensée rebondit dans ma tête comme une balle de ping-pong.

Le juge Hollowell a eu l'air surpris.

Quand je l'ai accusé d'avoir tué Iris parce qu'il l'avait mise enceinte, j'ai décelé un bref moment d'hésitation, une expression surprise, avant qu'il acquiesce.

Pourquoi ?

Il sait forcément qu'elle était enceinte ; cette nouvelle n'avait aucune raison de le surprendre. *Tout le monde* sait qu'elle était enceinte. Les jeunes de Linwood sont au courant, ce qui signifie que leurs parents aussi.

Mais il a quand même paru pris de court par mon accusation, comme si une partie de celle-ci était fausse.

Elle était enceinte, ça ne fait pas le moindre doute.

Et il l'a clairement tuée.

Mais peut-être... peut-être que ce n'est pas la raison pour laquelle il l'a tuée.

— Il y a autre chose, dis-je doucement en m'écartant de l'étreinte de Linc pour pouvoir regarder les rois. On a raté quelque chose, une chose à laquelle on n'a pas pensé.

— Que veux-tu dire ? demande River en secouant la tête, confus.

Je me mords la lèvre inférieure tout en rejouant dans ma tête notre conversation à voix basse, encore et encore. J'en suis certaine. Le juge Hollowell mentait.

— Je ne crois pas qu'il ait tué Iris parce qu'elle était enceinte, murmuré-je. En tout cas, pas seulement. Il y a autre chose.

— Comme quoi ? demande Chase en écarquillant les yeux.

— Je ne sais pas, avoué-je.

Je serre les poings, mourant d'envie de presser mes paumes contre mes yeux pour effacer le monde entier dans toute sa folie.

— Je ne sais pas. Mais la façon dont il s'est comporté, la facilité avec laquelle il l'a admis... c'était comme s'il voulait que je croie qu'il avait tué Iris pour ça. Comme s'il voulait que j'arrête de chercher, que j'en reste là.

— Et tu crois qu'il y a plus que ça, dit lentement Dax, fronçant les sourcils alors qu'il y réfléchit.

— Oui. C'est ce que je crois.

— Alors, que fait-on ?

Le regard de Chase rebondit d'un visage à l'autre de notre petit cercle, avant de se poser sur moi.

— Si on pense qu'il y a une autre explication à ce qui s'est passé, que fait-on ?

Mon estomac se crispe.

Seigneur, j'espère que je ne fais pas la plus grosse erreur de ma vie !

— On continue de chercher.

15

Un silence s'abat dans la petite pièce, lourd et étouffant.

Je me lèche les lèvres. J'ai dit « on », mais pour être honnête, cette situation démente en arrive à un point où je ne peux plus demander à ces garçons de s'enfoncer encore plus loin avec moi. Cela ne fera que tous nous mettre en danger, et je déteste cette idée.

Mais avant que j'aie pu dire quoi que ce soit d'autre, Lincoln incline une fois la tête.

— Oui.

Les autres opinent déjà du chef, et un élan d'émotion écrasant me coupe le souffle.

C'est trop.

La peur. La gratitude. Le soulagement à l'idée de ne pas être seule. Mon cœur ne peut supporter la surcharge d'émotions sur une palette aussi large.

— Merci, murmuré-je.

River porte ma main à ses lèvres et embrasse les

jointures de mes doigts, une expression sérieuse et déterminée sur le visage.

— Toujours.

— Putain ! On ferait mieux de rejoindre le dîner, remarque Dax en jetant un œil vers la porte. On va d'abord te raccompagner à l'étage, et si on perd ce salopard d'Hollowell de vue ne serait-ce qu'une seconde, on le suivra.

— Soyez prudents. S'il vous plaît.

J'ai l'impression de me répéter comme un disque rayé, en priant pour qu'on soit en sécurité alors que c'est impossible. Nous aurons beau être prudents, nous jouons à un jeu dangereux, qui pourrait avoir des conséquences mortelles.

Mais Dax hoche la tête, puis les quatre garçons m'escortent jusqu'à ma chambre. J'entends la porte d'entrée s'ouvrir et se refermer derrière nous alors que nous atteignons le palier du deuxième étage, mais je ne regarde pas derrière moi.

Quand nous arrivons à la chambre d'amis, Chase me tend mes sandwiches écrasés, qu'il a récupérés sur la table de la petite pièce.

— Verrouille la porte, d'accord ?

Je hoche la tête.

Et ils s'en vont.

Je tourne le verrou de la poignée pour m'enfermer dans la chambre, puis me diriger vers le banc sous la fenêtre sans quitter la porte des yeux. Une fois assise, je ramène mes genoux contre ma poitrine, rendant mon corps aussi petit et compact que possible. Comme si cela pouvait me rendre moins vulnérable.

La soirée semble durer des heures, et alors que les festivités continuent au rez-de-chaussée, un tas de pensées et d'idées tournent en boucle dans ma tête.

Les garçons reviennent tous avec moi quand la soirée évolue et que les hommes se mettent à discuter en fumant des cigares au salon tandis que les femmes boivent des cocktails dans la salle à manger. Ils n'ont plus perdu Hollowell de vue de toute la soirée, et apparemment, il a fait très bonne impression. Je comprends pourquoi il veut se lancer dans la politique. C'est un excellent menteur.

Nous parlons à voix basse, comme si nous avions peur que quelqu'un nous entende, même ici, et j'explique mon nouveau plan aux rois.

Un plan dingue.

Et horriblement risqué.

Mais plutôt que de le faire remarquer, ils acquiescent tous, hochant la tête l'un après l'autre.

Nous n'avons pas beaucoup de temps pour étoffer les détails, parce que Lincoln et River doivent bientôt repartir avec leurs parents. Je me demande brièvement ce qu'a pensé monsieur Bettencourt en me voyant au rez-de-chaussée au début de la soirée. Je l'ai vu me jeter un regard dédaigneux, et j'imagine qu'il doit prendre les parents de Dax et Chase pour des idiots de me laisser vivre ici. À moins qu'il soit embarrassé à l'idée d'être l'homme qui a jeté de chez lui le cas social que je suis. Quoi qu'il en soit, il est clair qu'il me déteste toujours autant.

Ma chambre est située au fond de la maison, et si je place mon visage près de la fenêtre, je distingue une partie de la longue allée. Un énorme soulagement m'envahit quand je regarde les feux arrière des voitures s'y engager.

Ils sont partis.

Il est parti.

C'est terminé. Pour ce soir, en tout cas.

Il est bientôt vingt-trois heures. Ces riches savent vraiment comment faire traîner leurs « dîners » jusqu'à la dernière minute. Je suis à la fois agitée et épuisée, et j'éprouve un besoin désespéré de m'échapper dans le sommeil un petit moment, mais en même temps, j'ai peur de fermer les yeux de crainte de ce que je verrai dans mes rêves.

Alors, je prends une douche chaude, laissant la vapeur tourbillonner autour de moi tandis que l'eau me martèle et apaise mes muscles noués. Puis je m'enroule dans une serviette moelleuse et reviens dans la chambre.

Je suis en train de fouiller dans la commode à la recherche de vêtements dans lesquels dormir quand un coup est frappé à la porte. Je relève les yeux brusquement et la peur me submerge — même s'il n'y a aucune raison rationnelle à cela. Hollowell est parti. Je le sais.

— Qui est-ce ? demandé-je doucement.

— Chase.

Le son de sa voix, emplie d'une énergie qu'il n'arrive jamais à dissimuler tout à fait, même dans ses moments les plus sombres, me fait l'effet d'un baume apaisant. Je m'empresse de rejoindre la porte et l'ouvre, étudiant ses yeux vifs bleu océan et ses traits ciselés, avant de regarder dans le couloir.

— Tu cherches Dax ? demande-t-il, fronçant les sourcils et inclinant la tête.

— Oh ! Euh...

C'est le cas, en fait. Les quelques autres fois où ils sont venus dans ma chambre, que ce soit pour m'emmener au lycée ou autre, ils sont arrivés par paire. Je les connais si bien, maintenant, que je ne les confondrais jamais l'un avec l'autre, mais je me suis habituée à les voir ensemble. En tant que paire.

Je plisse le nez et le regarde en plissant les yeux.

— Non !

Il émet un petit rire et affiche un sourire léger et amusé.

— Si, c'est ce que tu faisais. C'est bon. Tout le monde le fait, même nos parents. Même River et Linc. C'est notre faute, vu tout le temps qu'on passe ensemble. Mais nous sommes des jumeaux, pas des siamois.

Un rire m'échappe, le premier véritable instant de légèreté que je ressens depuis des jours.

— C'est vrai.

Je recule un peu et ouvre la porte plus grand, avant de l'inviter à entrer. Le pyjama que je m'apprêtais à enfiler est toujours posé sur la commode. J'ai été distraite avant d'avoir pu l'enfiler, et jusqu'à cet instant, j'avais oublié que je ne portais qu'une serviette.

Mais quand Chase baisse les yeux avant de les relever, et que je le vois prendre une profonde inspiration, j'ai soudain une conscience aiguë du peu de vêtements que je porte.

Mon cœur se met à cogner un peu plus fort dans ma

poitrine alors que je ferme la porte et regarde le garçon par-dessus mon épaule. Il s'est arrêté à quelques mètres de là, au milieu de la chambre.

— Que se passe-t-il ? demandé-je.

Il ne répond pas tout de suite.

Il se contente de me regarder avec une expression intense sur le visage, comme s'il tentait de me voir en entier, d'étudier chaque centimètre carré de moi en même temps. Ma peau se réchauffe sous cet examen minutieux, et je m'appuie contre la porte, portant inconsciemment les mains au haut de la serviette enroulée autour de moi.

Toujours sans parler, il revient vers moi et pose les mains de chaque côté de mon visage, s'appuyant sur le bois et m'emprisonnant entre ses bras.

Nous sommes si proches que je peux voir les petites taches vertes dans ses yeux bleus, et sentir la chaleur qui émane de sa peau dorée. Ses pupilles se dilatent et se contractent alors qu'il parcourt mon visage des yeux, comme si son regard était une caméra et qu'il était en train de sauvegarder cette image dans sa tête.

Comme s'il voulait se souvenir de moi, de ce moment pour toujours.

— Chase, murmuré-je rien que pour rompre le silence et briser le sort que ses yeux bleus sont en train de me jeter.

Ma voix brise peut-être le sort pour lui aussi, parce qu'il cligne des yeux et secoue un peu la tête, comme s'il sortait d'une transe.

— Je crois que tu ne te rends pas compte de ce que tu nous fais, Low, murmure-t-il.

Un autre rire remonte dans ma gorge.

— Ce que *je* te fais ?

Seigneur ! S'il pouvait sentir mon cœur battre contre mes côtes, l'énergie qui afflue en moi et qui réveille toutes mes terminaisons nerveuses, il comprendrait l'effet qu'ils me font. Tous les quatre.

Il sourit, comme s'il en avait une petite idée, finalement, et ses mains quittent le mur pour descendre le long de mes bras, alors qu'il fait un pas de plus vers moi.

— Ce n'est pas ce que je voulais dire. Enfin...

Il se racle la gorge et baisse les yeux sur l'érection qui grandit dans son pantalon de jogging.

— Je suppose que c'est ce que je voulais dire. Mais il n'y a pas que ça.

Ses doigts sont en fusion et laissent une traînée de flammes le long de ma peau. Je lutte pour empêcher mes paupières de se baisser alors que l'excitation m'envahit comme une drogue.

— Je suis proche de Dax depuis que je suis né, et nous sommes amis avec River et Linc depuis des années, murmure-t-il. Mais quand tu es arrivée à Fox Hill, tu as tout changé. Tu nous as donné... un but.

— Quel but ?

Je tends la main vers lui, incapable de m'en empêcher, et l'attire plus près pour pouvoir faire courir mes mains sur son dos et sa taille fine, sentant ses muscles à travers son T-shirt fin.

Les doigts de Chase remontent le long de mes bras, puis de mon cou, jusqu'à ce qu'il prenne ma tête entre ses paumes, les doigts s'enfonçant dans mes cheveux alors qu'il incline mon visage vers le haut.

— Toi. Te protéger. Te rendre heureuse.

Il laisse échapper un petit rire et reprend :

— Peut-être qu'un jour, si on en ressort tous vivants, on pourra t'emmener à un vrai rencard.

Ses paroles provoquent une vague d'espoir et de peur en moi, et je resserre mon étreinte autour de lui. La peur prend le dessus et je secoue la tête.

— Chase. Vous n'êtes pas obligés de...

— Si, Low. On est avec toi. Toujours.

Il sourit doucement et ajoute :

— Tu n'as pas entendu ce que je viens de dire ? C'est notre but dans la vie.

J'ai envie de lui dire qu'ils m'en proposent trop, que nous sommes trop jeunes pour nous fier à nos sentiments, pour savoir s'ils sont réels et durables. Que les relations qui se forment en des circonstances si intenses ne survivent jamais sur le long terme.

Mais ce sont des conneries.

Parce que tout ça...

C'est réel.

Ces garçons sont prêts à traverser les flammes pour moi, et c'est aussi réel qu'on peut l'être.

Alors, je ne lui dis pas qu'il a tort.

Je lui montre qu'il a raison.

J'enroule les bras plus étroitement autour de lui, l'attire à moi et incline encore plus le visage, avant de me mettre sur la pointe des pieds pour rejoindre ses lèvres. Elles sont chaudes et douces, et c'est un tel soulagement de les sentir pressées contre les miennes alors que je soupire dans sa bouche !

Il enfonce les mains dans mes cheveux et me tient la tête tout en m'embrassant — avec douceur et lenteur au début, puis de manière plus profonde, plus exigeante.

Je lui donne tout ce qu'il veut, ouvrant la bouche quand sa langue se glisse entre mes lèvres, court sur mes dents et effleure la mienne comme s'il essayait de faire l'inventaire de chaque centimètre carré de moi.

Il porte les mains à la serviette que je porte, et une seconde plus tard, le tissu doux tombe au sol, et un souffle d'air accueille mon corps soudain nu.

Chase fait alors un pas en arrière, le regard avide et joueur alors qu'il saisit cette opportunité de m'observer, ses yeux brillants prenant des photos mentales de mon anatomie.

Je me mords la lèvre et mes doigts de pied se crispent sur le sol. Mon clitoris palpite alors que je sens son regard partout sur moi. Il porte ses habits de nuit : un pantalon de jogging ample et un T-shirt fin et usé qui moule les courbes de son torse et de ses épaules. Il est si canon, là-dedans ! À la fois décontracté et échevelé.

Malgré tout, je ne peux m'empêcher de souhaiter qu'il porte beaucoup moins de vêtements que ça.

Je baisse les yeux sur moi-même, avant de les relever sur lui et de hausser les sourcils.

— Eh bien, ça me paraît très injuste !

Il sourit, puis fait un pas en avant et fait courir ses mains le long de la courbe de ma taille et du renflement de mes hanches.

— Je ne sais pas. Ça me plaît assez.

Je lève les yeux au ciel.

— Tu m'étonnes !

Un grand sourire lui vient aux lèvres. Puis il m'embrasse à nouveau et fait glisser ses mains sur mes fesses, avant d'agripper mes cuisses pour me soulever dans ses bras. J'enroule mes jambes autour de lui et mes bras autour de son cou, puis je dévore ses lèvres jusqu'à ce qu'il me dépose sur le lit.

Il s'écarte et je le laisse partir avec réticence. La sensation de son corps dur et musclé pressé contre le mien me manque déjà.

Je me hisse sur les coudes et le regarde faire passer son T-shirt par-dessus sa tête et le jeter au sol d'un seul mouvement fluide. Il attrape l'élastique de son pantalon et sourit quand je baisse aussitôt les yeux. Puis il l'étire pour le faire passer sous son sexe saillant et retirer son jogging et son caleçon en même temps.

Putain, il est sublime !

Je l'ai déjà vu nu, le soir où nous avons tous joué au poker, mais il y a quelque chose de différent, cette fois. Ce soir, il n'y a que nous deux, et nous ne nous cachons pas derrière une partie de strip-poker en nous servant des cartes comme excuse. Ce soir, je peux regarder tout mon soûl juste parce que j'en ai envie.

Et j'en ai envie. J'ai envie de regarder et de toucher. De sentir sa peau douce et dorée et de faire courir mes doigts le long de sa taille, là où la peau pâlit un peu. J'ai envie d'enfouir mes doigts dans ses cheveux, de presser mon corps contre le sien et de regarder son expression changer quand il jouira.

— C'est mieux, dis-je en me mordant la lèvre et en souriant comme une idiote. On est sur un pied d'égalité, maintenant.

— Oui. C'est vrai.

Il se met en mouvement avant d'avoir fini de parler, grimpant sur le lit avec moi et plaçant son large corps sur le mien alors que j'ouvre les jambes pour lui. Son poids me cloue au matelas alors qu'il m'attaque avec ses lèvres et sa langue, faisant courir sa bouche de haut en bas le long de mon cou, de mes seins et de ma clavicule. Je m'accroche à ses cheveux et ferme les yeux, laissant la vague de sensations m'emporter.

Quand je sens son gland presser contre moi, je rouvre les paupières et vois qu'il me regarde. Nous nous dévisageons dans un émerveillement hébété alors qu'il me pénètre un centimètre après l'autre, mon corps s'étirant et s'ouvrant pour lui.

Une fois qu'il m'emplit complètement, il s'arrête.

Son corps frémit et il laisse tomber sa tête en avant, la respiration forte.

Je respire plus fort aussi, le plaisir grimpant dans mes veines, et je roule des hanches contre lui. J'ai besoin de plus de mouvement, plus de friction.

Mais il porte une main à ma hanche et me maintient fermement tout en crispant les muscles.

— Juste... donne-moi une seconde, marmonne-t-il d'une voix tendue. Je rêve de ce moment depuis longtemps, et si je ne prends pas le temps de respirer un peu, je vais me ridiculiser.

Son corps frémit à nouveau alors qu'il prononce ces mots, et je le sens vaciller au bord du gouffre.

C'est mon cas aussi. Le sentir comme ça, si près de craquer, si près de jouir rien qu'à la sensation d'être en moi pour la première fois fait accélérer les battements de mon cœur.

— Tout va bien. Prends tout le temps qu'il te faut, dis-je, à bout de souffle.

Mais le reste de mon corps ne semble pas avoir reçu le message, parce qu'alors même que je parle, les parois de mon sexe se resserrent autour de lui, comme si mon corps tentait de l'attirer plus profondément en moi.

Chase émet un grognement en réaction, il ouvre grands les yeux et pince les lèvres en une ligne fine.

— Ça. Ne m'aide. Pas. Harlow.

Je le sais bien. Mais lui aussi me rend dingue. C'est si agréable de le sentir en moi, si parfait que j'ai besoin de plus. J'éprouve un désir insatiable pour lui, et tenter de retenir les sentiments qui enflent en moi est un peu comme retenir un ouragan avec un parapluie.

Mes parois se crispent à nouveau autour de lui et Chase attrape mes deux poignets pour les clouer au matelas de chaque côté de moi. Je lève la tête et lutte contre la gravité et sa poigne pour rapprocher mes lèvres des siennes — c'est peut-être le fait de me voir m'efforcer de me rapprocher de lui, mais Chase arrête enfin d'essayer de se réfréner et de retrouver le contrôle.

Ses lèvres s'écrasent sur les miennes avec une force douloureuse, puis il s'enfonce en moi par à-coups brutaux et profonds. Le lit se balance au rythme de ses mouvements, et j'ai l'impression qu'il va me faire passer à travers le matelas. Je me raccroche à ses épaules et enfonce mes ongles dans sa peau, assez fort pour laisser des marques de griffures, alors que mes chevilles se nouent au bas de son dos.

— Putain, Chase ! Putain ! Seigneur ! Oh, putain !

Un flot de mots décousus s'envole de ma bouche alors que je marmonne contre ses lèvres, rendue incapable de prononcer des paroles cohérentes par les sensations qui me transpercent.

Il avait raison.

Il ne tient pas longtemps.

Et moi non plus.

Il laisse échapper un grognement étranglé, et rejette la tête en arrière, les muscles épais de son cou se tendant alors qu'il s'enfonce en moi une dernière fois et frotte brutalement ses hanches contre les miennes.

La pression contre mon clitoris et la sensation de son sexe tressautant et enflant en moi font éclore des étoiles devant mes yeux et je jouis violemment, me crispant autour de lui encore et encore et me mordant la lèvre pour m'empêcher de hurler.

Chase s'écroule sur le lit, enveloppe les bras autour de moi et nous fait rouler de manière que je me retrouve sur lui, son sexe toujours enfoncé en moi. Je pose la tête sur son épaule alors que nous prenons tous deux des inspirations haletantes, le cœur battant vite et fort.

Tout est silencieux pendant quelques instants, et nous n'entendons rien d'autre que le son de notre respiration qui ralentit peu à peu.

Puis Chase tend la main pour repousser mes cheveux de devant mon visage et soulève un peu la tête du matelas pour me regarder.

— Désolé pour ça.

Je hausse un sourcil.

— Pour m'avoir fait jouir à la rapidité d'un train de marchandises ? Oui, tu as raison d'être désolé.

Il émet un petit rire et laisse retomber sa tête, sans cesser de jouer avec mes cheveux. Je reste couchée comme ça un peu plus longtemps, trop plaisamment épuisée pour bouger, mais je finis par me glisser de son sexe, qui a à peine ramolli. Je dépose un baiser sur son torse, puis me rends à la salle de bains pour me nettoyer.

Quand je reviens une minute plus tard, Chase n'a pas bougé d'un pouce. Il a une main derrière la tête et m'observe avec des yeux aussi bleus que la mer des Caraïbes alors que je remonte sur le lit et m'installe à côté de lui. Il m'attire contre lui et passe ses deux bras autour de moi. Je sens son cœur battre contre ma joue.

— Bon, dit-il avec un léger rire. Ce n'était que *légèrement* embarrassant. Mais je m'en souviendrai toute ma vie.

— Moi aussi.

Nos lèvres s'unissent dans un baiser paresseux, puis j'ajoute :

— Et je n'ai pas trouvé ça embarrassant du tout. Je veux dire, ce n'est pas comme si nous n'allions faire ça qu'une fois.

Il émet un son satisfait venu du fond de sa gorge, qui fait remonter un petit frisson le long de mon dos, et resserre un peu son étreinte autour de moi.

Une pensée me traverse et je lève la tête, me soulevant un peu et posant le menton sur son torse de manière à être presque drapée autour de lui.

— Eh ! Tu ne crois pas que je vous vois comme une seule personne, Dax et toi, n'est-ce pas ?

Il hausse les sourcils à cette question, mais réfléchit sérieusement à sa réponse avant de prendre la parole.

— Non. Je sais que ce n'est pas le cas. J'ai rencontré tout un tas de filles qui voulaient coucher avec nous parce qu'elles avaient un fétichisme de jumeaux, ou je ne sais trop quoi, mais on finit par se lasser de ces trucs. Mais tu ne nous as jamais traités comme ça.

— Bien, dis-je en faisant courir mon doigt sur son torse. Parce que j'apprécie chacun de vous séparément. Mais je vous aime aussi... ensemble, si tu vois ce que je veux dire. Et je ne parle pas d'un truc coquin.

Je lève les yeux au ciel en ajoutant cette précision, même si, pour être honnête, c'est vrai aussi.

Il émet un petit rire, et nous sommes pressés si près l'un de l'autre que je le sens résonner dans mon propre corps.

— Oui, je comprends. Je veux dire, tu parles de nous traiter comme une seule personne, mais pour être honnête, parfois, j'ai l'impression qu'on est *vraiment* une seule personne. Comme si nous étions deux moitiés d'un tout. On se connaît si bien et on fait tellement partie de la vie l'un de l'autre...

Il s'interrompt et hausse les épaules.

— Sans Dax, je ne serais pas celui que je suis.

— Je trouve ça incroyable, ce que vous avez. Je pense que vous vous rendez meilleurs, dis-je d'une voix douce.

— Oui, répond-il en m'adressant un sourire aussi rayonnant que le soleil. Même si parfois...

Il me soulève pour me placer complètement sur lui,

une jambe de chaque côté de son corps et son sexe pris en sandwich entre nous.

— J'ai envie de moments qui n'appartiennent qu'à moi.

— Comme celui-là ?

J'appuie une main sur son torse et me soulève à genoux, ajustant ma position tout en me servant de mon autre main pour guider son sexe déjà dur en moi, m'alignant et m'abaissant lentement.

— Oui. Comme celui-là.

Il a parlé dans un grognement râpeux, et quand je commence à me balancer de haut en bas, roulant des hanches tout en le chevauchant, il lève les mains pour prendre mes seins et me laisse décider du rythme de nos mouvements.

Notre première relation sexuelle était *sexy,* brutale et rapide, mais cette fois, c'est lent et profond, alors que nous nous torturons et titillons l'un l'autre, nous poussant jusqu'au bord du précipice sans jamais tout à fait lâcher prise.

Et quand nous ne pouvons plus nous retenir plus longtemps, Chase se redresse en position assise, enveloppe ses bras autour de moi et m'empale brutalement sur son sexe palpitant. Je jouis en frémissant autour de lui et il bascule avec moi dans un soupir rauque.

Nous dérivons vers le sommeil dans les bras l'un de l'autre, et alors que je m'endors, humant son odeur subtile de musc et de bergamote, je songe soudain que cette soirée a été à la fois l'une des meilleures et des pires de ma vie.

Cela semble m'arriver souvent, ces derniers temps.
Tant de bon.
Et tant de mauvais.

16

Les rois et moi avons décidé d'un plan, une stratégie pour affronter le juge Hollowell. Mais avant de passer à l'action, je dois m'occuper d'une dernière chose.

Le samedi matin, je vais au centre correctionnel de Fox Hill pour voir ma mère.

— Salut, ma puce. Tu m'as manqué.

Son pâle sourire me brise le cœur alors qu'elle presse le bout des doigts sur la paroi qui nous sépare. Elle a l'air fatiguée et… résignée. Comme si elle commençait à s'habituer à la tenue orange, à la nourriture de la prison et au fait de ne me voir qu'à travers cette fichue barrière de plexiglas.

Je déteste ça.

Et cela me dit tout ce que j'ai besoin de savoir quant à l'avancée des choses, avant même d'avoir à poser la question.

— Comment ça va, maman ? Ton avocat s'en sort bien ?

— Scott est…

Ma mère s'interrompt, comme si même en prison, elle se refusait à dire ce qu'elle pense de cet homme. Puis elle pousse un soupir et se passe une main sur la joue.

— Il s'en tire bien. Il faisait ce que je lui ai demandé, il se concentrait sur ma personnalité dans ses préparations et il préparait les témoins. Mais maintenant, il dit que c'est une mauvaise idée. Que si nous ne parlons que du genre de personne que je suis, ça permettra à l'accusation de parler de… l'autre aspect de ma personnalité.

— *Quoi* ?

Mon estomac se noue et ma chaise grince bruyamment au sol quand je me rapproche de la paroi.

— *Quel* autre aspect de ta personnalité ?

Ma mère est l'une des personnes les plus gentilles et incroyables du monde, *voilà* qui elle est. Il n'y a aucun monstre caché en elle, aucune face diabolique.

Elle secoue la tête, l'air un peu tourmentée, et je réalise à quel point tout cela doit être dur, pour elle. De voir son nom traîné dans la boue, son identité en tant qu'être humain dénigré, rien que pour prouver qu'elle a commis un crime dont elle est innocente. C'est affreux.

— Scott dit que l'accusation pourrait affirmer que j'avais un mobile pour tuer Iris parce qu'elle te harcelait au lycée.

— Quoi ? m'exclamé-je dans un cri aigu.

Le garde près de la porte lève la tête. Je me détourne de lui et baisse la voix.

— Quoi ? répété-je. C'est n'importe quoi !

— Oui, eh bien...

Elle hausse les épaules et son regard se fait un peu lointain alors qu'elle se perd dans ses pensées.

— Ils ont parlé à ce médecin que j'ai menacé, au centre médical de Bayard. Je ne sais pas comment ils ont réussi à déterrer ça.

Je la dévisage, les yeux écarquillés.

— Maman. Le docteur Soudek était un incompétent. Et il ne t'écoutait pas. Si tu ne lui avais pas hurlé dessus pour le pousser à modifier mon traitement, je serais peut-être morte à l'heure qu'il est.

— Ça ne change rien au fait que j'ai menacé de le tuer.

— Sous le coup de l'émotion ! Alors que ta fille était en plein traitement contre le cancer ! Évidemment que tu t'es énervée !

— Je sais, Harlow, répond-elle en effleurant à nouveau la vitre. Mais c'est exactement où ils voudront en venir, d'après Scott. Ils diront que je me suis « énervée » parce qu'Iris s'en était prise à toi. Que je suis une mère surprotectrice prête à tout pour protéger sa fille.

— Putain, maman ! murmuré-je. Putain !

Elle ne me réprimande pas pour mon langage. Elle semble à peine m'entendre.

Une vague de nausée a envahi mon estomac. Hollowell savait-il que ça arriverait ? Son conseil était peut-être intentionnellement mauvais dans le but de nous piéger.

Quel salopard !

— Tout va bien, Low, dit ma mère d'une voix douce. Ce n'est pas fini tant que le rideau n'est pas tiré, hein ?

Elle parvient à esquisser un faible demi-sourire, alors j'essaie de faire pareil. Elle retrouve un peu d'énergie et se redresse.

— Comment tu vas ? demande-t-elle, et je sais qu'elle change délibérément de sujet. Comment vont les cours ?

Euh. Pas terrible.

— Ça va, dis-je en me trémoussant un peu sur ma chaise.

Ce n'est pas un mensonge, mais j'étends la définition de l'expression « ça va » jusqu'à ses limites.

— Et tu vis encore avec ton ami River ? Tu as assez d'argent ? Tu as besoin de quelque chose ?

Elle me pose la question comme si elle pouvait me fournir quoi que ce soit si c'était le cas, comme si elle pouvait faire le nécessaire pour s'assurer que je dispose de tout ce dont j'ai besoin. Mais par chance, n'ayant pas à payer de loyer, mes dépenses sont assez minimes. Si la situation devient désespérée, je pourrai toujours tenter de participer à nouveau à l'une de ces soirées poker organisées par les jeunes de Linwood, mais jusqu'ici, je n'ai pas beaucoup entamé le reste des économies de ma mère.

— Non, tout va bien, maman. J'ai tout ce qu'il faut. Et je...

Je marque une pause et me mords la lèvre alors que le million de choses que j'ai envie de lui dire s'écrase contre la paroi de ma poitrine.

— Je ne vis plus avec River.

— Oh !

Elle se redresse un peu plus et l'inquiétude aiguise ses yeux bruns.

— Où tu vis ? Tu es repartie chez les Black ? Samuel a dit que tu serais la bienvenue aussi longtemps que tu le voudras.

— Je sais, oui, mais en fait… en fait, je vis avec Dax et Chase. Tu les as peut-être vus à l'une des soirées cocktail de Samuel et Audrey. Leurs parents sont les Lauder.

Elle cligne un instant des paupières alors qu'elle fouille dans ses souvenirs, puis elle hoche lentement la tête.

— Je crois me souvenir d'eux. Les jumeaux, c'est ça ? Avec les cheveux brun-roux ?

Je hoche la tête. Les deux garçons se démarquent facilement dans la foule. Leur apparence serait déjà frappante s'il n'y en avait qu'un, mais le fait que leurs traits sublimes soient répétés en double rend difficile de ne pas les remarquer.

— Et ça se passe bien ? insiste ma mère. Ça ne dérange pas leurs parents ?

Je sens qu'elle déteste ça. Elle déteste ne pas être capable d'agir comme un père ou une mère normal, en appelant leurs parents pour s'assurer que je peux vivre avec eux, par exemple. Ou ne serait-ce qu'en sachant *où* vit sa fille, bon Dieu !

C'est peut-être pour cette raison que j'ouvre la bouche pour annoncer ce que j'ai à lui dire. Parce que je ne veux pas que ma mère croie qu'elle m'a totalement perdue, et qu'elle n'ait aucune idée de ce qu'il se passe dans ma vie.

— En fait, je sors plus ou moins avec eux. Dax et Chase.

Elle cligne plusieurs fois des yeux. Je crois qu'elle n'a même pas tout à fait compris ce que j'entends par là, mais je continue quand même, avant de perdre courage. Ce n'était pas tout à fait comme ça que je comptais lui annoncer la nouvelle, mais il est trop tard pour m'arrêter maintenant.

— Et Lincoln. Et River.

Elle a cessé de cligner des yeux. Elle ne bouge plus du tout.

Elle me dévisage pendant si longtemps et de manière si intense que mon estomac se noue et se dénoue en boucle, alors que j'attends qu'elle dise quelque chose.

Mais elle ne dit rien. Elle ne prononce pas un seul mot. Je n'entends rien du tout à travers le combiné du téléphone, mis à part sa respiration, la seule chose qui indique qu'elle ne s'est pas transformée en statue.

La panique s'embrase dans ma poitrine. *Merde ! Je n'aurais pas dû le lui dire. Qu'est-ce qui m'a pris ? Et comme ça, en plus ? Alors qu'elle est en prison ? Alors qu'elle n'a pas grand-chose d'autre à quoi penser ?*

Je croyais faire ça pour *elle*, mais je l'ai peut-être surtout fait pour moi, par égoïsme, parce qu'elle me manque tellement et parce que je voulais juste retrouver ma mère l'espace d'un instant.

Dans un effort désespéré pour balayer son regard vide, j'ouvre la bouche et me mets à déblatérer :

— Je sais que c'est… que ce n'est sûrement pas ce à quoi tu t'attendais. Bon sang ! Je ne m'y attendais pas non plus, mais c'est arrivé comme ça. Je tiens à eux, maman. Beaucoup. Et ils sont bons avec moi. Ils sont bons *pour* moi. Ils me rendent meilleure, plus forte. Et ils s'aiment tellement qu'être avec eux, c'est comme faire partie de quelque chose de fort, d'indestructible, qui pourrait affronter n'importe quoi.

Les paroles se déversent de moi comme si elles n'attendaient que ça depuis des semaines, piégées dans mon cœur sans aucune issue.

— Certaines personnes ne comprendront jamais, et je sais que c'est différent, mais ce n'en est pas moins réel que si je n'étais qu'avec l'un d'entre eux. Ils me conviennent tous d'une manière différente. Lincoln est si fort, quelles que soient les épreuves qu'il endure. Et Chase est comme toi ; il trouve du positif partout. Dax est celui qui a le plus grand cœur, et River est si intelligent. Il voit tout, et il lit en moi comme dans un livre ouvert.

Mon cœur cogne contre mes côtes et ma mère continue de me dévisager, quelque chose qui ressemble à un choc sur le visage.

— Je suis désolée de ne pas t'en avoir parlé plus tôt. Ou bien j'aurais peut-être dû continuer à ne rien te dire. Mais je suis heureuse avec eux. S'il te plaît, ne me déteste pas, et ne me dis pas que c'est mal. Parce que ça ne l'est pas, maman. Je le sais. Je suis en train de tomber amoureuse d'eux.

Quand j'arrête enfin de parler, je laisse échapper un soupir tremblant. C'est fait. Je ne peux plus revenir en arrière. Je ne peux effacer ni mes premières révélations ni tout ce que j'ai déversé ensuite.

Ma mère continue de me dévisager, mais cette fois, je ne comble pas le silence. Je le laisse s'étirer.

Puis soudain, son visage se décompose. Des larmes coulent sur son visage, et même si une déception brûlante m'emplit le ventre, je pleure aussi. Parce que je n'ai jamais voulu la blesser avec mes choix, et que je me déteste d'avoir abordé ce sujet alors qu'il y a littéralement un mur entre nous. Je n'aurais pas dû. C'était stupide.

Les épaules de ma mère tressautent alors qu'elle sanglote, et elle baisse la tête, pressant sa main libre contre son ventre comme pour essayer de contenir ses émotions. Je reste assise avec elle et la regarde pleurer, parce que je ne peux pas la serrer dans mes bras comme je le voudrais, et je déteste ça plus que j'ai jamais rien détesté de toute ma vie.

Quand elle prend enfin la parole, sa voix est réduite à un murmure rauque et saccadé.

— J'ai si peur, Low ! J'ai si peur de ne jamais sortir d'ici. *Jamais*.

Une autre larme s'échappe de son œil et elle lève une main pour essuyer sa joue alors qu'elle se reprend.

— Je suis terrifiée à l'idée de te laisser toute seule. J'y pense, parfois, et c'est comme si mon cœur mourait à l'intérieur de ma poitrine, comme si je ne pouvais plus respirer. Plus *vivre*.

Mon cœur se serre et nous nous penchons l'une vers l'autre, nos visages à la fois si proches et si éloignés.

— Je déteste ça, dit-elle. Je déteste l'idée qu'ils

m'aient séparée de toi. Je déteste t'imaginer toute seule, là dehors, à tenter de manœuvrer dans ce monde de dingues dans lequel nous vivons. J'ai envie d'être là pour toi, Low.

Elle m'adresse un sourire triste et ajoute :

— En toutes circonstances.

— Moi aussi, maman.

J'ai parlé d'une petite voix, et je me sens à nouveau comme une petite fille dans le service de cancérologie, m'appuyant sur ma mère pour chercher du soutien quand ça devient trop dur à supporter.

Celle-ci pince les lèvres, ses narines se dilatent et elle prend une lente inspiration. Puis elle pose une main sur la vitre, et je lève la mienne au niveau de la sienne avant même que sa paume ait touché la surface lisse. Alors que nos mains sont pressées l'une contre l'autre, elle croise mon regard. Ses yeux sont tristes, fatigués et voilés de larmes, mais ils sont encore si emplis d'amour que cela me comprime la poitrine.

— J'aimerais pouvoir être là pour toi, murmure-t-elle, sa voix tombant directement dans mon oreille à travers le vieux combiné téléphonique. J'aimerais être *avec* toi. Mais si quatre autres personnes en ce monde tiennent à toi… c'est une bonne chose, Low. C'est une bonne chose.

La certitude que j'entends dans sa voix me brise le cœur, et quelque chose de chaud et réconfortant se répand dans tout mon corps.

Je n'ai pas besoin de choisir.

Je n'aurai pas à choisir entre les garçons dont je suis

en train de tomber amoureuse et ma mère, ma meilleure amie.

Nous gardons les mains pressées contre la vitre, doigts écartés, alors que nous parlons à voix basse, laissant se déverser tout un chaos d'émotions que nous réfrénons toutes deux depuis trop longtemps. Et à chaque mot que nous prononçons, je me sens plus légère. Comme si reconnaître nos peurs les rendait un peu moins terrifiantes.

— Je t'aime, maman, murmuré-je.

— Je t'aime aussi. Tellement ! Toujours.

Quand je m'écarte enfin de la paroi et me lève pour partir, la séparation entre nous me paraît plus fine qu'avant, et je songe que le plexiglas n'était peut-être pas la seule chose entre nous, ces derniers mois. Il y avait peut-être aussi les mensonges et les secrets.

Il reste encore certaines choses que je ne peux lui dire, mais je me promets de le faire un jour.

Bientôt.

Quand je sors de la salle des visites pour me diriger vers l'entrée de la prison, tout mon corps me paraît épuisé, mes muscles tremblent légèrement comme après un entraînement intensif.

C'est Dax qui m'a amenée, et il m'attend devant le bâtiment. À la seconde où il voit mon visage, tout son corps se raidit.

— Low ? Qu'est-ce qui ne va pas ?

Il reporte son regard derrière moi, dans la direction d'où je viens, et semble prêt à s'en prendre au responsable, qui que ce soit — qu'il s'agisse d'un gardien de prison ou de ma propre mère — s'il m'a blessée.

— Rien, dis-je en secouant la tête, pressée de partir d'ici.

Il me regarde comme s'il savait que je mentais.

— Juste des trucs mère-fille, dis-je, et il laisse couler pour l'instant.

Il prend ma main dans un geste possessif et me mène jusqu'à sa voiture. Je sens qu'il me jette des regards alors que je monte sur le siège passager et qu'il contourne la voiture pour monter derrière le volant, mais il ne dit rien jusqu'à ce qu'on soit à mi-chemin de la maison.

— Tu es sûre que ça va ?

— Oui.

Je décide de tenir ma résolution de ne rien cacher aux personnes auxquelles je tiens et ajoute :

— J'ai parlé de vous à ma mère. De nous.

Il hausse les sourcils et ses yeux bleu-vert brillent de curiosité et d'inquiétude quand il me jette un regard.

— Qu'a-t-elle dit ?

— Eh bien, au début, rien ! Ensuite, j'ai monologué pendant un petit moment pour lui expliquer que vous étiez formidables, et...

Les larmes menacent à nouveau de couler, mais je me racle la gorge et les repousse.

— Elle a dit que si quatre personnes tenaient à moi là dehors, c'était une bonne chose.

Il tend la main par-dessus le levier de vitesse et prend la mienne, me caressant le dos de la main du pouce.

— Ça me plaît, répond-il en tournant les yeux vers

moi. Et c'est la vérité, tu sais. Ça a dû être terrifiant, de le lui dire.

— Ça l'était.

Je laisse échapper un soupir, puis me tourne face à lui.

— Tu en as déjà parlé à ta mère ? Ou à ton père ?

Dax émet un son moqueur entre ses dents.

— Non. Enfin, ils savent sûrement. À moins d'être en train de devenir aveugles sans nous l'avoir dit. Ils nous ont vus avec toi, Chase et moi, et ils ont aussi vu River et Linc avec toi quand ils sont passés. Je ne pense pas qu'on soit très discrets s'agissant de nos sentiments. Mais c'est différent, avec nos parents. Ils n'en ont rien à foutre. Ta mère... elle tient à toi. Alors, son approbation est plus importante.

Je serre sa main plus fort entre les deux miennes.

— Oui, je crois que c'est le cas. Je veux dire, on doit encore parler de tant de choses, mais pour l'instant, elle est juste heureuse de savoir que j'ai des gens de mon côté.

— Bien. Parce que c'est le cas.

Je baisse les yeux sur la main enveloppée dans les miennes. Elle est plus grande que les miennes, la paume un peu calleuse et les ongles coupés avec soin. Comme tout le reste concernant Dax, il y a une certaine beauté rugueuse et un peu brute à cela, que j'adore.

Je desserre les doigts et retire la main de la sienne pour plutôt poser sa paume sur ma cuisse. Une chaleur se répand depuis l'endroit où il me touche, lente, continue et forte, comme de la lave. De la musique basse s'élève de la radio, emplissant la voiture, mais nous ne parlons pas de tout le reste du trajet.

Sa main reste où elle est, et cette simple connexion entre nous brûle comme une flamme jusqu'à ce qu'il s'engage sur l'allée et dans le garage.

Il éteint le moteur et la musique se tait aussi.

Tout est silencieux.

Immobile.

Aucun de nous ne bouge. On ne se regarde même pas. Comme si nous étions tous deux suspendus, dans l'attente de quelque chose.

Le capteur de la porte du garage s'active et elle se referme.

Et comme si un fil invisible venait d'être tranché, Dax et moi nous tournons l'un vers l'autre et nos lèvres se joignent dans un baiser éperdu.

17

Je ne sais pas ce qui motive Dax, ce qui stimule ses mouvements désespérés alors qu'il m'embrasse avec une force douloureuse, une main refermée sur le côté de mon visage tandis que l'autre remonte le long de ma cuisse, pressant et pétrissant la peau de ma jambe à travers mon jean.

Mais je sais ce qui me motive, moi.

Tout ce que j'ai dit à ma mère au sujet de ces garçons était vrai. Je l'ai dit pour essayer de la rassurer, de rendre cela moins terrifiant d'apprendre que sa fille adolescente sortait avec quatre garçons en même temps. Mais en essayant de la convaincre que j'allais bien, j'ai fini par m'avouer tout ce que signifiait cette connexion entre les rois de Linwood et moi.

Ces garçons étaient autrefois mes tourmenteurs.

Puis ils sont devenus mes protecteurs.

Et maintenant, ils sont tellement plus que ça !

La main de Dax sur ma jambe atteint le sommet de ma cuisse et je laisse échapper un petit son dans sa bouche quand il trouve mon clitoris à travers mon jean, pressant fort dessus avant de reculer, me faisant ruer des hanches pour chercher plus de friction.

Je n'ai même pas retiré ma ceinture, et quand j'essaie de me rapprocher de lui, voulant enrouler mes bras autour de ses épaules et presser nos corps l'un contre l'autre, la lanière est déroulée au maximum et se resserre soudain, stoppant brusquement mes mouvements.

Dax émet un petit rire, un son bas et doux.

— On devrait peut-être sortir d'ici.

Non. Je n'ai pas envie de bouger. Je n'ai pas envie de laisser partir les sensations qui crépitent en moi. Mais il a raison. On n'ira pas très loin, sanglés aux sièges avant de sa voiture.

Je hoche la tête sans cesser de déposer des baisers sur ses lèvres pleines.

— Oui.

Il s'écarte et tend la main vers le bouton de ma ceinture. Il le presse et tire sur la sangle pour me libérer.

Le vert de ses yeux semble plus vif que d'habitude, éclipsant presque le bleu alors qu'il défait sa propre ceinture et sort de la voiture. Je le regarde contourner l'avant du véhicule et le laisse m'ouvrir la portière. Je ne suis pas du genre à avoir besoin d'aide pour descendre d'une voiture, d'habitude, mais quand il tend la main vers moi, je la prends. Mes jambes sont un peu tremblantes quand je me lève, et j'ai un peu le tournis, comme si trop d'oxygène avait afflué dans mon cerveau.

Je m'attends à ce que Dax me fasse sortir du garage pour rejoindre la maison, mais au lieu de ça, aussitôt après avoir claqué la portière du côté passager, il me soulève et me dépose sur le capot.

Vu qu'elle a passé tout l'hiver rangée dans un garage, il n'y a pas de neige dessus, mais le métal est froid sous mes fesses, même à travers mon jean. Le contraste entre l'acier glacé et la chaleur qui me parcourt me fait hoqueter, et Dax fait un pas en arrière, inclinant la tête pour m'observer, perchée sur sa Mercedes.

Je n'ai rien d'un mannequin en bikini et au bronzage parfait, posant les seins pointés vers le haut sur le capot d'une Firebird — je porte mon manteau d'hiver, mes cheveux sont ébouriffés et mes joues rougies par le froid et l'excitation —, mais Dax me regarde comme si j'étais encore mieux que ça.

Quand il avance et attrape la fermeture éclair de mon manteau, je sens mon souffle se bloquer dans ma gorge malgré moi. C'est juste un manteau, pour l'amour du ciel, mais alors qu'il descend la fermeture, révélant le pull bleu clair que je porte au-dessous, j'ai l'impression d'être un cadeau qu'on déballe.

Je frotte mes cuisses l'une contre l'autre et fais de mon mieux pour rester immobile alors qu'il glisse la main sous la veste et frotte ses paumes sur mes seins, écartant l'épaisse couche extérieure du passage. Il fait glisser le manteau sur mes épaules et le long de mes bras, et le dépose sur le capot à côté de moi.

Putain.

Je fais la même chose quand je rentre du lycée. Seuls mon visage et mes mains sont exposés, tout le reste est encore couvert de vêtements, mais je me sens quand même quasiment nue.

— Dax, murmuré-je en tendant les mains vers lui dans un geste désespéré. Laisse-moi...

Il me laisse lui ôter son manteau, les mains posées de chaque côté de moi sur le capot alors que je baisse sa fermeture éclair, et baisse la tête pour mordiller mes lèvres.

Quand son blouson tombe au sol, il arrête de me titiller les lèvres et m'embrasse avec la même férocité désespérée que dans la voiture. Il étale les mains sur ma joue et ma mâchoire, et glisse les doigts dans mes cheveux en se penchant sur moi, drapant son corps sur le mien alors que je me laisse tomber en arrière sur le capot.

Je pose les pieds sur le parechoc avant et me hisse dessus pour lever les hanches, parce que j'ai besoin qu'il continue ce qu'il a commencé.

Qu'il remette ses doigts sur moi. Sa bouche.

Quand notre baiser se termine enfin, les cheveux de Dax sont ébouriffés par mes doigts avides et empressés. Ses lèvres pleines sont rouges et enflées et ses paupières sont lourdes de désir. Il penche à nouveau la tête et frotte son nez dans l'espace entre mon cou et mon épaule, avant de prendre une grande inspiration.

Il... me hume.

À cette pensée, une vague d'humidité noie ma culotte et fait palpiter douloureusement mon sexe. Son odeur de clou de girofle a imprégné son pull et son corps chaud et sculpté. Je ferme les yeux et la laisse me submerger. Je ne sais pas ce que je sens, pour Dax... peut-être un peu ce gel douche à la grenade que j'adore… mais je sais quelle odeur j'ai envie de sentir sur moi.

La sienne.

Je veux sentir sa peau sur la mienne, son corps blotti contre le mien, *dans* le mien, jusqu'à ce qu'on soit si parfaitement liés l'un à l'autre que son odeur épicée se soit infiltrée dans tous mes pores. Je veux pouvoir encore le sentir sur moi demain, un rappel bien tangible de cet instant précis.

Il prend une autre inspiration et me hume à nouveau comme si j'étais sa drogue préférée, puis sa langue vient me goûter.

Est-ce que mon goût correspond à mon odeur ?

Il préfère peut-être même ça, parce qu'il ne s'arrête pas. Le bout de sa langue glisse le long de ma clavicule et jusqu'au milieu de ma poitrine, jusqu'à ce qu'il ait atteint le col de mon pull. Ses mains rassemblent déjà le bord du tissu, et j'arque le dos quand il le retire d'un mouvement vif.

Puis il repose sa bouche sur moi, comme s'il ne supportait pas de s'éloigner de moi une seule seconde. Il fait glisser le plat de sa langue sur le renflement de mon sein, puis il abaisse mon soutien-gorge avec ses dents. Le garage est chauffé, mais il ne fait pas aussi bon que dans la maison, et mes tétons pointent aussitôt dans l'air frais, devenant si durs et rigides que c'en est presque douloureux.

— Putain ! hoqueté-je, et Dax émet un son venu du fond de sa gorge en réponse.

Sa bouche remue sur mon téton, et je me souviens.

Je me souviens de ce que sa langue talentueuse peut me faire rien qu'en titillant mes seins.

Comme je l'ai fait lors de notre soirée poker, j'attrape sa tête à deux mains pour le maintenir en place et je m'arque en avant contre lui pour lui offrir plus de moi. Sa langue fouette, frappe et tourbillonne autour de mon téton, et mon clitoris est douloureux, palpitant et brûlant.

— Tu étais la chose la plus douce que j'aie jamais goûtée, Low, murmure-t-il.

Il relâche mon téton pour me regarder avec des yeux qui ressemblent à des flammes bleu-vert.

— Tu l'es toujours, ajoute-t-il.

Je respire aussi fort que si je venais de courir un marathon, et mes hanches se cognent à nouveau contre lui. J'ai oublié que nous étions dans un foutu garage, sur une voiture. À moins que je n'en aie juste rien à faire.

Dax me sent me tendre vers lui et presse mon clitoris contre les contours durs de son sexe, un éclat malicieux dans les yeux.

— Tu es douce partout.

Quand il penche à nouveau la tête, sa langue dessine une ligne humide jusqu'à mon ventre, et à mesure qu'il défait mon bouton et baisse ma braguette, sa bouche suit le mouvement, goûtant chaque centimètre carré de peau exposée. Il fait passer mon pantalon sur mes hanches et retire mes chaussures, avant de me débarrasser de mon jean. Puis il s'agenouille devant la voiture, me dévisageant depuis l'autre bout de mon corps alors que le métal froid touche l'arrière de mes jambes et fait naître la chair de poule partout sur ma peau.

De grandes paumes calleuses m'attrapent les cuisses et mes muscles se crispent contre lui quand il écarte mes jambes. C'est une réaction instinctive, un instinct de survie. J'ai tellement envie qu'il pose sa bouche sur moi, mais je ne suis pas sûre d'être capable d'y survivre s'il le fait.

Il m'a laissé ma culotte, et je sens le fin tissu collé à moi, mon excitation l'ayant trempé au niveau de mon entrejambe.

Sans cesser de maintenir fermement mes jambes, Dax se penche en avant et fait courir son nez le long de ma culotte.

Oh, merde !

Il est encore en train de me humer. Et cette fois, je suis sûre qu'il ne sent ni mon gel douche à la grenade ni mon shampoing aux agrumes. C'est moi qu'il sent. L'odeur musquée de mon excitation, celle de ce qu'il me fait. Tout mon corps frémit et je presse les jambes plus fort l'une contre l'autre, le piégeant entre elles alors que je suis de plus en plus certaine que cela va me tuer.

Des quatre rois, Dax et moi dansons l'un autour de l'autre depuis le plus longtemps. Tout comme Chase, il est si drôle et décontracté. Mais il y a aussi autre chose, chez lui. Une profondeur, une intensité qui remontent à la surface de temps en temps.

Pour Chase, ce comportement léger n'est pas un masque — c'est ce qu'il est au fond de lui. Dax, en revanche, s'en sert parfois comme d'une façade pour dissimuler des sentiments profonds et intenses sous cette façade désinvolte.

Mais il ne se cache pas, à cet instant.

Je peux sentir son désir pour moi brûler comme un brasier sous sa peau, je vois les muscles de son dos remuer sous son pull alors qu'il presse sa bouche sur mon sexe recouvert de ma culotte et aspire. Le tissu déjà mouillé est complètement trempé, maintenant, alors qu'il le prend dans sa bouche et trouve mon clitoris à travers le matériau fin, dessinant des cercles avec sa langue.

Quand il l'attire entre ses dents, une décharge de sensations me saisit, trop proche de la limite entre le plaisir et la douleur pour que je puisse déterminer si c'est l'un ou l'autre. Je rue contre le capot de sa Mercedes, plaquant les paumes contre le métal froid et provoquant un grand fracas qui résonne dans tout le garage.

— Putain ! Dax !

Nous faisons trop de bruit. La porte du garage est fermée, mais elle n'est pas verrouillée. Quelqu'un pourrait venir ici et nous découvrir à n'importe quel moment.

Mais Dax semble n'en avoir rien à faire. Il relâche mon clitoris entre ses dents et retire ma culotte, puis il enfouit son visage entre mes cuisses et me dévore comme si j'étais son dernier repas.

Je n'ai rien pour me raccrocher — rien pour m'aider à garder l'équilibre alors que les sensations me fouettent comme un morceau de bois flotté sur une mer déchaînée.

Mes doigts cherchent à se retenir au capot lisse de la voiture, parcourent les muscles bandés des épaules de Dax de haut en bas avant de s'enfoncer à nouveau dans ses cheveux, serrant si fort que ça doit faire mal.

Mais si c'est le cas, il aime ça.

Des sons rauques et profonds résonnent hors de sa gorge, et je les apprécie tellement que je tire plus fort sur ses cheveux dans une tentative d'en obtenir plus, de m'assurer qu'il ne s'arrête jamais.

Mon sexe se crispe sur le vide et toute la partie inférieure de mon corps me paraît enflée, animée d'un besoin désespéré de jouir. Mes hanches remuent et se frottent contre le visage de Dax, mais il semble aimer ça aussi. Ses mains se referment sur mes fesses et il soulève le bas de mon corps du capot pour mieux me dévorer, me *boire*.

J'ai le tournis, comme si tout le sang avait quitté mon cerveau, et une douce agonie grandit en moi…

C'est alors que Dax s'arrête.

Sa langue cesse ses délicieux assauts et il s'écarte de plusieurs centimètres. Ses lèvres sont mouillées et ses yeux sombres quand il fait courir ses mains le long de la courbe de mes fesses, avant de m'attraper sous les genoux et d'attirer mon corps vers lui. Mes fesses pendent quasiment dans le vide, mes jambes tremblent et mon estomac se crispe.

Dax s'essuie la bouche et le menton du dos de la main, parce qu'ils sont si trempés que c'en est embarrassant — *si j'étais encore capable de me sentir embarrassée à propos de quoi que ce soit, à cet instant* —, puis il baisse la main vers le bouton de son jean.

— Ne. Jouis. Pas, dit-il d'une voix basse et traînante.

Quelque chose me dit qu'il s'est torturé lui-même tout autant qu'il m'a torturée en me léchant ainsi.

— Pas tant que je ne serai pas en toi.

— Alors dépêche-toi de venir, hoqueté-je.

— Tes désirs sont des ordres.

Il émet un petit rire et abaisse son pantalon sur ses jambes pour libérer son sexe. Il est épais et dur, et il se caresse tout en avançant vers moi. J'écarte encore plus les jambes, sans me soucier d'avoir l'air impudique, étalée ainsi sur le capot de sa voiture, le soutien-gorge baissé et les cheveux ébouriffés.

Il prend mes jambes sous les genoux et soulève mes hanches sans mal pour se positionner.

Puis il se propulse en avant, m'emplissant complètement.

J'émets un son qui n'a même pas l'air humain et Dax grogne de satisfaction. Il se retire et s'enfonce à nouveau, me faisant sentir chaque centimètre carré de lui. Il accroche mes jambes autour de sa taille et se penche sur moi, appuyant les mains sur le capot lisse de la voiture tout en commençant à m'empaler plus brutalement.

— Tu sais ce que je me suis dit la première fois que je t'ai vue, Low ? murmure-t-il d'une voix rauque.

— Que tu avais déjà vu de plus beaux seins ? rétorqué-je d'un ton malicieux.

Je tente de me distraire des sensations qui tourbillonnent en moi et qui emplissent tout mon corps de lave en fusion.

Il rit à nouveau, puis baisse la tête pour me lécher et

sucer les seins, lapant mes tétons comme s'il tentait de se racheter de toutes les paroles désobligeantes qu'il a pu avoir à leur sujet. Puis il incline la tête pour me regarder.

— Non. J'ai imaginé ça.

— Tu t'es imaginé me prendre sur le capot de ta voiture ?

Mes paroles sont essoufflées et hachées. J'ai du mal à réfléchir, et encore plus à parler. Il continue de s'enfoncer en moi à un rythme régulier qui me fait grimper de plus en plus haut.

Puis il pose à nouveau sa bouche sur la mienne et m'embrasse comme si j'étais la réponse à toutes les questions qui existent en ce monde, avant de s'écarter pour approcher ses lèvres du creux de mon oreille.

— Je me suis imaginé en train de te serrer dans mes bras.

Il y a une sincérité brute dans ses paroles, et cela me fait éprouver un pincement au cœur. L'afflux d'émotions en moi provoque un effet domino, et avant d'avoir pu me retenir, je me mets à jouir autour de lui, me raccrochant à lui et gémissant alors que des vagues d'extase me submergent.

Il ne s'arrête pas et s'enfonce plus fort en moi alors que je me resserre et convulse autour de lui. Quand le dernier tressautement de l'orgasme s'apaise, il cloue mes poignets au métal froid au-dessus de ma tête et me pénètre aussi fort qu'il le peut.

Je ne peux détourner les yeux de lui.

Ces beaux yeux bleu-vert qui contiennent à la fois la lumière et les ténèbres.

La courbe de sa pommette, l'angle de sa mâchoire.

Cette bouche qui sourit si souvent, mais qui est pincée en une ligne déterminée, à cet instant.

Il renferme tellement plus de choses que je l'ai cru la première fois que je l'ai rencontré ! Dax est tellement de choses !

Et en ce moment, le plus important, c'est qu'il est à moi.

Il laisse échapper un juron bas et s'enfonce en moi. Quand il jouit, il enroule les bras autour de moi et me soulève de la voiture pour m'empaler encore plus brutalement sur son sexe.

— Voilà, murmure-t-il d'une voix rauque alors que nous nous accrochons l'un à l'autre et que son visage est enfoui dans mes cheveux. *Voilà* ce que je me suis imaginé.

Il me faut quelques instants avant d'être sûre de pouvoir à nouveau marcher — j'ai utilisé des muscles dont je n'ai pas l'habitude d'avoir besoin, alors que j'appuyais mes pieds contre le parechoc de la voiture. Quand Dax se retire et me dépose délicatement au sol, il me retient pendant une seconde supplémentaire pour s'assurer que je ne vais pas m'écrouler. Je vacille quand même alors que je récupère mon pantalon, et il émet un petit rire.

— C'est bon, l'étalon, lui lancé-je en riant alors que l'excitation me réchauffe à nouveau tout le corps. Une médaille d'or pour toi.

Nous nous nettoyons et nous habillons, mais plutôt que de retourner dans la maison, Dax ouvre la portière côté passager et fouille sous le siège une seconde.

Quand il ressort avec un petit sac en plastique rempli de cannabis et quelques feuilles à rouler, cette vue me revigore aussitôt. Cela fait un moment que je n'ai pas fumé, ce qui est ironique, sachant que mon niveau de stress a crevé le plafond, ce semestre.

Il roule le joint et sort un briquet de sa poche, puis nous nous appuyons contre la voiture pour fumer.

Nous nous échangeons le joint, et même si nous venons de coucher ensemble, même si son sperme est toujours en moi, de petites étincelles crépitent entre nos doigts chaque fois que nous nous touchons. Nos mains s'attardent et maintiennent le contact plus longtemps que nécessaire, absorbant ces petits fragments l'un de l'autre chaque fois que nos atomes entrent en contact.

Un peu plus tôt, j'ai dit la vérité à ma mère.

Je tiens à ces garçons. Je leur fais confiance pour assurer mes arrières.

Et je suis bien contente de disposer de leur aide.

Parce que lundi, je vais en avoir grand besoin.

18

Je ne sais pas pourquoi, mais entre Dax et Chase, c'est presque toujours Dax qui conduit.

Chase a une voiture, pourtant, une Aston Martin rouge foncé rangée dans le garage à côté de la Mercedes grise de Dax. Et il m'autorise à l'emprunter lundi matin : il descend les marches avec moi pour m'escorter jusqu'au garage.

Il ne me demande pas en rigolant d'éviter de rayer la peinture, ou autre chose du même genre, et cela prouve à quel point les rois étaient inquiets pour moi, après mon accident — et à quel point ils le sont encore maintenant. Les routes sont sèches et dégagées, et au moins, je n'aurai pas besoin d'affronter la neige et le givre durant cette petite excursion.

Juste... d'autres menaces.

— Tu es prête pour ça ? me demande-t-il tout en me tendant ses clefs.

Il profite de l'occasion pour m'attirer dans ses bras. Quelque chose a changé, depuis que j'ai couché avec chacun des garçons. Ils me touchent tout le temps, maintenant, et je les touche en retour, nos corps avides trouvant constamment le moyen de se rapprocher l'un de l'autre, comme si nous n'en avions jamais assez.

J'enroule les bras autour de son dos, les clefs serrées dans ma main, et j'incline le visage vers le sien.

— Pas du tout, putain ! Mais je vais le faire quand même.

Il émet un petit rire à ma réponse directe, mais l'inquiétude envahit ses yeux une seconde plus tard, balayant cette étincelle d'hilarité.

— Sois prudente, Harlow.

— Je le serai.

— Je suis sérieux, insiste-t-il en resserrant un peu son étreinte. Tu n'as pas idée du nombre de fois où nous avons dû nous dissuader les uns les autres d'annuler tout ça et de t'attacher à ton lit pour t'empêcher de partir.

La nervosité me tord l'estomac. S'ils avaient essayé de faire ça, j'aurais trouvé un moyen de me libérer et de m'enfuir pour le faire quand même. Et je devine qu'ils le savent, c'est sûrement la raison principale pour laquelle ils n'ont même pas essayé. Mais tout ça ne me plaît pas plus qu'à eux. J'ai l'impression que je vais vomir.

Je me force à bouger, me mets sur la pointe des pieds et embrasse brièvement Chase, puis me tourne vers sa voiture. Avant de me glisser sur le siège conducteur, je lui lance un dernier regard.

— On se voit bientôt.

— Oui. Bientôt.

Il recule et me regarde sortir du garage. Je le perds de vue alors que je descends l'allée vers la rue.

L'adresse est enregistrée dans le GPS de mon téléphone, et je suis les indications de la voix féminine en mode pilote automatique, alors que mon esprit pense déjà à la suite. J'essaie de prévoir le futur, d'imaginer les différents scénarios qui pourraient se jouer.

Hollowell me croira-t-il ? Que m'arrivera-t-il — et qu'arrivera-t-il à ma mère — si ce n'est pas le cas ?

Mon cerveau diabolique n'éprouve aucune difficulté à trouver un million de réponses horribles à cette question, et mes mains se mettent à trembler sur le volant, alors j'allume la radio et essaie de noyer mes propres pensées.

La dernière chute de neige a un peu fondu, et ce qu'il en reste est devenu brun et gris. Le monde ne ressemble plus à un paradis hivernal immaculé, et cela me semble approprié à la situation, alors que je tourne au dernier virage et remonte l'allée vers la maison du juge Hollowell.

J'éteins la musique, comme si j'avais peur qu'il m'entende arriver, et quand je m'arrête au bout de l'allée, je fixe les grandes fenêtres du salon, m'efforçant de distinguer d'éventuels mouvements à l'intérieur.

Seigneur, j'espère qu'il est chez lui !

Je suis venue assez tôt pour être sûre qu'il ne serait pas déjà parti au tribunal, assez tôt pour m'assurer qu'il sache que je n'ai pas vu le détective Dunagan avant de venir. Il doit croire que je n'ai aucune intention de faire ça.

OK. Tu peux le faire, Harlow. Respire et garde la tête froide.

Au moins, je n'ai plus besoin de faire semblant de

l'apprécier. Je n'ai plus à le regarder avec une expression neutre et innocente sur le visage, comme s'il n'était qu'un ami de ma mère qui pourrait peut-être m'aider.

Nous avons joué cartes sur table, et il n'y a aucun retour en arrière possible.

Refusant de rester immobile assez longtemps pour réaliser que tout cela n'est peut-être qu'une idée horrible et dangereuse et pour faire demi-tour, j'ouvre la portière de la voiture et remonte l'allée vers la porte d'entrée.

Quand je sonne, un afflux d'adrénaline submerge mon organisme, grimpant de plus en plus alors que j'attends qu'on m'ouvre.

Cela ne prend pas longtemps. Il m'a peut-être vue arriver de la fenêtre de l'étage.

Hollowell entrebâille la porte, et je vois tout de suite qu'il m'a bien vue arriver. Il n'y a aucune surprise sur son visage, juste une légère curiosité et une sorte de triomphe suffisant.

— Harlow. Bonjour.

Il incline la tête. Ses cheveux sont mouillés, ce qui rend ses mèches poivre et sel un peu plus frappantes que d'habitude, et il porte un costume à la cravate dénouée, mais drapée autour de son cou. Je l'ai sûrement interrompu alors qu'il se préparait à aller travailler.

— Est-ce que l'offre tient toujours ? demandé-je de but en blanc.

Je refuse de perdre une seule seconde à faire poliment la conversation avec cet homme. Ça ne servirait à rien, de toute façon ; aucun de nous n'y croirait, vu que nous savons tous les deux parfaitement ce que l'autre pense de nous. Il peut garder sa comédie de type sympa et inoffensif pour ceux qui y croient encore.

Et malheureusement, la liste est longue.

— Oui, répond-il.

La lueur triomphante dans ses yeux se fait plus vive alors qu'il esquisse un léger sourire, puis il incline la tête d'un geste presque compatissant.

— Je suppose que tu as décidé d'accepter ?

— Pas encore, rétorqué-je.

Son calme assuré me rend furieuse. Il a toujours l'air si imperturbable, comme si un bouclier invisible le protégeait et que rien au monde ne pourrait jamais l'atteindre.

J'ai envie de le voir souffrir. J'ai envie de le voir désespéré.

J'ai envie de le voir ressentir ne serait-ce qu'une fraction de ce que j'éprouve.

— Non ? répond Hollowell en haussant un sourcil.

— Je veux d'abord vous parler. Pour m'assurer d'avoir bien compris les… clauses de votre proposition.

Ces mots me brûlent la gorge, et je ne prends même pas la peine de le cacher.

Son sourire s'élargit et il fait un pas en arrière, ouvrant plus grande la porte.

— Bien sûr. Entre.

Tout mon corps résiste physiquement à l'idée de passer le seuil, comme si j'étais un chien effrayé par un collier électrique. Mais je me force à le suivre à l'intérieur et il referme la porte derrière moi, avant de faire un signe vers la gauche.

— Tu te souviens où est le salon ?

Je le fusille du regard, mais entre dans le grand espace ouvert, puis m'assois sur le canapé angulaire où je m'étais installée la dernière fois. La tête d'élan trône au-dessus de la pièce, accrochée au mur, et le petit renard gris sur son piédestal est exactement dans la même posture que la dernière fois, ses yeux globuleux sont brillants et son nez levé comme pour humer l'air.

À cette vue, un trou se creuse dans mon cœur, pour je ne sais quelle raison. Cela me fait penser à Iris.

Le juge Hollowell l'a tuée tout comme il a tué ce renard. Il l'a figée dans le temps. Elle ne pourra jamais passer son diplôme et aller au bal de promo. Elle n'ira pas à la fac, ne se mariera pas et n'aura pas d'enfants. Elle n'existera plus que dans les souvenirs et les photos, et aura dix-sept ans pour toujours.

— Donc ? dit Hollowell.

Il vient se placer dans mon champ de vision, et s'installe bien droit sur le fauteuil face à moi, avant de commencer à nouer sa cravate.

— Que veux-tu savoir ?

Des larmes me brûlent les yeux alors que je l'observe.

— Que se passera-t-il quand ma mère sortira ? Après les cinq ans ? Que se passera-t-il ensuite ?

— Eh bien, ce sera à elle de le décider, Harlow, répond-il.

Il hausse les épaules, comme si c'était évident, et fait remonter le nœud de sa cravate jusqu'à son cou.

— Elle aura un casier judiciaire, bien sûr, et elle aura peut-être un peu plus de difficultés à trouver du travail à cause de ça, mais ce ne sera pas impossible.

Seigneur, il donne l'impression que c'est si limpide ! Si simple et facile !

— Non, je veux dire, que se passera-t-il avec vous ? précisé-je. Est-ce que vous promettez de ne pas lui faire de mal ?

Je pleure ouvertement, maintenant. Le simple fait d'être dans cette maison m'emplit de tant d'émotions que j'ai la sensation qu'une foutue voiture me comprime la poitrine. Je prends deux inspirations profondes et essuie furieusement mes yeux du dos de la main. Je déteste devoir faire ça. Je déteste le laisser me voir comme ça. Faible et vulnérable.

Mais plus encore, je déteste la compassion qui se lit sur ses traits.

Il se redresse un peu sur sa chaise et lisse le revers de sa veste tout en me regardant avec sérieux.

— Oui, je te le promets. Je n'ai pas envie de faire du mal à Pénélope. Ni à toi. Je ne suis pas un tueur, Harlow.

Il écarte les bras comme pour se dévoiler comme un livre ouvert.

— Ce n'est pas ce que je suis.

— Vous avez tué quelqu'un, rétorqué-je avec colère. Alors, c'est exactement ce que vous êtes.

Le visage du juge Hollowell se durcit. Ce n'est pas pareil que de le voir blessé ou effrayé, mais c'est un bon début. C'est une faille dans son masque.

— Parfois, les gens font des choses par nécessité. Des choses qu'ils n'ont pas *envie* de faire.

Il se racle la gorge, et ses yeux noisette pétillent.

— Ça ne veut pas dire que ces actions doivent les définir pour le reste de leur vie.

— Non. Ça ne vous définira pas, dis-je d'une voix épaisse. Ça définira ma mère.

Il hausse les épaules, comme s'il ne s'agissait que d'un détail mineur.

— Pour un temps, oui.

Ma lèvre tremble alors que je songe à ma mère, assise derrière cette petite paroi de plexiglas, et à quel point elle me paraît différente, dans cette tenue de prison orange. Cinq ans. Cinq ans à ne la voir qu'à petites doses, sans jamais pouvoir manger de la glace avec elle en regardant un film, assises sur le canapé, ou à parler de tout et de rien pendant des heures.

Cinq ans de sa vie. Envolés.

Quel effet auraient ces cinq années de prison sur elle ? Serait-elle encore la même personne à sa sortie ?

— Très bien, dis-je, et une larme glisse au coin de ma bouche. Vous avez gagné. Je ne parlerai pas au détective Dunagan.

Je laisse échapper un rire amer et ajoute :

— Il sera sûrement très heureux de ne pas me voir.

Hollowell hoche la tête et m'adresse un sourire rassurant.

— J'en suis ravi, Harlow. Tu as pris la bonne décision.

Ses mots me font l'effet d'un coup de poing dans le ventre.

Il y a une boîte remplie de douleur dans ma poitrine, que je ne me suis pas autorisée à ouvrir depuis le soir de l'arrestation de ma mère. C'est là que je fourre tout ce qui me fait trop mal, tout ce qui menace de me faire sombrer et de m'empêcher de continuer à vivre.

Et alors que je regarde le visage platement séduisant d'Hollowell, je laisse cette boîte s'ouvrir en grand.

Ça fait mal.

Tellement mal !

Je me recroqueville sur moi-même, pose les coudes sur mes genoux et laisse tomber ma tête dans mes mains alors qu'un sanglot déchirant s'échappe de mon corps.

— Putain ! *Putain !* marmonné-je, et les mots me font l'effet d'éclats de verre brisés dans la gorge. Je suis désolée. Je suis tellement désolée, maman !

Ma douleur se nourrit d'elle-même, chaque sanglot en provoquant un autre, et de ce qui me paraît venir de très loin, j'entends le juge Hollowell me dire que tout va bien se passer, que j'ai pris la bonne décision, que c'est mieux comme ça.

Je m'efforce de prendre une inspiration, mais mes poumons convulsent tellement que c'est presque impossible. Mes yeux et ma gorge me font mal à force de pleurer.

Le coussin du canapé remue un peu quand le poids de quelqu'un d'autre s'assoit dessus, et quand Hollowell pose la main sur mon genou, je relève vivement la tête. Mon corps devient rigide et mes larmes se tarissent alors que la révulsion me submerge.

— Je sais que tout cela t'a placée dans une situation

difficile, Harlow. Moi aussi. Nous faisons tous les deux du mieux que nous pouvons.

Le juge Hollowell a l'air si compatissant que je croirais presque qu'il est sincère.

Et je le vois, maintenant, plus clairement que jamais.

Il a *envie* de croire à son mensonge. Il a envie de croire qu'il est quelqu'un de bien, et qu'il a juste commis une erreur. Il espère peut-être que rejeter la faute de la mort d'Iris sur ma mère effacera une partie de la culpabilité qui entache son âme ; comme si convaincre le monde qu'elle est responsable rendra cela réel.

Je me lève brusquement, dégageant mon genou d'entre ses doigts alors qu'un autre sanglot m'échappe. Je me frotte les yeux à deux mains et quand je les baisse, elles sont noires, maculées de mascara.

— Est-ce que... je peux utiliser votre salle de bains ? demandé-je d'une voix râpeuse et rauque.

Il hésite une demi-seconde, mais finit par hocher la tête et se lever.

— Bien sûr. Viens avec moi, je vais te montrer où c'est.

Il traverse le salon et me fait traverser un long couloir, vers le fond de la maison. Il s'arrête à mi-chemin et fait un geste vers une porte à demi ouverte.

— C'est ici.

Il ne montre aucune intention de partir, alors je le dépasse et entre dans la salle de bains, avant de fermer et de verrouiller la porte derrière moi. Le visage qui me renvoie mon regard dans le miroir me fait presque sursauter. Ma peau est rouge et tachetée, mes yeux enflés et injectés de sang. Du mascara a coulé et formé des taches sous mes yeux, donnant l'impression que j'ai reçu un coup de poing au visage.

J'ouvre le robinet.

Mais au lieu de m'asperger de l'eau sur le visage, je m'empresse de me retourner pour scruter la pièce.

Mon corps me paraît sens dessus dessous et j'ai mal au ventre et à la poitrine à force d'avoir pleuré, mais mon cœur se remet à battre dans ma poitrine alors que je repousse la douleur que j'ai libérée plus tôt.

Je dois aller vite, et je dois me montrer subtile. Je dispose de moins d'une minute avant qu'il commence à se montrer suspicieux.

La salle de bains est conforme au reste de la maison : grande, moderne et aseptisée. Une grande douche carrelée en pierres naturelles prend tout un coin de la pièce, et trois larges fenêtres recouvrent le mur à côté. À travers, je vois une portion de la cour et du mur qui entoure toute la propriété.

Sans perdre de temps, je fonce vers la première fenêtre et la déverrouille, la faisant glisser un tout petit peu. L'espace est si petit que je ne sais même pas si j'arriverai à y faire passer mes doigts plus tard, mais je ne peux risquer de l'ouvrir plus que ça — ce serait trop repérable.

Je retourne ensuite devant le lavabo, et cette fois, je me penche pour me laver le visage, laissant l'eau froide apaiser ma peau brûlante. Je prends un mouchoir et essuie les traces de mascara sous mes yeux, avant de laisser échapper un soupir tremblant.

L'adrénaline a remplacé toute ma tristesse dès que je suis entrée dans la salle de bains, et j'espère qu'Hollowell ne remarquera pas le changement dans mes yeux.

Mais pour être honnête, j'ai encore l'air pitoyable, et quand je laisse mes épaules s'affaisser, je deviens la définition parfaite de la peine et de l'abattement.

Je suis encore en train de me tamponner les yeux quand j'ouvre la porte et sors de la salle de bains. Comme je le soupçonnais, Hollowell m'attend dans le couloir, les mains plongées dans les poches de son costume dans une posture tranquille. Il me regarde de haut en bas d'un air scrutateur, et je ne fais aucun effort pour dissimuler mon dégoût. J'aurais sûrement l'air suspecte si je n'avais pas l'air de le détester.

— Tu vas bien ? demande-t-il en inclinant la tête d'un air compatissant.

— Oui. Je vais bien.

Je serre mes bras autour de mon ventre dans un geste protecteur.

— Je dois aller en cours.

— Bien sûr. Tu peux encore avoir un beau futur, Harlow. Ta mère aussi. Ne l'oublie pas.

La voix d'Hollowell prend le ton que j'ai entendu employer mes professeurs, quand ils essaient de transmettre une perle de sagesse à un jeune perturbé. Un ton doux et condescendant, comme s'il était sûr que je ne comprendrais pas toute la portée de ses paroles aujourd'hui, mais que ce serait le cas un jour.

— Oui, répété-je.

Puis je me retourne et retraverse le couloir.

Le juge Hollowell avance aussi, et marche juste devant moi alors qu'il me raccompagne à la porte. Il l'ouvre et je sors dans l'air frais de ce mois de février. Mais avant que j'aie pu me diriger vers ma voiture, il reprend la parole :

— Donnons-nous une semaine, d'accord ? Je vais m'assurer que tu remplis ta part du marché et que tu ne parles à personne. Si tu fais ça, je me mettrai au travail pour assurer une négociation de peine à ta mère.

— D'accord.

C'est le dernier mot que je prononce avant de m'empresser de descendre l'allée, de me glisser dans ma voiture et de m'enfuir.

19

Les garçons m'attendent environ un kilomètre plus loin, assis dans la voiture de Lincoln, sur le bord d'une route qui part dans la direction opposée à celle que le juge prendra sûrement pour rejoindre le tribunal.

Je leur ai envoyé un message dès que j'ai eu quitté l'allée d'Hollowell, pour leur faire savoir que j'allais bien. Si cela n'avait tenu qu'à eux, ils auraient campé juste devant sa maison, armés de battes de baseball et de poings américains, prêts à se précipiter à l'intérieur pour me sauver si la situation partait en vrille.

Mais on ne pouvait pas prendre ce risque. On ne pouvait pas laisser penser à Hollowell que ma visite avait un autre objectif que d'accepter la défaite.

Quand je me glisse sur le siège arrière de la voiture de Linc, tout le monde se tourne vers moi, et une expression horrifiée est peinte sur tous leurs visages.

— Putain, Low ! souffle River, l'air tourmenté. Tu vas bien ?

— Oui, dis-je en m'essuyant à nouveau les yeux.

Même si c'était pour le spectacle, les émotions que j'ai fait surgir à la surface étaient tout à fait réelles, et j'ai tant pleuré que j'en ai mal au crâne.

— Ça a marché.

— Tu as réussi à ouvrir une fenêtre ? demande Linc.

Une colère vive brûle dans ses iris alors qu'il observe mon visage bouffi, mais il garde un ton calme. Je hoche la tête.

— Juste un peu. Je ne pouvais pas faire plus, je suis sûre qu'il est retourné vérifier la pièce après mon départ. Ça se voit à peine, mais ça devrait suffire pour l'ouvrir de l'extérieur sans déclencher d'alarme.

J'espère.

— OK, répond Dax, le visage lugubre. On a appelé pour confirmer les affaires judiciaires qui doivent être entendues aujourd'hui, et il doit être en salle d'audience d'ici dix heures. Alors on a environ une heure avant qu'il parte.

Nous attendons deux heures.

Chaque minute passe avec une lenteur douloureuse, et Linc déplace sa voiture plusieurs fois rien que pour s'assurer que personne ne décide d'appeler les flics en remarquant que nous traînons dans le coin d'un air suspect. Il est un peu plus de onze heures quand je croise son regard et hoche la tête. On ne peut pas attendre plus longtemps. Nous devons nous assurer qu'Hollowell est sorti de la maison, mais si nous attendons plus longtemps, nous risquons de nous faire prendre à son retour.

Aucun portail ne bloque l'allée de sa maison. Le mur

autour de sa propriété semble plus servir à protéger son intimité qu'à dissuader les intrus — mais j'ai remarqué une caméra de sécurité fixée au mur et positionnée de manière à filmer l'allée.

Alors nous nous garons à plusieurs rues de là et marchons, puis nous grimpons par-dessus le mur à l'endroit où l'ont déjà fait les garçons quand ils l'ont espionné, il y a quelques semaines. Hollowell semble se considérer comme un homme aimant le grand air : sa propriété est très boisée, sûrement pour qu'il puisse s'imaginer vivre dans une cabane de chasse isolée, ou un truc comme ça.

Mais cela nous arrange, parce que nous avons des tas d'arbres derrière lesquels nous cacher alors que nous nous dirigeons discrètement vers la maison, ne communiquant que par gestes et murmures. Le temps s'est réchauffé, ces derniers jours, mais il y a encore un peu de neige au sol — rien que des petits tas ici et là, là où elle était la plus épaisse et où elle a mis le plus de temps à fondre. Nous nous assurons d'éviter ces endroits, ne voulant pas laisser de traces de pas évidentes ou de désordre.

Je repère la fenêtre de la salle de bains alors que nous tournons au coin de la grande maison élégante, et mon cœur se serre dans ma poitrine. On y est. Si Hollowell s'est rendu compte que je l'avais ouverte, ou si je ne l'ai pas assez entrouverte, notre plan va brutalement prendre fin maintenant.

Je tire sur la main de River pour m'assurer d'avoir son attention et murmure :

— La plus à droite.

Il hoche une fois la tête et nous nous dirigeons tous les cinq vers la maison. Nous avons regardé partout à la recherche de caméras et n'en avons vu aucune sous cet angle, mais je marche quand même courbée en deux.

River est le premier à atteindre la fenêtre, et tout mon corps se raidit alors qu'il touche le verre. Je m'attends à moitié à ce qu'une sirène d'alarme assourdissante retentisse dans l'air.

Mais la cour reste silencieuse et immobile.

Et la fenêtre ne bouge pas.

Merde !

Putain de bordel de merde !

Hollowell s'en est-il rendu compte ? L'a-t-il refermée ? Ou ne l'ai-je pas assez ouverte ?

Je tapote l'épaule de River.

— Laisse-moi essayer.

Il hoche la tête et s'écarte du passage pour que je puisse m'approcher de la fenêtre. Elle a l'air complètement fermée, mais je me sers de mes ongles pour essayer de m'accrocher au bord inférieur de la vitre.

L'espace d'un instant, il ne se passe rien. Puis elle se soulève.

Mes entrailles semblent se liquéfier de soulagement et je pousse un peu plus fort, obligeant la fenêtre à s'ouvrir d'environ dix centimètres.

— De l'élan. Donnez-moi de l'élan.

Presque avant que j'aie fini ma phrase, quatre paires de mains se tendent vers moi et me soulèvent sans effort, jusqu'à ce que je me retrouve au niveau de la fenêtre. Je suis certaine que la paume sur mes fesses est celle de Chase, et si je n'avais pas été à deux doigts de m'évanouir de nervosité, j'aurais sûrement apprécié ça.

Leur faisant confiance pour me soutenir, je fais levier pour soulever un peu plus la fenêtre. Quand l'espace est assez grand pour y passer, les garçons m'aident à me faufiler à l'intérieur.

Mon mouvement n'a rien de gracieux, mais j'entre sans tomber ni rien déranger dans la salle de bains, c'est déjà ça.

Je me retourne et aide les garçons à me rejoindre ; ils se donnent chacun de l'élan depuis l'extérieur, jusqu'à ce qu'il y ait plus de monde dans la salle de bains que dehors. Chase arrive en dernier, escaladant le mur de la maison pendant que les autres le hissent par la fenêtre.

Une fois que nous sommes tous réunis à l'intérieur, je ferme la fenêtre pour ne pas laisser la pièce se rafraîchir — je ne sais pas si Hollowell s'en rendrait compte, mais je n'ai pas envie de lui laisser le moindre indice qu'il s'est passé quelque chose.

J'essuie mes mains et fais un signe de tête vers la porte de la salle de bains. Je n'ai remarqué aucune caméra dans la maison d'Hollowell, les deux fois où je suis venue, et même si je n'ai pas cherché la première fois, j'ai pris grand soin de le faire la seconde.

J'ai trouvé ça un peu étrange, au début — après tout, le père de Linc a installé des caméras de sécurité dans leur maison. Mais j'ai ensuite songé qu'un homme couchant avec une fille mineure n'avait peut-être pas envie que ses faits et gestes soient enregistrés, même si c'était par son propre système de sécurité.

Évidemment, il a peut-être dissimulé des caméras

que je n'ai pas vues. Mais on va devoir prendre le risque et espérer trouver quelque chose d'assez utile pour le justifier. Un indice qui nous laisserait deviner l'autre raison qu'avait Hollowell de tuer Iris.

— Cherchez un bureau ou quelque chose comme ça, murmuré-je alors que nous nous glissons dans le couloir. Un endroit où il conserverait des papiers importants.

C'est peut-être un plan tiré par les cheveux. Mais je suis toujours convaincue qu'il s'est passé autre chose qui a poussé Hollowell à tuer la *cheerleader* blonde. Quelque chose de plus que sa grossesse.

C'est en fouillant dans le bureau de Samuel Black que j'ai trouvé le certificat de naissance prouvant qu'un bébé était né de son infidélité, et que l'enfant était le sien, même si à l'époque, je croyais que cela concernait Linc. J'espère qu'on trouvera quelque chose du même genre ici. Quelque chose qu'Hollowell tient à cacher.

Nous marchons dans la maison d'un pas prudent, comme des fantômes, mais nous ne trouvons rien de prometteur au rez-de-chaussée. Je n'arrête pas de regarder l'heure sur mon téléphone, et j'ai une conscience aiguë de chaque minute qui passe.

À l'étage, nous découvrons enfin ce qui ressemble à un bureau — une grande pièce composée d'un énorme bureau en acajou et de larges fenêtres qui baignent la pièce dans une lumière naturelle. Le tiroir à dossiers est verrouillé, mais River trouve une clef dans le premier tiroir du bureau, et mon cœur bondit dans ma poitrine quand elle fonctionne. Nous sortons les dossiers aussi vite que nous pouvons et les parcourons avant de les remettre là où nous les avons trouvés.

La plupart sont incroyablement ennuyeux. Des documents légaux, des registres de paiement et ce genre de choses.

Je commence à me demander si nous réussirons à reconnaître un éventuel document « anormal ». Je ne comprends pas assez bien le jargon juridique pour interpréter la moitié des trucs que je lis.

Allez, espèce de salopard ! Allez ! Il y a forcément quelque chose.

Bon sang ! Je me trompe peut-être. Le juge Hollowell a peut-être réagi bizarrement quand j'ai dit qu'il avait tué Iris parce qu'elle était enceinte parce qu'il ne s'attendait pas à ce que je sois au courant.

Mais je pourrais jurer avoir vu quelque chose dans son regard.

De la surprise. Peut-être même une pointe de culpabilité.

Puis du soulagement.

Il cache quelque chose d'autre.

— Les deux derniers dossiers, murmure Chase, me faisant reporter mon attention sur la pièce.

Il les sort et en tend un à River.

Je baisse les yeux sur le tiroir tout en fermant la chemise que j'ai à la main. Nous sommes ici depuis presque deux heures, et nous commençons à pousser notre chance.

Mais nous ne pouvons pas partir maintenant.

— Fouillez tout ce que vous pouvez trouver d'autre ici, chuchoté-je. Je vais aller voir si je peux trouver sa chambre.

Linc se redresse aussitôt.

— Je viens avec toi.

Je hoche la tête et nous nous dirigeons tous deux vers la porte. Nous y sommes presque quand la voix de River nous arrête.

— Attendez.

Je tourne vivement les yeux vers lui, et remue la tête si vite que je me fais presque un torticolis. Il a les yeux fixés sur le dossier ouvert dans sa main, les sourcils froncés comme s'il essayait d'en traduire le contenu dans une autre langue.

— Quoi ? demandé-je alors que Linc et moi changeons de direction pour revenir vers les autres. Qu'y a-t-il ?

Il ne voit pas mes lèvres bouger. Il est si concentré dans ce qu'il regarde qu'il n'observe pas ce qu'il se passe autour de lui, comme il le fait toujours d'habitude. Il se mord la lèvre et secoue la tête. Quand il lève les yeux, je fais un pas en avant et répète ma question, me tordant le cou pour voir ce qu'il y a sur la feuille qu'il étudie avec une telle intensité.

Mon cœur se serre.

C'est juste un reçu de pressing. Un remboursement, semble-t-il. Je ne sais pas ce qui a pu rendre River aussi immobile et silencieux.

Je lui donne une tape sur l'épaule et penche la tête pour croiser son regard. Mon cœur bat comme un métronome trop rapide, reflétant l'énergie nerveuse que je sens émaner de lui par vagues.

— River. *Quoi ?*

Il cligne des yeux, l'air encore hébété et effrayé.

— Regarde le montant.

Je baisse à nouveau les yeux sur le papier, et ils me sortent presque des orbites. Je n'avais même pas remarqué, au début, parce qu'aucune blanchisserie légitime ne donnerait une telle somme d'argent à quelqu'un. C'est de la folie.

Quand je reporte mon regard sur River, il déchiffre l'expression de mon visage et hoche la tête d'un air lugubre.

— Je connais le nom au bas du reçu, moi aussi. Niles D'Amato. J'ai déjà vu mon père parler de lui avec ses potes avocats. Il dirige un trafic de drogue qui distribue des opiacés dans tout le Connecticut.

J'ouvre grand la bouche et reporte mon attention sur le papier que River tient à la main.

Bordel de merde !

Dans ce contexte, la somme d'argent inscrite sur le reçu prend une toute nouvelle signification. Pourquoi le juge Hollowell accepterait-il des « remboursements » de la part d'un trafiquant de drogue reconnu ?

Est-ce la raison pour laquelle il a tué Iris ? L'a-t-elle découvert ?

Un frisson me parcourt la peau quand je réalise à quel point nous sommes tous en danger. Je ne sais pas ce que j'espérais trouver ici, à quoi je m'attendais. Mais pas à ça. Et si Hollowell a tué Iris pour garder ça secret, il n'y a aucune raison de croire qu'il ne serait pas prêt à nous faire subir le même traitement.

— Il y a autre chose là-dedans ? demandé-je à River en faisant un signe du menton vers le dossier qu'il tient.

Il secoue la tête.

— Non. Rien qui paraisse important. Tout le reste

concerne des mensualités de paiement pour une voiture. Soit il a fourré ça là-dedans par accident, soit il l'a caché ici volontairement.

Lincoln émet un son léger et, quand je le regarde, je vois qu'il arbore à peu près la même expression que celle qui s'est peinte sur le visage de River un peu plus tôt. Comme s'il faisait le tri parmi une série d'images déconnectées dans sa tête, dans une tentative pour les assembler et former un tableau cohérent.

Puis quelque chose change sur son visage et son regard se durcit comme une paire de fragments d'ambre.

— Putain ! Je connais ce nom, moi aussi, dit-il en regardant River. Prends-le. On doit partir d'ici.

20

C'est un risque, de prendre le document qui contient la preuve reliant le juge Hollowell à un réseau de drogue. Mais je ne me fie pas à une photo sur un téléphone — même si nous en prenons chacun une quand même en guise de sauvegarde. J'ai vu avec quelle facilité ce genre de preuve pouvait être effacé d'un simple geste du doigt, et je me sens mieux à l'idée d'avoir quelque chose de solide sous la main.

Nous remettons tout en ordre, prenant soin de ne laisser aucune preuve de notre présence. Puis nous redescendons et nous entassons dans la grande salle de bains du premier étage.

Je jette un œil dans le miroir alors que nous passons près du lavabo, et j'ai l'impression qu'une éternité a passé depuis le moment où j'ai laissé couler l'eau du robinet pendant que le juge Hollowell attendait de l'autre côté de la porte. La preuve de mes larmes s'est effacée de mon visage, même si j'ai encore l'air hagard et épuisé.

Les garçons me font passer en premier, puis escaladent la fenêtre un par un, avant de me donner de l'élan pour que je la referme. C'est plus dur, cette fois, mais je la ferme autant que je peux, tenant la vitre du bout des doigts. Finalement, il ne reste plus qu'un petit jour entre la fenêtre et l'encadrement.

En tout et pour tout, nous sommes restés dans la maison du juge Hollowell un peu plus de deux heures, mais les dernières secondes, alors que nous traversons sa cour en courant, sont les plus terrifiantes. Nous passons par-dessus le mur et rejoignons la voiture de Lincoln. Dès que nous sommes tous montés, il allume le moteur et s'éloigne.

Son visage est un masque de concentration alors qu'il s'engage dans un virage à toute vitesse. Il roule trop vite, bien au-dessus de la limite de vitesse, mais aucun de nous ne lui demande de ralentir. Je repense à la première fois où j'ai quitté la maison d'Hollowell, quand j'ai négocié un virage couvert de neige à une vitesse vertigineuse.

— Bordel de merde ! lâche Dax en secouant la tête.

Je suis prise en sandwich entre Chase et lui sur le siège arrière, tandis que River est à l'avant avec Linc, et je sens son corps trembler d'adrénaline latente. Le mien aussi.

— Je n'arrive pas à croire qu'Hollowell est de mèche avec ces types.

— Ça fait sens, remarque River.

Il est tourné de côté sur son siège pour pouvoir nous regarder, ainsi que Linc.

— Le fait d'être lié à un réseau de trafic de drogue n'est peut-être pas aussi grave qu'avoir tué quelqu'un, mais je comprends que ça soit devenu une raison de commettre un meurtre. Si Iris l'a découvert et qu'elle en avait parlé aux mauvaises personnes, ça aurait pu ruiner sa carrière. Sa vie.

— Alors, il l'a tuée, murmuré-je, tandis qu'un élan de pitié pour mon ancienne rivale grandit dans ma poitrine. Je parie qu'elle n'avait aucune idée du genre de personne avec qui elle s'était impliquée. Je me demande si elle avait seulement conscience de ce qu'elle savait. Elle n'a peut-être même pas réalisé qui était ce nom. Je ne l'ai pas reconnu, moi, alors pourquoi elle l'aurait fait ?

— Oui, mais Hollowell ne pouvait pas prendre ce risque, répond River.

Une pointe de peur acérée se glisse entre mes côtes à ces mots.

Non. Il ne pouvait pas. Il ne l'a pas fait.

C'est le genre d'homme qui aime que tout soit maîtrisé à la perfection, et que le moindre détail gênant soit éliminé.

À la seconde où nous avons pénétré dans sa maison — mince, même avant ça —, nous sommes devenus des détails gênants.

Chase se penche vers l'avant de la voiture et passe la tête entre les sièges pour regarder Linc.

— Eh ! Comment tu connais ce nom, mec ? Niles D'Amato ?

— Mon père.

Mon cœur cesse presque de battre à cette autre nouvelle stupéfiante, et je lève vivement les yeux vers Lincoln. Il croise mon regard horrifié dans le rétroviseur et secoue la tête.

— Pas comme ça. Dieu merci ! Mon père est un connard, parfois, mais il n'est pas mêlé à ce genre de trucs.

Il reporte son attention sur la route, mais je peux voir la tension crisper ses épaules.

— Je vous ai dit que mon père avait fait don d'une tonne d'argent pour la campagne électorale d'Hollowell. Il essaie encore de trouver des moyens de ne pas se faire complètement baiser quand le divorce et le chantage qu'il subit seront révélés. Il a fait un don pour la campagne parce qu'Hollowell lui a fait une promesse alléchante : y associer son nom sauverait sa réputation.

— Quoi ? Comment ? demandé-je en fronçant les sourcils.

Je ne comprends pas ce que tout ça a à voir avec le reçu trouvé par River.

— Hollowell a promis que le plus grand accomplissement de toute sa carrière politique serait d'éliminer le réseau de trafic de drogue dirigé par Niles D'Amato.

Tout le monde garde le silence dans la voiture, et nous n'entendons plus rien d'autre à part le crissement des pneus dans le petit espace, alors que Linc accélère pour passer au feu orange.

Mon cœur me remonte dans la gorge, et je ne saurais dire si c'est à cause de la conduite de Linc ou des paroles qu'il vient de prononcer. À moins que ce ne soit dû à toute cette journée dans sa globalité.

— Bordel de merde ! finit par lâcher Chase avec un sifflement. Alors, non seulement il est de mèche avec ces types, mais il compte aussi les trahir.

— C'est ce que je me disais aussi, répond Linc. On ne sait pas quel genre de lien il a pu avoir avec eux, mais il est clair qu'une grosse somme d'argent a changé de mains. Putain, ils ont peut-être même financé son ascension jusqu'au poste éminent de juge, pour avoir quelqu'un qui leur permette de s'en tirer si cela s'avérait nécessaire.

— Mais maintenant, Hollowell en veut plus, acquiesce River. Il veut progresser dans la politique, et les jeter en pâture est le meilleur moyen d'y arriver. S'il a des informations sur leur organisation, il est bien placé pour la démanteler.

— Bordel de merde ! répète Chase en se passant une main sur le visage. C'est complètement dingue.

— Oui, renifle Linc en jetant un œil dans son rétroviseur en dépassant une Honda trop lente. On peut dire ça comme ça.

— Alors, que fait-on ? demande le garçon aux cheveux couleur bronze en regardant le paysage défiler par la fenêtre. Et on va ?

— Je ne sais pas, répond Lincoln en secouant la tête et en ralentissant un peu la voiture. Je voulais juste me barrer de chez Hollowell.

Il jette un œil dans le rétroviseur et scrute la rue derrière nous comme pour s'assurer que nous n'avons pas été suivis, puis il quitte la route principale pour s'engager dans une petite voie. Il se gare et met le frein à main, mais laisse tourner le moteur. Puis il se tourne vers nous.

— Hollowell a deux coups d'avance depuis le début. Il est puissant et a assez de connexions pour réussir à garder le contrôle total de la situation. Il a mis la mort d'Iris sur le dos de la mère d'Harlow et s'est assuré que Low garde le silence. On pourrait aller tout raconter à Dunagan, mais on n'a aucune garantie qu'Hollowell ne se servira pas des flics pourris qu'il a dans la poche pour trouver un moyen de tout étouffer. Et il trouvera sans doute aussi un moyen de nous étouffer, nous.

Une sensation de crainte nauséeuse m'emplit l'estomac. Tout ce qu'on a fait ces derniers mois a eu pour seul but de faire sortir ma mère de prison. Elle m'a sauvé la vie quand j'étais petite, et même si je ne pourrais jamais rembourser cette dette, je voulais lui rendre la sienne.

Mais et si à force d'interférer, de fouiner partout et de scruter les recoins sombres, je n'avais fait qu'empirer les choses de manière exponentielle ?

Une pensée horrible me saisit soudain, et mon estomac se serre comme si j'étais dans des montagnes russes : même si ma mère sort de prison plus tôt, elle n'aura peut-être plus de fille pour l'attendre dehors.

Est-ce ce qu'elle aurait voulu ? Ou m'aurait-elle conseillé d'accepter le marché d'Hollowell, de prendre le risque et d'espérer qu'il respectera sa part du marché ? De tout arrêter et de la laisser endosser le crime ?

Si je lui avais parlé de tout ça.

Mais je ne l'ai pas fait. Je voulais la protéger, et

maintenant, je suis si dépassée par les événements que je ne vois plus la moindre trace de lumière à travers les eaux boueuses autour de moi.

— Alors quoi ? demande Chase.

Il fait un geste vers l'avant de la voiture, où River tient toujours le reçu de pressing.

— On va s'asseoir là-dessus ? Faire comme si on ne l'avait pas ?

— Hollowell finira par se rendre compte que ça a disparu, ajoute Dax.

Il pose une main sur mon genou et se penche en avant. Ce contact est chaud et solide, un point d'ancrage au milieu du chaos.

— Peut-être pas aujourd'hui ni demain, mais un jour. Ça dépend sûrement de la vitesse à laquelle il se rendra compte que quelqu'un a touché à la fenêtre.

— Et quand il réalisera que le reçu a disparu, il n'aura aucun mal à deviner que nous sommes les responsables, ajouté-je doucement.

J'ai l'impression de m'enfoncer dans des sables mouvants, comme si j'étais piégée dedans depuis le soir où nous avons vu Iris se faire tuer. Et chaque fois que je me débats, chaque fois que j'essaie de m'échapper, je suis au contraire encore plus aspirée.

Nous ne nous en sortirons jamais. Nous sommes trop impliqués.

— Alors qu'est-ce qu'on *fait*, putain ? lâche Chase en cognant du poing sur la portière de la voiture, frustré.

— On contourne Dunagan.

C'est River qui a parlé, d'une voix basse, mais ferme, alors qu'il nous regarde tour à tour.

— Que veux-tu dire ? demande Dax en secouant la tête.

— On... contourne Dunagan, répété-je lentement, faisant rouler les mots dans ma bouche comme pour les goûter. On n'en parle pas aux flics. On en parle aux seules personnes capables d'intervenir et d'arrêter Hollowell. La seule personne à Fox Hill qui soit plus puissante que lui.

River hoche la tête.

— Niles D'Amato.

— Quoi ? s'exclame Chase en haussant les sourcils jusqu'à la racine de ses cheveux.

Mon cœur bat de manière saccadée, si fort que j'ai l'impression d'avoir un colibri dans la poitrine. J'ai du mal à croire que quelque part à l'autre bout de la ville, à la Linwood Academy, la septième heure de cours vient de commencer. Savannah est sûrement en train de flirter avec Trent dans les couloirs. Des jeunes rient, échangent des ragots et parlent de leurs projets pour le week-end.

Pendant ce temps, nous sommes entassés dans la voiture de Lincoln tous les cinq, avec une preuve incriminante à la main, en train d'envisager de l'apporter à un groupe de criminels dangereux.

Qu'a-t-il bien pu arriver à ma vie ?

— Hollowell n'a eu peur à aucun moment de toute cette histoire. Il était sûr d'avoir la situation en main.

Linc hoche la tête et fait rouler ses épaules. Ses mains sont toujours posées sur le volant, qu'il serre avec force.

— Si on fait ça, on peut lui faire assez peur pour

qu'il s'enfuie. Il nous fichera la paix pendant qu'on détermine quoi faire au sujet de la mère d'Harlow. Il ne pourra pas couvrir ses arrières sur deux fronts à la fois.

— Alors, on va juste entrer dans le commerce de façade d'un baron de la drogue pour lui dire qu'on sait qu'Hollowell compte le trahir ? demande Chase. Pour ensuite s'écarter et regarder les retombées ?

Il a l'air de toujours nous prendre pour des dingues. Mais il doit l'être aussi, parce qu'il a utilisé le mot « on » et qu'il a l'air de réfléchir aux avantages et aux inconvénients de ce plan insensé.

— On ne devrait pas y aller tous ensemble, dis-je, les mots me brûlant la gorge.

Je tends la main à River et ajoute :

— Donne-moi le reçu. Je vais le faire.

River n'hésite même pas avant d'écarter le papier hors de ma portée. Dax et Chase se raidissent à côté de moi et la main de Dax se resserre presque douloureusement sur mon genou, tandis que Lincoln émet un grognement.

— Pas. Question !

Je me penche en avant depuis le siège arrière et fusille du regard le garçon aux cheveux sombres.

— Comment ça, pas question ? Il s'agit de protéger *ma* mère. C'est moi qui nous ai embarqués là-dedans, qui nous ai fait nous impliquer à ce point. Je ne voulais pas que la situation devienne aussi tordue, aussi dangereuse, mais rien ne m'oblige à vous laisser…

— Nous *laisser* ? répète Linc.

Ses yeux ambrés brûlent de colère, et je ne saurais dire contre qui elle est dirigée — moi ou lui-même.

— On t'a forcée à venir avec nous dans un club de *strip-tease* où tu as vu Iris se faire tuer. Si tu n'avais pas été avec nous ce soir-là, Hollowell ne serait pas en train de te faire du chantage maintenant. C'est nous qui avons commencé tout ça, Low. Et on va y mettre fin.

Il pince les lèvres en une ligne fine et ajoute :

— Sans toi.

— Tu te fiches de moi ?

Ma voix s'élève et part dans les aigus, mais non, il ne plaisante pas. Toujours sans couper le moteur, il ouvre sa portière et sort de la voiture, permettant à un souffle d'air frais d'y entrer. Une seconde plus tard, il ouvre la portière à l'arrière et tend la main vers moi.

— Désolé, Low.

La voix de Dax est basse et soumise alors qu'il m'attrape par la taille et me soulève tandis que Chase défait ma ceinture. Les trois garçons évoluent avec la précision coordonnée d'une machine alors qu'ils me font sortir de la voiture malgré mes efforts pour me dégager. Linc me repose sur mes pieds une fois dehors, et je tente de plonger vers la portière encore ouverte, mais il vient se placer devant moi, me bloquant le passage.

Je me cogne contre son torse et tente de le repousser de toutes mes forces.

— Bon sang, espèce de salopard ! Non. Non !

— Si, Harlow. Je suis désolé.

Il m'attrape les poignets et me coince les bras derrière le dos alors que je continue d'essayer de le contourner, de le traverser pour remonter dans la voiture. La portière est encore ouverte et je sens le regard des autres posés sur nous.

— Non ! répété-je en secouant la tête avec véhémence. Tu n'arrêtes pas de faire comme si c'était vous qui aviez causé tout ça, comme si vous étiez responsables. Et je vous en ai voulu, au début... j'étais tellement furieuse.

Je le pousse encore une fois et lutte pour libérer mes poignets.

— Mais vous n'avez rien provoqué. Et même si je n'avais pas vu Iris mourir, Hollowell aurait quand même piégé ma mère. Il l'a fait parce que c'était pratique, parce qu'il savait où elle était ce soir-là et qu'il était facile de lui mettre ça sur le dos. Ce n'est pas votre faute, alors vous n'avez aucune raison de jouer les nobles chevaliers et d'essayer de tout arranger vous-mêmes !

Ma respiration est forte et saccadée. Je n'ai pas versé une seule larme — je crois qu'il ne m'en reste plus aucune, après ce matin —, mais j'ai l'impression que mon cœur s'est brisé en quatre morceaux dentelés.

— Oh, mais toi si ? grogne Linc, et cette fois, la colère dans ses yeux est dirigée contre moi. Il y a une seconde, tu étais prête à nous laisser en arrière et à foncer tête baissée *toute seule* dans une situation dangereuse. Et on était censés accepter ça ?

— Oui !

Je libère mes mains d'un geste brusque et le repousse à nouveau, créant un espace de quelques centimètres entre nous.

— Parce que s'il vous arrivait quoi que ce soit, ça me tuerait ! Je vous aime, bande de connards !

Lincoln se fige.

Je le fusille du regard pendant plusieurs secondes, ma poitrine se soulevant avec force alors que mes poings se serrent… jusqu'à ce que je réalise ce que je viens de dire.

Oh !

Bordel de merde !

De toutes les fois où j'ai failli le dire avant de me réfréner, convaincue que ce n'était pas le bon moment… c'est vraiment le pire moment possible pour faire cette déclaration.

J'ai l'impression que mon cœur a cessé de battre et pend mollement dans ma poitrine, tandis que Lincoln me dévisage. Les trois garçons dans la voiture arborent la même expression, et même si River ne peut voir le côté Lincoln de la conversation, parce que ce dernier lui tourne le dos, il a une vue parfaite de mes lèvres, alors que je viens de laisser échapper la vérité que j'essaie de cacher depuis trop longtemps.

Je les aime.

C'est peut-être stupide, cela a peut-être été forgé dans le feu et c'est peut-être trop rapide.

Mais rien de tout ça n'a d'importance face à la simple certitude que je les aime. Je ne pourrais pas arrêter de les aimer, même si j'en avais envie.

— Tu quoi ?

Le visage de Lincoln est encore trop figé, et il a les yeux légèrement plissés. Il ressemble à une foutue panthère, un prédateur qui pourrait bondir à tout moment et me dévorer toute crue.

— Tu m'as bien entendue.

Je détourne les yeux, me sentant soudain trop vulnérable, trop exposée. Je ne vais pas rester plantée là à le répéter encore et encore.

Parce que j'ai tourné la tête, je capte à peine son mouvement avant que Linc s'écrase contre moi et que ses bras me serrent si fort que c'est comme s'il essayait littéralement de m'envelopper de son corps.

Il baisse la tête et enfouit son visage dans mes cheveux alors que je lève instinctivement les bras pour les serrer contre son dos.

Il… tremble.

Linc tremble de tout son corps, comme s'il avait froid, mais je sais que ça n'a rien à voir avec la température. Je ne sens même pas la fraîcheur de l'air, à cet instant, et je doute que ce soit différent pour lui.

Je ne sens que lui.

Son torse ferme pressé contre moi. Son souffle qui me soulève les cheveux. L'odeur de coriandre qui émane de lui, accentuée par l'air hivernal.

— Putain !

Sa voix est réduite à un murmure, et c'est comme si elle venait du plus profond de son âme.

— Je t'aime aussi, Low.

Ces mots provoquent une secousse monumentale dans mon cœur, et je sais que rien ne sera plus jamais comme avant.

— Ah oui ? murmuré-je.

— Seigneur, oui ! Et je ne suis pas le seul.

Il s'écarte, prend mon menton dans sa main et étale ses doigts sur ma mâchoire et l'arc de ma pommette. Je pourrais jurer voir de vraies flammes brûler dans ses yeux, alors qu'il baisse le regard vers mes lèvres.

Puis il m'embrasse.

C'est à la fois plus brutal et plus doux que tous les autres baisers que nous avons pu échanger. À la fois plus tendre et plus désespéré.

C'est un soulagement de savoir que nous sommes là l'un pour l'autre. Que nous sommes faits pour être ensemble. Mais c'est aussi terrifiant, d'une certaine manière. Comme si confier enfin nos sentiments à voix haute nous rendait encore plus conscients de ce que nous risquons de perdre.

Mes mains s'agrippent à la veste de Lincoln, pour le rapprocher de moi et lui rendre son baiser. Puis enfin, il s'écarte, le regard toujours aussi intense alors qu'il m'observe.

— Je viens, murmuré-je. Je viens avec vous, que ça vous plaise ou non. Et si vous essayez de me laisser derrière vous, je rejoindrai la voiture de Chase en faisant du stop et j'irai là-bas quand même. On est dans le même bateau, Linc. Tous les cinq.

Son expression se durcit, et l'espace d'une seconde, je m'attends à ce qu'il se remette à argumenter — et ça ne me dérange pas du tout, je suis prête à l'affronter encore dix manches de plus, s'il le faut —, mais il finit par laisser échapper un vif soupir par le nez, et ferme les yeux comme s'il était en plein conflit intérieur.

— D'accord. Ensemble.

Le nœud de tension qui s'était enroulé autour de ma poitrine se relâche, et je songe que j'avais plus peur de laisser les garçons aller voir Niles D'Amato sans moi que je n'ai peur de cet homme lui-même. C'est peut-être stupide, et je manque peut-être de quelques instincts de survie basiques, mais je ne peux pas laisser les quatre garçons que j'aime faire ça tout seuls.

Je hoche la tête et Lincoln me lâche. Il fait un pas en arrière et pince les lèvres. Nous nous tournons à nouveau vers la voiture et il me donne une tape sur les fesses avant que je remonte sur le siège arrière. C'est un geste affectueux, mais il a frappé assez fort pour que ça pique, et je crois qu'il voulait aussi un peu me punir. Il a beau avoir accepté de me laisser venir, il n'en déteste pas moins cette idée.

Linc se glisse derrière le volant alors que je rampe sur Dax pour reprendre ma place au milieu. À la seconde où je suis assise entre eux, les jumeaux posent tous deux la main sur moi. La paume de Dax se repose sur ma cuisse et Chase passe un bras autour de ma taille alors qu'ils collent leurs corps au mien.

Ils ne prononcent pas un mot, mais ce n'est pas nécessaire. Je n'ai pas besoin de les entendre dire quoi que ce soit pour l'instant. Il y aura des moments mieux choisis pour ce genre de choses, et je n'ai pas envie qu'ils aient le sentiment de devoir le dire juste parce que je l'ai fait.

Je lève les yeux vers l'avant de la voiture alors que Linc s'écarte du trottoir, et mon regard plonge dans deux yeux gris orageux. River est à demi tourné sur son siège pour nous faire face, et l'expression de son visage me captive. Elle est si honnête que je peux lire toutes les émotions qu'il ressent, comme si ses pensées étaient un livre écrit rien que pour moi.

Et mon cœur rate un battement à ce que je vois.

Nous nous dévisageons un long moment, et je pourrais jurer sentir la connexion entre nous comme quelque chose de physique. Comme si je pouvais tendre la main et la toucher, la suivre du doigt entre lui et moi.

Puis Lincoln se tourne vers lui et attire son attention pour lui demander la direction de la blanchisserie. River cligne des yeux et hoche la tête, avant de lever le reçu pour entrer l'adresse dans son téléphone.

C'est vrai. On doit se concentrer sur ce qui nous attend.

Je tends les mains vers Dax et Chase et me raccroche à eux alors que je rassemble tout le courage que j'ai en réserve.

Je vais en avoir besoin.

Parce que j'aime ces garçons. Et que nous sommes sur le point de pénétrer dans l'antre du lion.

21

Le GPS nous indique la direction à prendre du même ton neutre que toujours, la voix féminine est égale et plaisante, comme si elle ne se rendait absolument pas compte qu'elle nous mène peut-être à notre perte.

Il nous faut presque vingt-cinq minutes pour arriver là-bas, et pendant que Linc conduit, je sors mon téléphone et fais défiler mes messages jusqu'à trouver le nom de Hunter. Je m'en veux. Le dernier message que je lui ai envoyé date d'il y a cinq jours, beaucoup plus longtemps que le temps que nous passons sans nous parler, d'habitude.

Je me sens nulle. Quand j'ai quitté Bayard, nous craignions toutes deux que notre amitié ne résiste pas à la distance, que nos nouvelles vies et nos nouveaux amis nous fassent nous éloigner peu à peu. Et nous nous sommes toutes deux juré de faire tout notre possible pour empêcher que ça arrive.

Au début, nous avons tenu cette promesse. Nous ne

pouvions peut-être pas nous voir tous les jours, mais je me sentais encore reliée à elle, au diapason avec ce qu'il se passait dans sa vie. Proche d'elle.

Mais depuis la mort d'Iris — et l'arrestation de ma mère —, je me suis éloignée de plus en plus de ma meilleure amie. Les mensonges et les secrets qui ont bâti un mur entre ma mère et moi en ont aussi construit un entre Hunter et moi, même si au moins, Hunter en sait un peu plus à propos des quatre garçons avec qui je sors.

Je ne sais pas trop pourquoi ça me paraît important à cet instant, mais j'ai envie de lui parler. De m'assurer qu'elle sache que je l'aime, et qu'elle me manque tellement que c'en est douloureux.

MOI : Salut, idiote. Je sais que tu es sûrement en cours, en ce moment, mais je voulais juste m'excuser d'avoir été si absente. Il s'est passé… des trucs de dingue, et ça a un peu pris le pas sur ma vie.

Nous avons trois heures de décalage horaire avec l'Arizona et il est presque quatorze heures, là-bas, alors je suis sûre qu'elle est en cours. Mais un message apparaît sur mon écran moins d'une minute plus tard.

HUNTER : Meuf, c'est rien. Je suis sûre que le procès de ta mère occupe toutes tes pensées. Tant que tu sais que je pense à toi. Je peux faire quoi que ce soit ? Tu as besoin de quelque chose ?

Une boule se forme dans ma gorge et Dax m'étreint le genou. Je ne pense pas qu'il ait lu son message, mais il est assis si près qu'il sent sûrement ma réaction.

MOI : Non, je vais bien. Il n'y a pas que le procès de

ma mère. Je t'expliquerai tout quand je pourrai. Mais je voulais juste te dire que je t'aime.

HUNTER : Quoi ? Qu'est-ce qui se passe ? Qui je dois frapper ?

Je réfrène un demi-sourire à la réponse protectrice et agressive de mon amie. J'aimerais pouvoir tout lui raconter, mais cette réponse est la raison précise pour laquelle je ne peux pas le faire. Si je lui avais parlé de l'homme au masque noir dès le départ ou si je lui avais répété ce que j'avais découvert à propos d'Hollowell, elle aurait sûrement sauté dans un avion pour tenter de l'affronter elle-même.

C'est dur de rester sans rien faire alors que ceux qu'on aime sont en danger. J'ai appris ça à mes dépens.

MOI : Personne. Mais merci. Tu peux me rendre un service ? Si tu n'as pas de nouvelles de moi d'ici quelques heures, tu peux appeler le poste de police de Fox Hill et lui dire de passer à cette adresse ? Fais-le *seulement* si tu n'as pas de nouvelles de moi.

Je me penche un peu pour attirer l'attention de River et il lève les yeux de son téléphone, sur lequel est indiquée la route.

— C'est quoi, l'adresse ? demandé-je.

Il me la récite et je la tape sur le téléphone, tout en répétant à Hunter qu'elle ne devra appeler la police que si elle n'a pas de nouvelles de moi bientôt. Qu'il y ait des flics pourris dans cette ville ou pas, je me sens vraiment stupide à l'idée d'entrer dans une situation potentiellement dangereuse sans avoir au moins un plan de secours.

HUNTER : Que se passe-t-il, Low ? Tu me fous la

trouille.

MOI : Je suis désolée. Ce n'est pas ce que je voulais. Je t'aime, idiote.

Il y a une longue pause, et je devine qu'elle hésite entre me menacer ou m'amadouer pour tenter d'obtenir des réponses. Mais elle me connaît assez bien pour savoir que ça ne marchera pas.

HUNTER : Je t'aime aussi. Même si je te déteste aussi un peu, en ce moment.

Un petit rire m'échappe, et je secoue la tête tout en pianotant un dernier message.

MOI : Mais non. Tu m'aimes, c'est tout.

HUNTER : Va te faire voir.

J'ai envie de continuer à lui envoyer des messages, de continuer à me raccrocher à ce dernier fragment de normalité dans ma vie, un lien avec une époque à laquelle je ne pensais qu'au poker, à mes devoirs et à traîner avec mes amis le week-end. Des trucs d'adolescente normale.

Mais alors que Lincoln s'engage dans un virage, River murmure :

— On arrive.

Je relève vivement la tête. Je remets mon téléphone dans ma poche et me penche en avant pour regarder à travers le pare-brise. Je ne reconnais pas du tout cette partie de la ville, mais ça n'a rien de surprenant. Je ne connais pas encore Fox Hill si bien que ça, surtout pas les quartiers situés un peu à l'écart.

Et celui-là est clairement à l'écart.

Moins d'une minute plus tard, Lincoln s'arrête devant notre destination. C'est une blanchisserie, flanquée d'une vieille épicerie d'un côté et d'un fast-food de l'autre. Il y a des stores devant les fenêtres, et ils sont baissés, mais les lamelles sont ouvertes, ce qui me permet de voir à l'intérieur.

Un homme est assis sur un tabouret derrière le comptoir, l'air de mourir d'ennui, et de ce que je peux en voir, tout ce qui l'entoure ressemble à ce qu'on pourrait trouver dans n'importe quel pressing normal. Des rangées de vêtements dans des housses à vêtements sont suspendues derrière lui, et un petit écran et un clavier sont posés sur le comptoir, à côté d'une caisse enregistreuse.

Si nous ne disposions pas d'un reçu indiquant un montant si élevé qu'il m'a quasiment donné une crise cardiaque, j'aurais presque cru que nous nous étions trompés et que cette boutique n'était rien de plus qu'un endroit où apporter ses vêtements sales.

Mais le diable se cache dans les détails les plus infimes.

Le juge Hollowell me l'a appris.

— OK, dit Linc d'une voix aussi tendue qu'un fil de fer. Allons-y.

Les garçons ouvrent leurs portières et sortent, et je suis Chase, qui me prend la main pour m'aider et ne la lâche pas.

Le type derrière le comptoir de la blanchisserie lève la tête quand nous approchons, mais n'a pas l'air alarmé par notre présence, ce qui renforce ma certitude que cet endroit est aussi une entreprise fonctionnelle, en plus de manigancer je ne sais quoi sous la table.

Quand nous arrivons devant le comptoir, il se laisse

glisser de son tabouret.

— Vous venez récupérer quelque chose ? demande-t-il d'une voix pleine d'ennui.

Il a la trentaine, les cheveux rasés de près sur les côtés et un peu plus longs sur le dessus, et a de profondes marques sur les joues.

— Non, en fait. On voulait juste vous poser une question à propos de ce reçu, répond Lincoln.

Il prend le papier des mains de River, qui se tient juste derrière lui, avec Dax à ses côtés. Linc plaque le document sur le comptoir avec légèreté, et le son de sa paume frappant le bois usé me fait presque sursauter.

Merde ! Ressaisis-toi, Low.

— Oui ? C'est quoi, le problème ?

Le type n'a pas l'air très intéressé — en tout cas, jusqu'à ce qu'il se penche et jette un œil au reçu. Il change alors aussitôt de posture, une altération subtile qui me crispe nerveusement l'estomac. Quand il relève la tête, toute trace d'ennui a disparu de son visage.

— Le prix me paraît un peu élevé, pour un remboursement, ajoute Linc.

Je suis ébahie de le voir aussi calme.

L'homme derrière le comptoir ne répond rien. Il arbore une expression neutre, mais les lignes tendues de son corps ne se sont pas relâchées. Il nous observe. Il attend.

— On a un message à faire passer à Niles D'Amato, continue Lincoln en cognant les jointures de ses doigts sur le papier. Au sujet de l'homme à qui il a donné ça. Est-ce que Niles sait qu'Hollowell se porte candidat au Sénat ?

Le type reste immobile et muet. Il est comme un trou noir, qui absorbe tout sans rien renvoyer. Aucun signe de ce qu'il pense, aucun signe indiquant qu'il nous a entendus.

Mais Linc continue de parler comme si l'homme et lui avaient une conversation parfaitement normale. Je me demande vaguement s'il tient cette capacité de toutes ses années passées à regarder son père négocier des transactions à enjeux élevés, ou si c'est juste quelque chose d'inné présent dans son ADN — ce don pour projeter une *aura* de parfait contrôle, même s'il ne l'a pas vraiment.

— On s'est dit qu'il serait peut-être intéressé de savoir sur quels projets est basée la campagne du juge. Sait-il qu'Hollowell dit à ses donateurs privés que le plus gros triomphe de son mandat sera d'éliminer le réseau de drogue de D'Amato ?

Un autre silence accueille les paroles de Linc.

Puis l'homme fait un geste.

Ce mouvement soudain a quelque chose de perturbant, après tant d'immobilité, comme si on voyait une statue prendre vie. Il glisse la main en travers du comptoir et ramasse le morceau de papier que Linc a posé, le levant devant ses yeux pour l'examiner de plus près.

Il se fige à nouveau, et ses yeux sont les seuls à se tourner vers nous.

— Venez avec moi, dit-il.

Il n'attend pas de voir si nous comptons répondre quelque chose, il se contente de se retourner et de passer une petite porte menant à l'arrière de la boutique. Ce type possède une *aura* de pouvoir très différente de celle des rois. Son pouvoir est dans l'immobilité, la neutralité. Dans une nonchalance si intense qu'elle me donne des frissons.

Comme s'il était capable de tous nous tuer sans une hésitation et sans une pointe de regret.

C'est la pensée tout sauf réconfortante qui me vient à l'esprit alors que nous suivons tous l'homme dans l'arrière-salle. Lincoln ouvre la marche, Chase me serre la main si fort que je pourrais jurer entendre mes os craquer, et Dax reste collé à River.

L'homme marche quelques pas devant nous quand nous passons la petite porte et traversons un couloir qui mène plus loin dans la boutique. Il dépasse ce qui ressemble à un petit bureau et tourne à gauche, nous faisant passer une porte verrouillée et traverser un autre couloir. J'essaie de ne pas trop regarder autour de moi, certaine que le moindre détail que je verrai me fera prendre le risque de trop en voir, mais je réalise alors que nous sommes sûrement à l'arrière de l'un des commerces voisins.

C'est malin, dans un sens. Au moins l'un des bâtiments à côté de la blanchisserie n'est qu'une façade, lui aussi, et apporte une couche supplémentaire de couverture pour ceux qui travaillent ici.

Nous nous arrêtons devant une autre grande porte de bureau en acier, et l'homme frappe deux fois du poing. Puis il ouvre la porte et fait un signe de tête pour nous inviter à entrer.

Plus de retour en arrière possible, maintenant.

22

Je frissonne de froid quand nous passons le seuil de la pièce, comme si nous avions traversé un genre de barrière invisible. Il n'y en a pas, je le sais, mais ce pourrait tout aussi bien être le cas.

Il n'y a vraiment plus de retour en arrière possible. Nous ne pouvons pas nous donner une tape sur le front et dire « oups, mauvaise blanchisserie ! » Nous sommes impliqués jusqu'au bout, quelle que soit la façon dont ça se termine.

Le bureau est spacieux, il fait presque la taille du pressing à l'avant, et le meuble dominant est un grand bureau en bois de cerisier. Un homme qui doit avoir la cinquantaine est assis derrière. Il referme un ordinateur portable et lève les yeux vers nous. Il ne s'attendait clairement pas à nous trouver face à lui, parce qu'il rejette légèrement la tête en arrière et que ses sourcils se contractent.

Il a le genre de visage qui vous force presque à le trouver séduisant. Pas attirant dans le sens traditionnel du terme, mais composé de traits si forts et proéminents qu'il serait difficile de ne pas être un peu impressionné.

Je ne sais pas qui il s'attendait à voir arriver dans son bureau un lundi après-midi, mais ce n'était clairement pas nous. Il lance un regard curieux, presque accusateur au type qui nous a menés ici, comme s'il le réprimandait déjà de lui avoir fait perdre son temps, mais avant qu'il ait pu prendre la parole, celui-ci lève une main.

— Ils ont une histoire intéressante à raconter concernant Hollowell. Je me suis dit que vous devriez l'entendre.

Niles D'Amato a une réaction très claire à cela, mais je n'arrive pas à déceler ce dont il s'agit, au juste. Cela ressemble presque à... de la résignation.

S'y attendait-il ? Soupçonnait-il Hollowell de se préparer à le doubler ?

L'homme du comptoir s'avance et pose le papier sur le bureau de Niles, presque exactement comme l'a fait Lincoln un peu plus tôt. Puis il tourne les yeux vers nous.

— Dites-lui ce que vous m'avez dit.

Linc répète son histoire, aussi calme et assuré que jamais. Quand il a terminé, il esquisse un petit haussement d'épaules.

— On s'est dit que vous voudriez le savoir. *Avant* qu'il soit élu.

Les yeux sombres de Niles scintillent comme de l'obsidienne quand il hoche lentement la tête. Son regard passe de Lincoln au reste d'entre nous, alors qu'il évalue notre petit groupe hétéroclite. Il ne nous demande pas comment nous avons obtenu cette information. Quelque chose me dit que le reçu qu'on leur a donné, et qu'il a de toute évidence reconnu, aide à valider le reste de notre histoire. Nous ne mentons pas s'agissant de ce que nous avons trouvé, alors pourquoi mentir sur ce que nous savons ?

Son regard scrutateur se pose sur moi en dernier, et je fais de mon mieux pour canaliser une partie de l'*aura* de calme de Linc, même si je sens Chase vibrer de tension à côté de moi. Il n'aime pas la façon dont Niles me regarde, et pour être honnête, moi non plus. J'ai lu des livres dans lesquels des antihéros ont un sens de l'honneur très strict, et n'ont aucun problème à tuer leurs ennemis, mais n'envisageraient jamais de violer une femme... mais rien ne garantit que Niles soit ce genre de « méchant honorable ».

Il est tout à fait possible qu'il ne soit qu'un homme très, très mauvais.

Mes muscles se raidissent, mais je me surprends à carrer les épaules plutôt que de me recroqueviller sous son regard. Je crispe la mâchoire et pince les lèvres en une ligne dure tout en lui renvoyant son regard d'un air presque de défi.

S'il essaie de me toucher, les rois l'en empêcheront. Et je ne peux prendre le risque de les voir blessés parce qu'ils ont essayé de me protéger. Alors la seule chose à faire, c'est m'assurer que Niles ne tente rien.

Il fronce un peu les sourcils en remarquant mon changement de posture, mais finit par reporter son attention sur Lincoln.

— Et comment vous savez ça ?

Ah ! Je suppose qu'il n'est pas prêt à nous croire sur parole.

— Je connais quelqu'un qui a fait un don pour sa campagne, et c'est la promesse que lui a faite Hollowell. C'est ce dont il se sert pour se vendre.

Il ne précise pas que ce quelqu'un est son père, et j'en suis soulagée. Monsieur Black a beau être un coureur de jupons et un raté, comme l'a dit Linc, ce n'est pas le genre de type à s'impliquer dans des histoires vraiment louches. Et Linc a beau le détester, parfois, je sais qu'une partie de lui aime toujours son père. Il n'éprouve aucune culpabilité à l'idée de le laisser se débrouiller s'agissant de sa réputation auprès de ses amis riches, mais donner le nom de Samuel à un trafiquant de drogue reconnu, c'est une tout autre chose.

Niles pousse un juron entre ses dents, dans une langue qui ne ressemble pas à de l'anglais. Je ne sais pas d'où il vient — il n'a aucun accent —, mais je ne comprends pas un seul mot de ce qu'il vient de dire.

Je saisis l'essentiel, cependant, et le moins qu'on puisse dire, c'est qu'il n'est pas content.

— Quel fils de pute ! lâche-t-il, bondissant sur ses pieds et repassant à l'anglais en secouant la tête. Après tout ce qu'on a fait pour lui. Quel ingrat ! Quel manque d'honneur !

Il continue de marmonner tout en plongeant la main dans le tiroir de son bureau. Quand il sort un pistolet noir, mon sang se glace dans mes veines. Les rois et moi nous sommes rapprochés inconsciemment les uns des autres, formant un groupe serré alors que Niles regarde derrière nous. Quand je jette un œil par-dessus mon épaule, je réalise que l'homme qui nous a menés ici s'est placé devant la porte, nous bloquant toute issue — et il a tiré une arme, lui aussi.

Ma main s'engourdit dans celle de Chase. Je ne sens même plus mes doigts, mais je ne crois pas que ça ait la moindre importance, parce que je ne pourrais pas relâcher sa main même si je le voulais.

Merde !

S'apprêtent-ils à nous tuer rien que parce qu'on est venus ici ? Parce qu'on en sait trop ?

Ma peau fourmille de partout et je me sens nauséeuse et chancelante alors que je m'attends à sentir une balle me traverser la peau.

Mais rien ne se passe.

Niles contourne le bureau, son arme toujours serrée nonchalamment dans sa main. Je la reconnais après ma séance au stand de tir : un neuf millimètres. Mais cette information ne fait rien pour apaiser ma terreur.

— S'il fait ce que vous dites, c'est un très gros problème, dit Niles d'une voix égale.

Son ton est aussi calme que s'il était en train d'expliquer à une serveuse que sa soupe est froide.

Seigneur ! Que font tous ces hommes de toutes les émotions qu'ils répriment ?

— Mais puisque vous n'avez aucune preuve, continue l'homme en nous parcourant à nouveau du regard un par un, nous allons devoir avoir une petite discussion avec lui pour savoir ce qu'il en est. Et vous venez avec nous.

Pour la première fois, je vois le masque de calme de

Lincoln se fendiller. Il secoue la tête et fait mine d'avancer, mais je tends vivement ma main libre pour lui attraper le poignet. Je ne dis rien, mais cela suffit.

Il s'arrête.

Je le vois — je le *sens* — vibrer de tension, mais il reste parfaitement immobile jusqu'à ce que Niles agite son flingue vers la porte, nous intimant de sortir.

Pendant qu'on était dans le bureau de leur chef, deux autres hommes armés se sont positionnés devant la porte, et ils nous flanquent désormais, nous guidant dans le couloir et jusque derrière le bâtiment. Plusieurs SUV noirs sont garés à l'arrière, et ils ont tous des vitres teintées.

Deux autres hommes nous rejoignent pendant que celui du comptoir retourne à l'intérieur. Nous sommes donc cinq de chaque côté, sauf que chacun des types qui nous entourent est musclé et massif — et plus important encore, armé.

Quand ils nous séparent pour nous faire monter dans des véhicules différents, je me mets à trembler comme une feuille en plein ouragan. Dax et Linc sont poussés dans une voiture et les portes claquent derrière eux. Puis Chase, River et moi sommes placés dans une autre.

Je suis prise en sandwich entre les deux garçons, sur la rangée de sièges du milieu, mais je n'arrive pas à être réconfortée par leur présence, alors que deux membres de notre groupe sont manquants et que je ne peux voir à travers les vitres de l'autre voiture.

Je ne vois rien.

Bon sang, je ne vois rien !

De l'acide me remonte dans la gorge alors que Niles et deux de ses hommes viennent se tenir entre les deux voitures et se mettent à parler à voix basse. Je n'entends pas ce qu'ils disent, mais D'Amato montre enfin une trace d'émotion. Il a l'air en colère au sujet de quelque chose, et je n'aime pas ça du tout.

Puis ils se séparent. Deux hommes s'installent dans notre voiture tandis que Niles et les deux autres se glissent dans le véhicule où sont Lincoln et Dax.

J'aperçois brièvement le profil de Dax quand la portière s'ouvre et se referme, puis les deux moteurs se mettent à gronder.

La première voiture démarre en premier, remontant une allée étroite, et nous la suivons. Je tourne les yeux vers la portière du côté de Chase et me demande si nous aurions une chance de nous échapper en l'ouvrant pour nous jeter hors du véhicule.

Les yeux bleu-vert inquiets de Chase croisent les miens, et il est clair qu'il pensait à la même chose. Il est tout aussi clair que nous en sommes tous deux venus à la même conclusion.

Non.

Si nous tentons de fuir, ils nous pourchasseront.

River m'étreint la main et resserre les doigts, et quand je le regarde, son visage est pâle et son expression tendue. Il y a quelque chose de vide et de frappant dans ses yeux, et quand il voit que je le regarde, il secoue la tête. Il répète le même geste une seconde plus tard, et tourne les yeux vers l'homme derrière le volant. Il y en a aussi un derrière nous, et je sais qu'il a toujours son arme à la main.

Je plisse le front et secoue légèrement la tête pour laisser savoir à River que je ne comprends pas ce qu'il essaie de me dire.

Cette fois, il tourne les yeux vers l'homme derrière nous. Puis il incline la tête un tout petit peu de manière qu'elle soit tournée vers moi, mais sans que l'homme sur le siège arrière puisse voir son visage. Ses lèvres remuent, mais aucun son n'en sort.

Il articule quelque chose.

Qu'essaie-t-il de dire ?

Tout mon corps est douloureux de tension alors que je garde la tête tournée vers l'avant de la voiture, moi aussi, tout en m'efforçant du mieux que je peux de voir du coin de l'œil.

Les lèvres de River remuent à nouveau, répétant la phrase, et cette fois, je crois saisir un mot au milieu.

Aller.

Aller où ?

Et pour faire quoi ?

Seigneur ! Si j'étais River, j'aurais déjà compris sans mal ce qu'il me disait. Je réfrène mon irritation et ma frustration devant mon absence de talent s'agissant de lire sur les lèvres et je tourne un tout petit peu la tête, pour voir un peu mieux sa bouche.

Un éclat féroce et déterminé brûle dans ses yeux, et il ralentit le rythme de son discours silencieux, formant chaque mot lentement et avec soin.

Pour finir, je comprends. Je reconstitue la phrase, un mot après l'autre, jusqu'à ce que je saisisse le message qu'il essaie de me faire passer.

Ils ne nous laisseront pas nous en aller vivants.

23

Ils ne nous laisseront pas nous en aller vivants.

Les mots silencieux de River résonnent comme un cri dans ma tête, et une drôle de sensation engourdie me submerge. Ce n'est pas du choc, c'est différent de ce que je ressentais après la mort d'Iris, quand j'avais presque l'impression d'être sortie de mon corps.

Cela ressemble plus à l'attente de la mort, comme si je touchais à quoi pouvait ressembler la sensation de n'être plus rien.

Comme s'il se préparait à l'inévitable.

Ses yeux gris m'observent toujours, et je vois du regret tourbillonner dans ses iris, comme s'il avait souhaité une douzaine d'issues différentes.

Il articule une phrase supplémentaire, et c'est peut-être parce que mes capacités à lire sur les lèvres se sont améliorées, à moins que mon âme sache simplement déjà ce qu'il va dire, mais je comprends du premier coup, cette fois.

Je t'aime.

Un mélange affreux de joie et de douleur aiguë me donne l'impression que ma poitrine s'est contractée jusqu'à m'empêcher de respirer, et je lui adresse un léger hochement de tête.

Il m'aime. Ce garçon sublime, exceptionnel et compliqué m'aime. Tout comme ses trois meilleurs amis.

J'aimerais avoir plus de temps pour profiter de cette information.

Mais s'il y a bien une chose dont nous ne disposons plus, à cet instant, c'est de temps. La maison du juge est du côté opposé de Fox Hill, par rapport à la blanchisserie, mais nous l'atteignons bien trop vite quand même. Les hommes de Niles se garent contre le trottoir à quelques maisons de chez Hollowell, et l'homme à l'avant de notre SUV se retourne, son arme pointée sur nous.

— Dehors !

Son collègue et lui nous surveillent avec attention pendant que les deux garçons et moi sortons de la voiture. Derrière nous, Linc et Dax font pareil, et je croise le regard de Lincoln. J'aimerais pouvoir lui répéter ce que vient de me dire River. J'aimerais qu'on puisse discuter rien qu'une seconde, et déterminer quoi faire, mais nous ne pouvons parler devant nos ravisseurs sans risquer des représailles.

Niles marche devant nous, ouvrant la marche sur l'allée d'Hollowell. Ces hommes ne prennent pas la peine de chercher à être discrets, en passant par la fenêtre de la salle de bains, par exemple. Au lieu de ça,

Niles fait un signe de tête à l'un de ses hommes. Ils portent tous des gants, maintenant, y compris D'Amato.

— L'alarme, dit-il.

Le type disparaît au coin de la maison alors que deux des hommes restants gardent leurs armes pointées sur nous, les pistolets serrés près du corps. Même si personne ne risque de les voir. Les maisons de ce quartier sont presque toutes éloignées de la route, et entourées de hautes barrières ou de murs.

Dès que le premier homme revient, un autre des sbires de Niles s'avance vers la porte et sort un petit mécanisme de sa poche. Je n'ai pas le bon angle pour voir ce qu'il en fait, mais quoi que ce puisse être, ça fonctionne comme un charme. Une seconde plus tard, la porte s'ouvre.

— On va juste avoir une petite discussion avec notre ami, monsieur Hollowell, explique Niles d'un ton sombre.

Il parcourt la maison des yeux alors que les autres nous poussent à l'intérieur.

Hollowell n'est pas encore rentré. La maison est silencieuse, et même s'il fait assez jour grâce aux énormes fenêtres du salon, aucune lumière n'est allumée. Les lieux ont quelque chose d'étrange, presque abandonné.

Nous sommes entraînés dans le salon, où l'élan et le renard nous observent d'un air impassible, aussi indifférents à notre situation actuelle qu'à tout le reste. Deux armes restent pointées sur nous, mais je sais que tous les hommes sont armés. Niles D'Amato lève la sienne et visse un silencieux au canon.

— C'est le genre de choses que nous ne pouvons tolérer, vous voyez, dit-il d'un ton professoral, comme s'il essayait de nous apprendre quelque chose. On croit connaître quelqu'un. On lui fait confiance. Et puis on découvre que la base même de notre relation... de notre relation *mutuellement bénéfique*... est un mensonge. C'est...

Il prend une inspiration et pousse un soupir.

— Décevant.

— Nous ne savons rien de tout ça, dis-je d'une voix rendue éraillée par la peur et le manque d'utilisation.

Les garçons à mes côtés se raidissent quand je prends la parole.

Niles pousse un autre soupir. Les hommes autour de nous remuent un peu sur leurs pieds et leur posture se fait plus tendue et alerte. Une peur désespérée s'empare de moi. Compte-t-il se servir de nous pour envoyer un message à Hollowell ? Cinq cadavres dans son salon quand il rentrera, cela devrait le terrifier.

— On a juste trouvé le reçu. C'est tout ce qu'on sait de ce que vous faites ensemble. On ne sait rien d'autre, insisté-je.

Je regarde l'homme grand et terrifiant, et soutiens son regard même si cela me fait monter les larmes aux yeux. J'ai l'impression de regarder le soleil, une force trop puissante pour être observée par l'œil humain.

Niles incline la tête et fronce légèrement les sourcils.

— Malheureusement, la question n'est pas de savoir ce que vous savez. Le problème est surtout que vous sachiez quelque chose. Les éléments imprévisibles doivent être éliminés... ce qu'Alexander Hollowell n'a jamais semblé comprendre.

Il lève une main rassurante et ajoute :

— Ne vous en faites pas. Nous allons le lui apprendre.

Merde !

Si je croyais susciter un peu de pitié chez cet homme, j'ai choisi la mauvaise tactique. Vu la façon dont il parle, même le fait de savoir qui sont les parents des garçons, et de connaître leurs connexions ne le fera pas changer d'avis. Dans sa tête, il lui sera plus facile de gérer les retombées de notre meurtre que de nous laisser en réchapper indemnes.

Les pensées tourbillonnent dans ma tête, mais mon esprit me paraît léthargique et trop lent alors que j'essaie de trouver quelque chose à dire, quelque chose qui puisse en appeler au sens des affaires tordu de cet homme. Parce que ce n'est pas personnel. Il est peut-être en colère contre Hollowell, mais il ne fait pas ça pour nous punir ou par *vendetta* personnelle contre nous. Niles D'Amato a juste décidé qu'il ne pouvait nous permettre de continuer à vivre.

Alors comment je vais pouvoir le convaincre du contraire ?

Rien ne me vient à l'esprit — mis à part supplier, ce que je serais prête à faire en un clin d'œil si je pensais que ça avait la moindre chance de marcher.

Mais pour finir, ça n'a pas d'importance. Parce que nous n'avons plus le temps.

Avant que j'aie pu ouvrir à nouveau la bouche, le bruit d'un moteur automobile nous parvient depuis l'extérieur, et je vois la voiture beige du juge Hollowell remonter l'allée. S'il regardait par les grandes fenêtres du salon, il verrait cinq personnes assises sur son canapé, et cinq autres rassemblées autour d'elles. Mais il ne le fait pas, et une seconde plus tard, le véhicule disparaît pour se diriger vers le garage attenant, de l'autre côté de la maison.

— Surveillez-les. Mitch, avec moi.

Niles fait un signe de tête vers nous, puis vers l'homme qui se tient devant Dax. Ils se dirigent tous deux vers le vestibule et se séparent pour se placer de chaque côté de la large entrée entre le couloir et la salle à manger. Je ne sais pas ce qu'il y a derrière, mais je devine que le juge Hollowell devra traverser la salle à manger pour atteindre le reste de la maison.

Mon cœur cogne fort contre mes côtes alors que je regarde la porte plus petite, du côté opposé de la salle à manger. L'espace ouvert de la maison me permet de la voir presque entièrement, ainsi qu'une partie de la pièce au-delà.

Mon regard reste fixé dessus.

Et j'attends.

J'attends.

J'entends le bruit sourd d'une autre porte qui se referme quelque part dans la maison, et je crois avoir oublié de respirer à un moment donné, parce que ma poitrine est comprimée et que j'ai le tournis alors que je continue de fixer ce point précis.

C'est alors qu'Hollowell apparaît.

Au début, il ne remarque rien, il ne sait pas qu'on est là. Il entre avec la démarche tranquille et assurée de quelqu'un qui se croit seul. Mais au milieu de la salle à manger, il lève la tête et se fige.

Une douzaine d'émotions différentes défilent sur son visage à toute vitesse, puis il pivote sur ses talons pour fuir. Mais Niles et Mitch sont déjà sur lui, émergeant de leur emplacement de chaque côté de l'entrée de la salle à manger et l'attrapant si vite qu'il peut à peine faire un pas. Celui qui s'appelle Mitch est large et baraqué ; il a l'air encore plus massif et brutal que Niles, et il attrape Hollowell par le cou, l'oblige à se retourner et le met à genoux. Le juge tombe sur le plancher de bois avec un craquement sec.

Niles et Mitch lèvent tous deux leurs armes sur lui et Hollowell lève la tête, la respiration forte.

J'ai obtenu ce que je voulais.

Cet homme qui a toujours l'air si calme et posé, si imperturbable n'a plus l'air aussi serein, soudain. Sa veste de costume est tordue, plus haute sur une épaule que sur l'autre, après qu'il a été secoué par Mitch, et un éclat que je n'ai encore jamais vu brille dans ses yeux. Mais je reconnais les émotions qui s'y cachent.

La peur.

Et le désespoir.

Je voulais voir Hollowell tomber. Je voulais le voir effrayé, pour une fois dans sa vie.

Mais je ne peux pas savourer cela. Pas alors que les garçons que j'aime sont assis à côté de moi, des armes pointées sur la tête.

— Tu sais, je croyais qu'après tout ce qu'on avait traversé ensemble, tu aurais éprouvé un semblant de loyauté envers moi, dit Niles à l'homme agenouillé devant lui, la voix durcie par la colère.

— C'est le cas. Bien sûr que c'est le cas, répond Hollowell.

Il secoue la tête, et il reprend déjà le contrôle de ses émotions, le masque d'assurance décontractée se replaçant sur son visage.

— Vraiment ? Parce que ces gosses sont venus sur mon lieu de travail aujourd'hui pour me raconter une histoire très intéressante. Tu sais ce que c'était ?

Hollowell tourne les yeux vers nous cinq, et son regard s'attarde sur moi. Je ne saurais dire à quoi il pense, mais son expression semble se tendre. Puis il reporte son attention sur Niles, le charme irradiant de tous ses pores. Et même si je déteste ce salopard, je dois admettre qu'il sait comment se montrer enjôleur — comment désarmer les gens avec sa voix, ses mots et son sourire plaisant.

— Non, je ne sais pas. Mais cette fille est celle dont la mère a été arrêtée pour la mort d'Iris. Alors, j'imagine qu'elle serait prête à inventer n'importe quelle histoire à mon sujet, pour essayer de te retourner contre moi.

— C'est ce que tu imagines ? dit Niles en inclinant la tête et en faisant un pas de plus vers Hollowell. Tu as très mal géré toute cette histoire, Alex. C'était déjà assez grave qu'Iris nous voie ensemble, mais maintenant, cinq autres adolescents sont au courant ? Je ne t'ai pas demandé de te débarrasser d'elle pour que tu la remplaces par cinq nouvelles fuites potentielles. Et sans m'en parler, en plus.

— J'avais la situation en main, répond Hollowell

d'une voix douce, mais quand son regard se pose sur moi, je vois l'affolement dans ses yeux. Je m'occupais de tout. Comme je me suis occupé d'Iris.

— Je n'en ai rien à *foutre*, de cette fille !

La voix de Niles explose si brusquement et si fort que cela me fait sursauter. Chase se presse un peu plus contre moi, comme pour essayer de me prêter de sa force tout en me maintenant immobile. Les trois hommes qui nous entourent se raidissent et leurs muscles se tendent légèrement.

Hollowell se recroqueville un peu et lève les yeux vers Niles, que la colère semble avoir fait grandir et qui se dresse au-dessus de son prisonnier.

— Tout ce qui m'intéresse, c'est qu'après t'être reposé sur nous durant des années pendant que tu te faisais un nom dans cette ville, tu t'es dit qu'il serait judicieux d'entrer en politique sur la promesse de campagne de m'effacer de la surface de la Terre, continue Niles.

Tout à l'heure, sa voix ressemblait à un coup de feu, mais elle est devenue aussi basse et létale que le ronronnement d'un lion.

Hollowell se fige. Puis il secoue la tête et laisse échapper un petit rire incrédule.

— Ce n'est pas vrai. Je ne ferais jamais ça.

— Tu es sûr ? insiste Niles en pinçant les lèvres. Ce serait un sacré exploit, pour un nouveau sénateur. Le genre d'accomplissement dans ta carrière dont je sais que tu as toujours rêvé.

Le juge Hollowell se lèche les lèvres. Son calme se

fendille à nouveau, et son demi-sourire charmeur a disparu.

Il est à genoux devant les deux hommes et presse ses deux mains l'une contre l'autre, donnant tellement l'impression de prier que cela me fait remonter un frisson le long du dos.

Je prierais aussi, à sa place.

Il ouvre la bouche une fois, puis la referme, et réessaie. Il arbore un sourire incrédule, comme s'il n'arrivait pas à croire qu'ils soient en train d'avoir cette discussion.

— Je... commence-t-il en haussant les épaules avec impuissance. J'ai peut-être mentionné ça à quelques donateurs privés. Dans le contexte d'un besoin plus général de lutter contre le crime. Mais je n'ai fait aucune promesse. C'est comme ça que fonctionne la politique, c'est tout. On dit aux gens ce qu'ils ont envie d'entendre, mais personne ne tient toutes les promesses qu'il a faites en campagne.

Niles secoue la tête et s'écarte de l'homme agenouillé au sol.

— Oh, je sais tout ce qu'il y a à savoir sur les gens qui ne tiennent pas leurs promesses !

Il lève la main, celle qui tient le pistolet noir muni d'un silencieux, et je vois l'instant où Hollowell comprend, je le vois ouvrir la bouche et je vois son corps bondir en avant de désespoir.

Mais un petit bruit métallique résonne quand le coup est tiré, et Hollowell est projeté en arrière.

24

Mon corps sursaute en même temps que celui d'Hollowell, et la stupeur et l'adrénaline se déversent en moi si vite que j'ai l'impression d'avoir reçu un coup de poing en plein cœur.

Sa tête et ses épaules heurtent le sol avec un affreux son retentissant, et il ne lève même pas les bras pour s'amortir. Ses jambes sont pliées de manière anormale sous son corps, à cause de l'angle de sa chute, et un sang rouge et épais commence à se répandre en travers de sa poitrine, souillant sa veste de costume et sa chemise blanche impeccable.

Merde !

Bordel de merde !

De la bile me remonte dans la gorge, emplissant ma bouche d'un goût métallique, et je déglutis plusieurs fois pour la faire redescendre. Tout ce qui compose mon corps veut sortir, comme si mes organes internes comptaient s'échapper par eux-mêmes si je ne tentais pas de m'enfuir.

Hollowell est mort. Ou s'il ne l'est pas encore, il le sera bientôt.

C'est arrivé si vite ! Entre une demi-seconde et la suivante, une balle s'est enfoncée dans son corps. Entre un battement de cœur et le suivant, il s'est écroulé.

Je n'étais pas prête.

Il n'était pas prêt.

Je l'ai vu sur son visage. Jusqu'au moment où Niles D'Amato a pressé la détente, Hollowell a cru pouvoir s'en sortir avec de belles paroles. Qu'il pourrait renverser la situation grâce à son talent pour le *bluff*, les jeux psychologiques et la manipulation, qu'il pourrait s'arracher un autre passe-droit et éviter d'avoir à assumer les conséquences de ses actes.

Mais il est arrivé à court de passe-droits.

J'entends un sifflement bruyant dans mes oreilles, et je ne réalise que vaguement qu'il s'agit de mes tentatives pour faire entrer de l'air dans mes poumons comprimés douloureusement.

Niles donne un petit coup à Hollowell du bout de sa chaussure, et regarde le corps étendu selon un drôle d'angle avec dégoût.

— Imbécile !

Puis, comme si c'était la seule bénédiction que méritait cet homme, il lève la tête et son comportement change totalement. C'est comme si sa colère contre le juge s'était évaporée à l'instant où la balle lui avait transpercé la poitrine.

— Ce n'est pas comme ça que je comptais passer ma journée, putain ! lance-t-il à Mitch en secouant la tête.

Il s'accroupit devant la silhouette immobile d'Hollowell. Il range son arme et tend la main.

— Donne-moi ton flingue.

Son sbire sort son arme de l'élastique de son pantalon et la lui tend.

Niles essuie le métal noir du pistolet avec un petit tissu tiré de sa poche, puis il prend la main droite molle d'Hollowell et l'enroule autour de la poignée, pressant légèrement chaque doigt contre le métal pour laisser une empreinte claire.

Il se redresse et rend l'arme à Mitch, avant de faire un signe de tête vers nous.

— À leur tour, maintenant.

Je sens Chase se raidir à côté de moi, et Linc émet un son venu du fond de sa gorge. Les trois hommes présents dans le salon avec nous se sont tous détendus dès qu'Hollowell a été éliminé, et l'un d'eux fait un pas en avant, les yeux fixés sur Niles et l'air d'attendre son ordre.

Leur patron reporte son attention sur nous et son regard est... vide. Ses yeux me traversent comme il aurait regardé le renard empaillé près de la cheminée — avec un vague intérêt, mais sans la moindre compassion.

— Faites-les lever. Éloignez-les les uns des autres. Il faut que ça ressemble à un cambriolage qui a mal tourné, pas à une exécution.

Il se tourne vers Mitch, qui tient le neuf millimètres dans sa main.

— Les tirs ne doivent pas être trop propres. Donne l'impression qu'une altercation a éclaté.

— Oui.

L'homme baraqué hoche une fois la tête, puis il s'avance dans le vestibule pendant que les trois autres nous font nous remettre sur nos pieds. Je suis poussée sans ménagement dans un coin du salon, à côté de Linc, et il se place devant moi comme pour essayer de faire bouclier de son corps.

Non ! Non ! Non !

Ma main tremble quand je la tends vers la sienne, mais avant que mes doigts aient pu effleurer son bras, l'homme qui nous a traînés ici recule et lève une main pour faire signe à Mitch d'approcher tout en nous ordonnant :

— Séparez-vous. Mettez plus d'espace entre vous.

Linc grogne à nouveau, et je crois qu'il s'apprête à se jeter sur l'homme. Mais il ne peut pas. Il ne peut pas. La mort peut venir si vite et de manière si permanente, mais je ne suis pas encore prête. S'il vous plaît, s'il vous plaît, mon Dieu, pas encore !

Je prends la décision pour Linc et fais deux pas sur la droite, nous séparant un peu. Je vois les autres hommes de Niles disposer le reste des rois dans la pièce, les écartant de manière que les flics ne nous découvrent pas tous alignés sur le canapé avec une balle dans la tête.

Niles est déjà passé à autre chose. Il a sorti son téléphone et commence à parler à quelqu'un à voix basse pendant que Mitch s'avance vers nous. Même si une quarantaine de centimètres nous sépare, je sens tout le corps de Linc se raidir, et je sais qu'il ne les laissera pas faire sans combattre.

Je sais aussi que je ne peux pas le laisser mourir.

Nous avons besoin d'une ouverture.

Rien qu'un petit peu de temps.

N'importe quoi.

Quand Mitch s'arrête face à nous et pointe d'abord son arme sur Linc, j'entends Chase hurler quelque chose depuis l'autre bout de la pièce.

— Non ! Espèce de fils de...

Maintenant. Maintenant !

Je fais un bond sur ma gauche, puis je dépasse Mitch en courant. Il émet un grognement stupéfait et furieux et tourne son arme vers moi.

C'est l'ouverture dont Linc avait besoin.

Le garçon aux cheveux sombres passe aussitôt à l'action, se jetant sur le malfrat pour le plaquer au sol de tout son corps. Ils se battent pour récupérer le pistolet tout en s'écroulant, et il leur échappe des mains pour glisser sur le plancher de bois.

Les deux adversaires heurtent brutalement le sol.

Et le chaos se déchaîne.

Mon mouvement de côté avorté, destiné à attirer l'attention de l'homme, m'a déséquilibrée, et je tombe à mon tour, atterrissant douloureusement sur les poignets. Mais cette chute me sauve la vie.

Une balle siffle au-dessus de ma tête et s'enfonce dans le mur avec un bruit sourd. Le temps semble ralentir et s'allonger, les secondes s'étirant de manière incompréhensible alors que tout arrive en même temps.

L'homme qui a entraîné River dans le coin opposé de

la pièce sort son arme et tire. River se jette de côté et atterrit violemment au sol, avant de rouler derrière un gros fauteuil. La balle qui lui était destinée traverse l'une des grandes baies vitrées, qui vole en éclats dans une explosion de verre.

Dax tente d'attraper l'homme devant lui, et un autre coup de feu retentit alors qu'ils luttent pour prendre l'arme. Mais son ennemi parvient à se dégager et donne un violent coup de pied dans l'abdomen de Dax, le repoussant en arrière avant de lever à nouveau son arme.

Un son qui ne ressemble à rien de ce que j'aie jamais pu entendre transperce l'air, comme la pure personnification d'une douleur profonde.

Avant que mon cerveau ait pu comprendre l'origine de ce son, Chase se précipite sur son jumeau et l'écarte du passage alors que le sbire de Niles tire à nouveau.

Dax trébuche et le corps de Chase est propulsé en arrière.

Comme celui d'Hollowell.

Il s'écroule et reste immobile.

Comme Hollowell.

Non.

Non.

Non !

Dax se jette sur l'homme qui a tiré sur son frère. Il tire à nouveau, mais pas assez vite. La balle lui érafle l'épaule une seconde avant qu'il atteigne son adversaire et se mette à donner des coups de poing.

Je n'hésite pas. Je me lève et me précipite en avant, le regard fixé sur un point précis, un seul objectif en tête. Je dois rejoindre Chase.

Alors que je traverse la pièce en courant, quelque chose entre en collision avec mon dos et, l'espace d'une seconde, mon cerveau sous le choc croit que j'ai été heurtée par une voiture. La force du coup me propulse en avant et une douleur se réverbère dans tout mon crâne. Je tombe lourdement au sol, trop sonnée pour me protéger de la chute brutale, et quand je roule sur le dos, ma vision brouillée me montre deux versions de Niles D'Amato dressées au-dessus de moi, ainsi qu'une paire d'armes pointées sur mon visage.

Je tâtonne frénétiquement autour de moi, mais ne trouve rien d'autre qu'un sol lisse et le coin d'un tapis. Rien avec quoi me battre. Rien pour me défendre.

Je lis enfin une émotion dans les yeux de Niles. Il a l'air furieux, maintenant. Nous avons mis la pagaille alors que l'opération aurait dû être simple, et il compte bien mettre un terme à tout ça. Il ajuste sa prise sur l'arme et la lève pour viser ma tête.

Deux petits bruits métalliques et suraigus transpercent l'air.

Mais mon corps ne tressaute pas.

Et je n'ai pas mal.

Mes muscles se sont raidis quand il m'a visée, et j'ai l'impression qu'ils ne se détendront jamais, alors que je regarde Niles s'écrouler au sol comme un arbre coupé, l'arrière de son crâne explosé par deux balles.

Derrière lui, à mi-chemin entre la salle à manger et le grand vestibule, Hollowell est étendu au sol, après avoir laissé une trace de sang derrière lui semblable à celle d'un gros escargot rouge. Il lâche son arme et s'écroule, s'affaissant à nouveau sur le plancher brillant.

Un autre coup de feu retentit au-dessus de moi, et c'est comme si ce son m'avait libéré de la prison de ma stupeur, permettant à d'autres bruits de pénétrer mon cerveau ébranlé.

L'homme qui tirait sur River s'écroule en hurlant et en se tenant la jambe, et River saisit cette opportunité pour bondir de derrière le fauteuil, viser et tirer à nouveau. Il atteint l'homme à la poitrine, cette fois, et ce dernier s'immobilise et se tait.

Toute la pièce plonge dans le silence.

L'espace d'une demi-seconde, je crois que c'est juste parce que mon esprit a de nouveau cessé d'enregistrer les sons. Mais je réalise alors lentement... que plus personne ne bouge. Que plus personne ne hurle.

Dax chevauche encore l'homme qui a tiré sur son frère, et le visage du type est presque méconnaissable.

Seigneur ! Son frère !

Chase !

Je me relève maladroitement — ou j'essaie, en tout cas. Le coup que j'ai reçu à la tête a rendu ma vision vacillante et sombre, mais je continue d'essayer de le rejoindre en rampant au sol alors que Dax me rejoint.

Le juge Hollowell n'était pas mort. Il s'est fait tirer dessus, mais il n'était pas encore mort. Chase ne l'est peut-être pas non plus.

Je ne sais pas si Hollowell est toujours vivant. Et je ne compte pas aller vérifier, pas tant que je ne saurai pas si Chase est en vie.

Dax me rejoint à mi-chemin et nous parvenons à son jumeau en rampant et trébuchant à moitié alors que des sirènes s'élèvent au loin.

Elles sont peut-être pour nous.

Je vous en prie, faites qu'elles soient pour nous !

Parce que la mare de sang sous Chase est trop grosse. Beaucoup trop grosse.

Et elle continue de grandir.

25

— Putain ! Chase ! Non !

Dax a prononcé ces mots dans un grognement primal tout en tombant à genoux à côté de son frère. Les deux garçons, qui ont l'air si semblables, d'habitude, sont comme le jour et la nuit, à cet instant. La peau dorée de Chase est pâle, terne, et il a l'air plus fin, d'un coup.

Est-ce possible ? Ou cela n'est-il dû qu'aux traits relâchés de son visage ?

Une chose est semblable chez eux : ils sont tous deux couverts de rouge. La blessure à l'épaule de Dax saigne, et même s'il est loin d'avoir perdu autant de sang que Chase, il n'a pas l'air d'aller bien.

— Applique une pression dessus !

Je ne reconnais pas ma voix alors que je regarde frénétiquement autour de moi, mais River est déjà là et presse la paume de sa main contre l'épaule de Dax. Ce dernier essaie de rejoindre Chase, mais à la manière dont son bras droit pend mollement, il ne pourra appliquer un poids suffisant sur la blessure de son frère pour arrêter le saignement.

Je me penche sur le garçon aux cheveux cuivrés et à la peau trop pâle, et mes doigts glissent sur du sang rouge et visqueux alors que je tente de trouver l'impact de balle. Elle est en haut de sa poitrine, du côté gauche, mais elle ne peut pas avoir touché son cœur. Elle ne peut pas. Je sens son pouls battre au niveau de son cou, papillonner sous sa peau, et je presse mes deux mains à l'endroit où du sang s'écoule de son corps.

Mais j'arrive à peine à appliquer une pression sur la blessure, moi aussi. Je ne suis pas blessée comme Dax, mais ma vision est encore brouillée après avoir reçu un coup sur la tête, et mes bras tremblent si fort que j'ai du mal à ne pas plier les coudes.

— Je m'en occupe, Low. Laisse-moi faire. Laisse-moi faire, bébé.

La voix de Lincoln dans mon oreille me fait l'effet d'un baume apaisant sur mon âme, et je me laisse retomber sur les fesses alors qu'il prend le relais. Ses jointures sont en sang et son visage contusionné, une traînée de sang coule du coin de sa bouche et sa lèvre a l'air fendue, mais son visage est un masque de concentration alors qu'il trouve la blessure de Chase et arrache son T-shirt, le roule en boule et le presse fermement contre le trou sanguinolent.

— Hollowell... marmonné-je d'une voix saccadée, incapable de détourner les yeux du visage de Chase.

River et Dax l'observent aussi, et nous déversons tous les quatre notre concentration sur lui comme si nous pouvions le guérir rien qu'avec notre amour.

— Mort, répond Lincoln d'une voix sans émotion. J'ai déjà vérifié. Et j'ai appelé les secours. Ils seront bientôt là.

Bientôt.

Ce mot n'a aucun sens, quand votre monde vient d'exploser avec violence, quand quelqu'un que vous aimez est en train de déverser son sang sur un sol froid et insensible.

Mais ce « bientôt » est tout ce que nous avons, alors nous attendons, immobiles et silencieux, la voix étranglée par la peur alors que le hurlement des sirènes se rapproche.

Le petit renard gris près de la cheminée a dû recevoir une balle perdue. Il est couché sur le flanc, encore fixé à son piédestal, et a les yeux levés vers le plafond comme s'il humait l'air.

Figé dans le temps pour l'éternité.

La police arrive avec les secours, et dès qu'ils sont là, un nouveau chaos se déclenche. Le bon genre de chaos, je le sais, mais mon cerveau a du mal à l'admettre quand tout ce que j'ai envie de faire, c'est me fermer au monde entier. Tout est si bruyant, tout bouge si vite, et Chase et Dax sont emmenés dans une ambulance quand les secours ont réussi à nous les arracher.

Je les regarde partir, le cœur dans la gorge, et la seule pensée qui me réconforte, alors qu'ils disparaissent, c'est qu'au moins, ils sont ensemble.

Ils sont là l'un pour l'autre.

Et Dax ne laissera jamais Chase mourir.

La police va et vient dans la maison, bouclant des zones et plaçant des marqueurs près des éléments de preuve. Les agents nous interrogent brièvement, et j'ai un peu peur qu'ils nous demandent de raconter toute l'histoire tout de suite, parce que je suis sûre d'être incapable de la raconter sans complètement craquer.

Mais les secours m'examinent, agitent une lumière devant mes yeux et disent aux officiers qui viennent d'arriver sur les lieux que je dois aller à l'hôpital. River et Linc viennent avec moi, et dès que les portes de l'ambulance se sont refermées derrière nous, l'épuisement me submerge comme une couverture de ténèbres.

Nous gardons le silence. Aucun de nous ne sait quoi dire. Il n'y a rien à dire, tant qu'on ne saura pas si Chase va bien. La peine me comprime la poitrine, comme un raz-de-marée qui se prépare, uniquement retenu par une fine barrière d'espoir.

Une pensée se fait jour au fond de ma tête et je sors mon téléphone de ma poche. J'ai quinze messages de Hunter, et leur ton est de plus en plus paniqué. Je les fais défiler jusqu'aux trois derniers.

HUNTER : S'il te plaît, envoie-moi un message si tu reçois ça !!!

HUNTER : Tu vas bien ?

HUNTER : Si je n'ai pas de nouvelles de toi dans dix minutes, j'appelle la police. Putain, j'aurais déjà dû le faire, quoi que tu en dises. Appelle-moi !!! S'il te plaît !!

Elle a envoyé ce message il y a huit minutes.

Mes doigts tremblent quand j'écris une réponse,

pendant que les secours se déplacent près de ma tête dans l'espace étroit et que Linc et River sont assis à côté de moi, une main posée sur ma hanche et ma cuisse.

De manière possessive.

Rassurante.

MOI : Je vais bien. Je suis tellement désolée, Hunter ! Je sais que je t'ai fichu la trouille. Je ne voulais pas.

HUNTER : BORDEL DE MERDE, LOW ! Que s'est-il passé, putain ??? Que se passe-t-il ??

Je commence à voir trouble. J'ai du mal à me concentrer assez sur l'écran pour écrire un message, mais je cligne plusieurs fois des yeux et je réessaie.

MOI : Je te raconterai tout. Promis.

Et je suis sincère. Je le ferai.

Parce que je peux enfin.

26

— Espèce de connard !

Ce sont les premiers mots que lance Dax à Chase quand son frère se réveille.

Il est resté en salle d'opération pendant plusieurs heures, et le médecin a dit qu'il avait une chance incroyable que la balle ait manqué à la fois son cœur et son poumon. Il avait besoin d'une transfusion immédiate, à cause de tout le sang qu'il avait perdu, et le docteur Campbell a dit que si les secours étaient arrivés rien que quelques minutes plus tard, il ne s'en serait peut-être pas sorti.

J'ai du mal à digérer tout ça. La différence que peuvent faire quelques minutes, la façon dont elles auraient littéralement pu décider s'il allait vivre ou mourir.

J'essaie de ne pas trop y réfléchir, en vérité, parce que j'ai mal au cœur rien que d'y penser.

Chase esquisse un sourire, qui rayonne à travers tous

les antidouleurs que les médecins lui ont injectés dans les veines.

— Tu es le plus gros connard.

Il lève un doigt pour le pointer vers Dax et ce dernier lui prend la main, l'étreignant avec force tout en crispant la mâchoire. Son expression est tiraillée entre l'amusement, le soulagement, la douleur et la peur qui s'attardent encore.

Dax a le bras droit en écharpe. Sa blessure était moins grave, mais il ne pourra pas utiliser son épaule pendant un moment. Tous les autres — moi y compris — s'en sont sortis avec des éraflures et des bleus sans gravité.

Enfin, j'ai un léger traumatisme crânien, mais pour être honnête, ça me paraît sans importance, à cet instant.

Une infirmière passe la tête dans la chambre.

— Excusez-moi. La police aimerait vous parler.

Elle entre et jette un œil à Chase tout en sortant son dossier.

— Et le docteur Campbell sera là dans un moment pour venir vous examiner.

Dax étreint la main de son jumeau plus fort, et donne l'impression qu'il faudra le traîner de force pour le séparer de son frère, mais celui-ci secoue la tête, les yeux un peu vitreux et la voix râpeuse.

— Mec. Vas-y.

Il reporte son regard sur Linc, River et moi. Lincoln a passé un bras autour de moi et presse mon dos contre son torse, tandis que River a entrelacé ses doigts avec les miens.

— Ils ont besoin de toi, ajoute-t-il.

Une émotion intense brûle dans les yeux vert aquatique de Dax, et il se penche pour presser son front contre celui de Chase, avant de fermer les yeux un instant. Je vois le garçon dans le lit se détendre, comme si la proximité de son frère l'apaisait plus que tous les antidouleurs du monde.

Quand ce dernier s'écarte enfin, je me dégage des bras de Linc pour me pencher à mon tour sur le lit et passer une main dans les cheveux doux et cuivrés de Chase.

— Je t'aime, murmuré-je, parce que c'est vrai et que je compte m'assurer qu'il l'entende tous les jours.

Il affiche un sourire si doux qu'il en est bouleversant et ses yeux s'éclaircissent un peu alors qu'il les lève vers moi. Nos visages ne sont qu'à quelques centimètres l'un de l'autre.

— C'est bon à savoir. Parce que je t'aime aussi.

Je baisse la tête pour l'embrasser, et presse mes lèvres sur les siennes comme pour sceller quelque chose. Un serment, peut-être.

L'infirmière se tient non loin et parcourt son dossier, mais je la surprends à nous observer avec un petit sourire sur le visage. Elle ne sourcille même pas quand je m'écarte de Chase pour être aussitôt enveloppée dans les bras de Lincoln, ou quand Dax fait le tour du lit pour me prendre la main avant que nous nous retournions pour partir.

Je lui jette un dernier coup d'œil alors que nous sortons de la pièce. Au lieu de l'expression un peu confuse et curieuse que j'ai vu sur la plupart des visages quand on me voit avec les garçons, elle ne fait que sourire plus largement encore.

Je suppose que tout le monde ne trouve pas ça choquant.

Les parents des garçons sont tous arrivés à l'hôpital peu de temps après nous, après avoir été informés par le service des urgences que leurs fils avaient été amenés ici. Monsieur et madame Lauder, qui n'ont jamais paru très préoccupés par ce que font leurs jumeaux, avaient l'air anxieux et pâles quand ils attendaient que Chase et Dax sortent du bloc opératoire. J'espère que ça les fera réfléchir à la façon dont ils ont traité leurs enfants, et réaliser à quel point ils ont tenu pour acquis ces deux garçons incroyables qu'ils ont mis au monde.

Les Lauder, les Bettencourt et les Black sont tous dans la salle d'attente avec les officiers de police, et quand nous arrivons, tout le monde est accompagné dans une grande salle de réunion. Les rois et moi sommes assis d'un côté de la longue table et les policiers de l'autre, tandis que les parents des garçons sont rassemblés autour de nous. J'éprouve une pointe de tristesse quand je réalise que le seul parent manquant est le mien — je me demande si elle est seulement au courant de ce qu'il s'est passé.

— Très bien. Commençons par le début. Comment connaissiez-vous Alexander Hollowell ?

L'officier en charge, qui s'est présenté en tant que James Morgan, se penche en avant et pose les coudes sur la table, les doigts entrelacés devant lui.

Les garçons et moi échangeons un regard, puis nous commençons à parler. Nous parlons lentement, au début, parce qu'aucun de nous ne sait par où commencer. Mais quand nous en arrivons à la mort d'Iris et au moment où nous avons vu l'homme au masque noir sortir de sa voiture pour examiner sa silhouette immobile avant de s'en aller, l'officier Morgan lève un doigt pour nous interrompre.

— Accordez-nous un instant, s'il vous plaît.

Nous faisons une courte pause, et quand nous reprenons quinze minutes plus tard, une nouvelle personne nous a rejoints dans la pièce. Le détective Dunagan s'assoit à côté de Morgan et plisse légèrement les yeux quand son regard se pose sur moi.

— Nous n'avions pas rendez-vous plus tôt dans la journée, mademoiselle Thomas ?

Je hoche la tête, un peu abasourdie par sa présence.

— Si. Désolée. Je... n'ai pas pu venir.

— Je vois.

Il n'ajoute rien de plus, il se contente d'ouvrir un bloc-notes et de se renfoncer sur sa chaise, attendant qu'on continue notre histoire.

Alors, nous reprenons.

Nous repartons du début, mais cette fois, les mots sortent plus facilement. Les garçons et moi parlons à tour de rôle, reprenant là où l'autre s'est arrêté et comblant les vides pour créer un tableau de la situation le plus complet possible. Cette histoire, la situation surréaliste dans laquelle est plongée ma vie depuis ces derniers mois, semble dingue quand on la raconte comme ça à voix haute. Mais personne dans la pièce ne se moque de nous ou ne nous demande d'arrêter d'inventer des trucs. J'imagine que le carnage découvert chez le juge Hollowell accrédite nos paroles.

Ces corps ne sont pas arrivés là tout seuls, et alors que nous expliquons la série d'événements qui a mené à ça, je sens le détective Dunagan nous observer avec une concentration intense.

Quand nous arrivons au moment où Niles D'Amato et ses hommes nous ont forcés à les accompagner chez Hollowell pour le confronter à nos accusations, River me surprend en ajoutant quelque chose :

— Après nous avoir mis dans les SUV, Niles est resté dehors à parler à deux de ses hommes. Il a dit que le juge Hollowell avait tué Iris. Je crois qu'elle l'avait vu avec eux, ou quelque chose comme ça, et qu'ils lui ont dit qu'il devait arranger ça.

Dunagan hausse les sourcils et incline la tête. Il baisse les yeux sur ses notes, puis reporte son attention sur River.

— Je vois, dit-il. Les fenêtres du SUV étaient-elles ouvertes ? Ou la porte ?

— Non, monsieur.

Le détective secoue la tête, l'air presque déçu, comme s'il n'avait pas envie de surprendre l'un d'entre nous en train de mentir.

— Eh bien, dans ce cas, je ne vois pas comment vous avez pu entendre leur conversation avec une telle clarté ! S'ils étaient en dehors de la voiture et vous dedans… les portières fermées et les vitres closes.

River hausse légèrement les épaules.

— Je ne les ai pas entendus. J'ai lu sur leurs lèvres.

Dunagan fronce les sourcils, comme s'il tentait de décider quoi penser de ce que vient de dire River.

— Je vous demande pardon ?

— Je suis presque sourd. Je n'entends quasiment rien de l'oreille droite, et juste un tout petit peu de la gauche. Vu que je n'entends pas, je lis sur les lèvres.

Je tourne les yeux vers lui et sens Linc et Dax se raidir à côté de moi. River a caché son handicap auditif à presque tout le monde, le gardant secret au lycée avec l'aide de ses trois meilleurs amis. Mais il vient de le révéler à toutes les personnes présentes dans cette pièce, et il l'a fait comme si cela n'avait aucune importance.

Le visage de monsieur Bettencourt reflète quelque chose qui ressemble à de l'embarras, et il détourne soudain son regard de River, mais le garçon aux yeux gris ardoise et aux cheveux bruns désordonnés n'accorde pas un regard à son père, lui non plus. Il garde les yeux rivés sur le détective et semble si calme, assuré et confiant que mon cœur gonfle de fierté.

Son père a peut-être honte. Mais pas River.

— Je vois, répond Dunagan.

Il regarde à nouveau le garçon assis à mes côtés, et j'attends de voir de la pitié ou du dédain dans ses yeux. Mais la seule chose que j'y trouve, c'est un éclat brillant d'intérêt.

— Et qu'ont-ils dit ? Je suppose qu'ils ne savaient pas que vous pouviez les écouter comme ça ?

— Non, monsieur. Je ne crois pas.

River prend une inspiration et se met à parler d'un ton prudent, comme toujours.

— Niles a dit qu'Hollowell causait plus de soucis qu'il n'en valait la peine. Il a dit qu'ils avaient déjà dû se débarrasser d'une adolescente, et que maintenant, il y en avait cinq de plus. J'ai eu l'impression qu'ils avaient mis la pression sur le juge pour qu'il tue Iris, quand elle a découvert leur relation. Ensuite, il a demandé à l'un de ses hommes s'il s'était occupé de la voiture qui avait tué Iris.

Mon dos se raidit et mon estomac se révulse comme un poisson hors de l'eau alors que je me tourne vers River. *Bordel de merde !*

Il n'avait pas parlé de ça. Même s'il est vrai qu'il n'en aurait pas eu le temps, durant la tornade d'événements de ces dernières heures. Mais je comprends mieux comment il a su que Niles comptait nous tuer.

Et la voiture. La voiture qui a tué Iris...

— Qu'a répondu l'homme ? demande Dunagan.

Son stylo plane au-dessus de son bloc-notes et il regarde River sans ciller.

— Il a dit qu'elle n'était pas encore détruite. Qu'elle était dans l'entrepôt de Chapel Drive. Ensuite, Niles lui a dit de s'en occuper dès qu'ils se seraient chargés de nous.

Dunagan prend une note, griffonnant si rapidement que je sens que son cerveau va plus vite que sa main. Puis il relève les yeux.

— Autre chose ?

— Non, monsieur. C'est tout ce qu'ils ont dit avant de se séparer pour monter en voiture avec nous.

— D'accord. Que s'est-il passé ensuite ?

Nous continuons notre histoire, détaillant notre

arrivée chez Hollowell et le déroulement des événements quand le juge est rentré chez lui. Les garçons sont quasiment les seuls à parler, parce que mes pensées sont coincées sur une seule information.

Une voiture.

Une berline noire se trouve actuellement dans un entrepôt, avec l'ADN d'Iris dessus.

Et ce n'est *pas* celle de ma mère.

J'essaie de réfréner la furieuse vague d'espoir qui s'élève en moi, mais elle s'infiltre entre les fissures de ma détermination et imprègne mon corps d'une énergie bourdonnante.

Les garçons ralentissent à nouveau en arrivant à la fin, et je recommence à écouter ce qu'ils disent, alors qu'ils décrivent d'un ton haché ce qu'il s'est passé quand Mitch a tenté de nous exécuter. Toute cette partie n'a dû durer qu'une minute ou deux, mais il est arrivé tant de choses que j'ai l'impression que ça a duré cent fois plus longtemps, et tout était si chaotique qu'il est difficile de dépeindre clairement les faits.

À nous quatre, nous parvenons plutôt bien à expliquer la chronologie des événements, et quand nous arrêtons enfin de parler, tout le monde est silencieux dans la pièce. Les parents des garçons ont tous l'air d'être sous le choc, et même les agents de police semblent un peu ébranlés.

Finalement, le détective Dunagan hoche la tête et jette un œil à ses notes, avant de reporter son regard sur nous et de se frotter la tempe.

— C'était incroyablement dangereux. *Prodigieusement* stupide. Vous le savez, n'est-ce pas ?

— Oui.

Nous avons répondu tous les quatre en même temps, sans hésiter une seconde.

Il pousse un soupir et secoue à nouveau la tête.

— Bon, tant que vous le savez.

Les officiers nous posent quelques questions supplémentaires, et Dunagan nous avertit que nous allons devoir répéter cette histoire plusieurs fois, parce que c'est comme ça que ça se passe, lors d'une enquête de ce genre. Puis il recule sa chaise de la table et se lève, avant de glisser son bloc-notes dans la poche intérieure de sa veste.

— Nous allons mener nos investigations. Chapel Drive se termine en impasse à Hennepin, alors il n'y a pas un million d'endroits où pourrait se trouver cet entrepôt. On va le trouver.

Il incline la tête, puis se retourne et se dirige vers la porte. Avant qu'il l'ait atteinte, je me penche en avant et demande :

— Et si vous trouvez quelque chose ? Si vous trouvez la voiture ?

Il s'arrête, la main posée sur la poignée de la porte, et se tourne face à moi.

— Nous la ferons analyser. Si c'était vraiment la voiture utilisée pour tuer Iris Lepiane, on devrait y relever des preuves ADN.

— Et si vous les trouvez ?

Son expression s'adoucit un peu, de manière si imperceptible que je suis presque sûre de l'avoir rêvé.

— Dans ce cas, j'imagine que les charges contre votre mère seront abandonnées.

27

— Tu as la bougeotte.

— Non, c'est faux.

— Euh, si, Low, répond Chase avec un petit rire. C'est vrai.

— Je suis nerveuse.

Linc passe un bras autour de moi par-derrière, son corps chaud et solide enveloppant le mien alors que je sens son souffle sur ma nuque.

— Tu n'as aucune raison d'être nerveuse, bébé.

C'est vrai. Je sais qu'il a raison.

Mais j'ai encore l'estomac noué, mon cœur bat de manière erratique alors que nous nous tenons devant le centre correctionnel de Fox Hill et attendons que ma mère soit libérée.

Une nouvelle vague de nervosité m'envahit à cette pensée, et j'enroule les bras autour de ceux de Lincoln, le serrant un peu plus contre moi alors que nous regardons l'entrée de la prison. Les garçons ont tous proposé de venir la récupérer avec moi — même Chase, qui vient tout juste de sortir de l'hôpital et qui est encore un peu pâle et fatigué. Je craignais un peu qu'il se surmène, mais j'ai vu dans ses yeux à quel point il avait envie de venir, alors je n'ai pas protesté.

Et maintenant, ils sont tous là.

Sur le point de rencontrer ma mère.

C'est *l'une* des raisons pour lesquelles ma nervosité sème la pagaille sur mes organes internes à cet instant.

L'autre est une peur irrationnelle que quelqu'un l'arrête avant qu'elle ait pu sortir dans l'air frais et ensoleillé, en tant que femme libre. Que le détective Dunagan appelle et dise que c'était une erreur, que l'ADN trouvé sur cette voiture de l'entrepôt de Chapel Drive n'était pas celui d'Iris. Que le test de paternité n'a pas révélé que l'enfant était celui du juge Alexander Hollowell.

Mais tout cela est vrai, et maintenant qu'Hollowell n'est plus là pour manipuler la situation en coulisses ou pour payer des flics pourris pour qu'ils cachent de fausses preuves, la vérité a enfin été révélée.

Je remue dans les bras de Linc et River se penche pour déposer un baiser sur mes lèvres.

— On est à tes côtés, Low. Quoi qu'il arrive.

Il a parlé d'une voix douce, et je ferme les yeux et hoche la tête alors qu'il s'écarte. Ils savent que ma mère est au courant, pour eux, mais je sens que les garçons sont un peu nerveux, eux aussi.

À moins que « nerveux » ne soit pas le bon mot.

Protecteurs.

Ils veulent que ma mère accepte la situation, pas pour eux-mêmes, mais pour moi. Ils savent à quel point je l'aime, à quel point nous sommes proches, toutes les deux, et ils veulent sa bénédiction dans mon intérêt. Même si jamais je ne romprai avec eux parce que ma mère n'approuverait pas, j'ai tellement envie que ça lui convienne ! Qu'elle comprenne.

Malgré les moqueries affectueuses des garçons, je ne peux m'empêcher de m'agiter alors que nous attendons plusieurs minutes de plus.

Mais dès que ma mère passe la porte, toute ma nervosité est oubliée.

Elle porte la robe qu'elle avait à la soirée cocktail des Black, quand elle a été arrêtée, et même si c'est une tenue un peu incongrue, pour un mercredi après-midi, je suis si soulagée qu'elle ne soit plus en orange que je fonds presque en larmes.

Linc me relâche et je me mets à marcher avant même d'avoir donné l'ordre à mes jambes de bouger. Puis je me mets à courir, et elle se précipite vers moi. Nous nous assommons presque quand nous entrons en collision l'une avec l'autre, mais je m'en fiche, parce que c'est ma mère, et que je suis en train de la serrer dans mes bras, *enfin*, après beaucoup trop de temps.

Elle rit et pleure en même temps, et je sens son corps trembler contre le mien. Je lui caresse la tête et presse mon visage au creux de son cou, humant son odeur discrète.

Ma mère.

Elle est de retour.

Elle est libre.

Nous n'arrêtons pas d'être à deux doigts de nous lâcher, avant de nous accrocher à nouveau l'une à l'autre, et quand elle s'écarte enfin, elle prend mon visage entre ses mains, les joues rouges et marbrées de larmes.

— Laisse-moi te regarder, murmure-t-elle.

Même si nous nous sommes vues il y a seulement quelques jours, je sais ce qu'elle veut dire.

C'est la première fois depuis des mois que nous nous voyons sans être séparées par une paroi en plexiglas, et c'est comme si un voile avait été soulevé. Je peux voir les petits fragments ambrés qui parsèment ses iris bruns, je vois les petites rides de sourire autour de ses yeux et les mèches de cheveux noirs rebelles qui encadrent son visage.

Elle est belle.

Et quand je le lui dis, elle rejette la tête en arrière et éclate de rire. Puis elle passe un bras autour de ma taille, me serrant tout contre elle, et se tourne vers les deux voitures garées et les quatre garçons réunis autour d'elles.

— Viens. Allons dire bonjour à tes gars.

Ma mère a le pas léger, et je sens une sorte d'énergie survoltée et exubérante irradier d'elle, qui me laisse penser qu'elle pourrait repartir en courant jusque chez les Black sans le moindre effort, comme si le simple fait d'être sortie de prison lui avait insufflé un énorme flot d'adrénaline dans les veines.

Certaines personnes resteraient peut-être bloquées dans l'amertume et la colère, après ce qu'elle a dû traverser. Mais ça n'a jamais été le style de ma mère. Elle regarde vers l'avenir, pas vers le passé, et même si elle a des hauts et des bas, elle recommence toujours à espérer, en fin de compte.

Lincoln, River, Dax et Chase s'avancent tous quand nous approchons. Ils sourient et sont tous heureux de me voir heureuse. Quand nous les rejoignons, je me dégage de l'étreinte de ma mère pour venir me placer entre elle et eux et faire les présentations.

— Je pense que vous vous êtes tous déjà rencontrés, et je sais que tu connais Linc, maman. Mais voici les... les garçons avec qui je sors.

Je me maudis pour cette petite hésitation dans ma voix. De manière générale, je n'en ai rien à faire que les gens nous regardent bizarrement quand on est tous ensemble ; quand ils essaient de déterminer avec lequel des garçons je suis, avant de réaliser peu à peu que je n'en ai pas choisi qu'un parmi eux. Mais je me soucie de ce que pense ma mère.

— Bien sûr que je me souviens de Lincoln, répond-elle en lui souriant, avant de reporter son attention sur les autres. Et c'est sympa de pouvoir rencontrer les autres officiellement. J'ai beaucoup entendu parler de vous.

C'est la vérité. Ma mère et moi avons eu plusieurs longues discussions, depuis la mort d'Hollowell. Enfin libre de tout lui raconter sans craindre de représailles, j'ai tout déballé sans m'arrêter, jusqu'à avoir la voix rauque et les lèvres sèches.

Elle a été stupéfaite et terrifiée en apprenant tout ce qui s'était passé, et j'ai dû beaucoup la rassurer avant de la convaincre que tout ça était vraiment terminé, et que je n'étais plus en danger.

Je craignais que, en plus d'être secouée d'apprendre que je sortais avec quatre garçons, ma mère m'en veuille de ce qu'il s'était passé — mince, *moi*, je m'en suis voulu, au début. Mais la vérité, c'est qu'ils ont plus fait pour me protéger que je n'aurais jamais pu en attendre d'eux, me portant, me soutenant et me redonnant espoir quand j'en avais besoin.

Et j'espère qu'elle le verra aussi.

Les garçons et elle parlent pendant quelques minutes, et je me glisse entre Lincoln et Dax. Je sens le regard de ma mère rebondir entre eux et moi, et je pense que c'est cela, plus que tout le reste, qui la convainc.

Je le sens, et peut-être qu'elle aussi : la façon dont leurs corps s'inclinent vers le mien comme s'ils étaient constamment attirés vers moi par une force invisible, la façon dont ils se placent autour de moi, de manière inconsciente, protectrice et attentive.

Un sourire éclot sur le visage de ma mère, différent de celui qu'elle arborait quand elle les a salués. Celui-là est plus doux et tendre, une réaction à une pensée non exprimée. Elle regarde une dernière fois les garçons tour à tour, puis claque dans ses mains et redresse les épaules.

— Très bien. Et si nous nous tirions d'ici ?

MA MÈRE ET MOI RÉ-EMMÉNAGEONS TOUTES LES DEUX chez les Black.

La proposition de Samuel de lui rendre son poste de gouvernante en chef quand elle sortirait me semble avoir été faite il y a une éternité, mais apparemment, il ne l'a pas oubliée.

Elle et lui ont beaucoup parlé, avant qu'elle sorte de prison, de ce que nous allions faire, maintenant. Pour être honnête, je ne savais trop quoi penser du fait qu'elle reprenne son ancien travail, pour des raisons que je n'arrivais pas vraiment à formuler. C'était peut-être parce que je craignais de ne pouvoir la regarder se déplacer dans le manoir vêtue de sa tenue de travail sans penser au soir où elle a été emmenée par des agents de police.

Mais c'est un bon poste, bien payé, et avec un patron qui l'apprécie et qui s'est surpassé pour aider sa fille quand elle s'est fait arrêter.

Et elle insiste pour rester à Fox Hill, au moins jusqu'à ce que j'aie passé mon diplôme. Elle dit qu'elle aime ce type de travail, et que même si elle arrête de travailler pour les Black un jour, elle a trouvé sa vocation s'agissant de gérer le personnel et d'organiser des événements.

Elle a repris le poste de Bri Marshall une semaine après avoir été libérée du centre correctionnel de Fox Hill, et tout revient à la normale si vite que c'en est presque effrayant. Je dîne avec elle tous les soirs dans son petit appartement, et Lincoln se faufile dans ma chambre presque toutes les nuits, ou bien c'est moi qui me glisse dans la sienne. Ses parents savent que nous sortons officiellement ensemble, maintenant, et ils sont aussi au courant pour les autres garçons.

Je pense que Samuel Black est fier de son fils. Pas parce qu'il partage — je pense qu'il est un peu ébranlé par ce détail. Mais pour s'être battu pour ce qu'il voulait, et pour m'avoir *choisie*.

Le mariage de Samuel et Audrey sera bientôt dissous, et je crois que Linc a raison : cela brise le cœur de son père. J'ai de la peine pour lui, mais je ne peux pas en vouloir à Audrey de son choix. J'espère qu'il sera un peu plus prudent avec le cœur des gens qu'il aime, à l'avenir.

Quelques semaines après la libération de ma mère, le principal Osterhaut nous invite toutes deux dans son bureau.

D'un côté, je me demande s'il fait ça par simple curiosité — un désir brûlant de rencontrer la femme qui est devenue une véritable légende, dans mon lycée. Mais de l'autre, il s'avère qu'il s'agit d'une discussion beaucoup moins enthousiasmante au sujet de mes notes. Mon travail en a pris un sacré coup dans toutes les matières au début de ce semestre, et je commence tout juste à ressortir du trou que je me suis creusé.

— Nous comprenons que vous traversiez une épreuve très... unique, et compte tenu de ces circonstances sans précédent, nous avons décidé de vous autoriser à prendre des cours de rattrapage dans toutes vos matières, pour avoir l'occasion de remonter vos notes. Vous étiez une élève très prometteuse durant votre premier semestre parmi nous, alors je suis certain que vous parviendrez à tirer le meilleur parti de cette opportunité.

Osterhaut se penche en avant, pose les coudes sur son bureau et me fixe d'un regard paternel contenant une légère note de curiosité — comme s'il espérait obtenir quelques détails au sujet des épreuves que ma mère et moi avons traversées, mais qu'il savait qu'il serait impoli de poser la question.

Beurk ! Pas question, mon pote !

J'ai dû raconter cette histoire tant de fois, que ce soit dans les grandes lignes ou dans les moindres détails, que j'espère ne plus jamais avoir à en parler de ma vie. Ni à Osterhaut, ni aux journalistes, ni à aucun des élèves plus jeunes aux yeux écarquillés, qui nous dévisagent, les rois et moi, comme si nous étions des célébrités.

— Merci, dis-je plutôt. Je vais faire de mon mieux.

Et c'est ce que je fais.

Ce qui veut dire que durant la deuxième moitié du semestre, plutôt que de me détendre et de flâner comme je pense l'avoir mérité, je dois me concentrer et étudier comme une folle. Mais je le fais.

Les garçons m'aident, en m'interrogeant sur mes cours d'algèbre et en trouvant... des manières créatives de me récompenser quand je trouve la bonne réponse. Pour dire la vérité, être plongée jusqu'au cou dans les devoirs vaut toujours mieux que de me faire menacer par un juge psychopathe. Et de loin.

Quand l'histoire autour d'Hollowell se répand et que nous nous retrouvons sous le feu des projecteurs, Savannah semble comprendre qu'entrer en conflit avec nous serait la manière la plus rapide de devenir impopulaire, alors elle cesse de me menacer de raconter les secrets de famille de Linc ou d'aller trouver d'autres informations compromettantes sur les garçons. Une fois, alors que nous sommes seules dans les toilettes des filles après les vacances d'été, elle se tourne vers moi et ouvre la bouche comme pour dire quelque chose. Mais elle finit par la refermer et part sans un mot.

Je n'ai aucune idée de ce qu'elle comptait dire. Peut-être voulait-elle me remercier, ou bien trouver un moyen de m'accuser d'avoir tout manigancé. Mais elle arrête de me fusiller du regard dans les couloirs, et si cette trêve est tout ce que je peux espérer obtenir de Savannah, je m'en contenterai.

Mais un dernier détail me dérange, et cela depuis le jour de la mort d'Hollowell. Il m'a fallu des semaines pour totalement le digérer, et encore plus de temps pour me sentir prête à en parler.

— Il m'a sauvée, murmuré-je un soir, juste avant la remise des diplômes.

Je suis blottie dans les bras de Linc, nos jambes emmêlées ensemble alors que j'ai la tête posée sur son torse, absorbant le son rassurant des battements de son cœur.

— Hollowell. Il m'a sauvé la vie.

Il y a un bref silence, puis je sens Lincoln hocher la tête.

— Oui. C'est vrai.

— Mais...

Je lève la tête et m'enroule un peu plus autour de lui alors que je scrute son visage dans les ténèbres.

— Pourquoi ? Je veux dire, pourquoi aurait-il fait ça ? Il avait déjà tué Iris. Il avait déjà quasiment menacé de me tuer. Et je crois vraiment qu'il l'aurait fait, s'il l'avait fallu. Alors, pourquoi me sauver ? C'était son dernier geste. La dernière chose qu'il ait faite.

Lincoln laisse échapper un vif soupir, et passe ses doigts dans mes cheveux.

— Je ne sais pas, Low. Je me suis posé cette question plus de fois que je ne saurais le dire, et je n'en ai toujours aucune idée.

Sa main s'immobilise et ses yeux brillent dans la pénombre.

— Je déteste ce fils de pute. Je le déteste pour ce qu'il nous a fait subir… ce qu'il nous a *tous* fait subir.

Puis il m'attire plus haut sur son corps, passe les bras autour de moi et m'embrasse avec force, comme pour essayer de se rappeler qu'il peut encore le faire. Que je suis encore là. Quand nous nous séparons, nous respirons tous deux un peu plus fort, et je sens son corps frémir légèrement sous le mien quand il pousse un long soupir.

— Mais j'ai pris une décision : peu importe pourquoi il a fait ça. Il voulait peut-être faire une bonne action avant de mourir. Il tentait peut-être de sauver son âme. Ou bien il détestait Niles D'Amato plus qu'il ne nous détestait, nous. Je n'aurai jamais l'occasion de lui poser la question, alors je ne le saurai jamais avec certitude.

Sa main remonte le long de mon corps, dépassant mes épaules pour s'enfoncer à nouveau dans mes cheveux alors qu'il prend mon visage et le lève à quelques centimètres du sien.

— Tout ce que je sais, c'est que tu es en vie. Et j'en suis tellement soulagé !

ÉPILOGUE

Je suis réveillée par le lever du soleil.

Je crois que mon corps peut sentir que nos vacances sont sur le point de prendre fin, mais au lieu de me laisser dormir comme une diplômée du lycée normale alors qu'elle passe ses dernières semaines de vacances d'été, il me réveille plus tôt et exige que je ne perde aucune seconde de ces jours précieux pour quelque chose d'aussi trivial que le sommeil.

Qui a besoin de dormir, de toute façon ?

J'ai réussi à obtenir mon diplôme avec une moyenne plutôt stable, et même si quelques B se baladaient encore sur mes relevés de notes, cela n'a pas empêché ma mère et Hunter de m'acclamer bruyamment quand le principal Osterhaut a annoncé mon nom. Et j'ai quand même été acceptée dans la même université que les garçons, et c'était tout ce qui m'intéressait.

Hunter les a tous rencontrés quand elle est venue fêter mon diplôme, juste après avoir participé à sa propre cérémonie à Bayard une semaine plus tôt. Elle n'a pas arrêté de se moquer de moi en m'appelant, je cite « une vraie dure à cuire, avec quatre petits amis canon », mais elle leur a tous donné son approbation en tant que meilleure amie. Ce qui est une bonne nouvelle, parce que nous ne plaisantions pas s'agissant de nos projets : elle ira dans la même fac que nous cinq à l'automne prochain.

Nous entrons bientôt à l'université, et c'est une idée vraiment bizarre. Mais avant de gravir cette montagne, les garçons et moi avons décidé de faire la fête une dernière fois, alors nous avons loué une cabane de plage à Cape Cod pour deux semaines. Il ne nous reste plus que quelques jours à passer ici, et je ne suis pas prête à revenir à la vie normale.

Les rideaux de la porte vitrée coulissante sont ouverts, laissant un rayon de soleil orange ramper sur le sol comme de la lave s'écoulant lentement. Le bras de Dax est étendu en travers de ma taille et plusieurs autres corps sont visibles sur le matelas du lit *king-size*. La maison comporte plusieurs autres chambres, mais dès le premier jour, nous avons tous gravité vers celle qui contenait le plus grand lit.

Ce dont je ne me plains pas. Pas du tout.

Je retiens mon souffle et me sers de mes talents de *ninja* pour me glisser sous le bras de Dax et me faufiler hors du lit sans le réveiller. Ce n'est pas parce que je n'arrive pas à dormir après six heures que tout le monde devrait être forcé de se réveiller aux aurores lors de notre dernière semaine de liberté avant la reprise des cours.

Le soleil commence tout juste à réchauffer le

plancher, qui est encore frais sous mes pieds nus alors que je me dirige vers la porte. Je ne porte que ma culotte et le T-shirt de Chase, qui m'arrive juste au-dessous des fesses, mais la terrasse de derrière la maison mène directement à la plage privée, alors personne ne pourra me voir.

Je sors en refermant la porte, avant d'incliner la tête pour profiter des premiers doux rayons de soleil — c'est alors qu'une main m'attrape le poignet.

Un cri de surprise s'échappe de ma gorge, et je plaque ma main libre sur ma poitrine avant de me tourner vers Lincoln. Il est assis dans l'une des grandes chaises longues, qui est tout juste assez décalée par rapport aux portes vitrées pour que je n'aie pu le voir avant de sortir.

— Seigneur ! hoqueté-je en haletant de manière exagérée. Mon cœur.

Il m'adresse un sourire narquois, puis tire sur mon poignet pour m'attirer sur ses genoux, de manière que je le chevauche. Il est torse nu et ne porte qu'un short bas sur les hanches. Une semaine et demie à se prélasser au soleil tous les jours a donné à sa peau un éclat doré qui souligne la teinte sombre de ses cheveux.

Il prend mon autre poignet et piège mes mains au bas de mon dos avant de me mordiller la lèvre inférieure.

— Tu es levée tôt, murmure-t-il.

— Pas autant que toi, répliqué-je.

Je frotte ma lèvre contre la sienne, volant quelques petits demi-baisers avant de m'écarter pour le regarder dans les yeux.

— Je ne savais même pas que tu étais réveillé.

Je n'ai pas compté les corps dans le lit avant de me lever. Même si j'aurais peut-être dû commencer par ça.

Il hausse les épaules et parcourt mon visage de ses yeux ambrés et chaleureux.

— Je me suis réveillé il y a environ une heure. Je n'arrivais pas à dormir, alors je suis sorti regarder le soleil se lever.

— Moi aussi.

Puis je laisse échapper un petit rire en réalisant qu'il m'a placée exactement entre lui et ledit lever de soleil. Ce dernier projette mon ombre sur le visage de Lincoln.

— Tu ne vois rien du tout, je me trompe ?

— Je m'en fiche.

Il a prononcé ces mots en un grognement affamé et se redresse un peu pour revendiquer un autre baiser.

— Je ne le vois pas non plus, remarqué-je dans un murmure amusé.

— Oh, tu voulais voir le soleil se lever ?

— Eh !

Je hausse les épaules de manière évasive et je suis sur le point de l'embrasser à nouveau quand Lincoln me penche soudain en arrière, de manière à me faire arquer le dos et incliner la tête, ce qui me permet de voir le soleil se lever à l'envers.

— Et voilà.

— Waouh, merci !

Un rire bref s'échappe de ma gorge, mais il se transforme en un autre son quand Linc se sert de sa main libre pour relever mon T-shirt léger et trop grand sur mon ventre, le glissant par-dessus mes seins et le regroupant juste au-dessous de ma clavicule.

Je suis dénudée devant lui, devant le monde entier, le ciel, le vent et les mouettes qui plongent et crient au-dessus de nous. Il fait chaud, mais mes tétons durcissent quand même. Et quand il penche la tête pour en prendre un dans sa bouche, je frotte mes hanches contre lui et arque encore plus le dos.

— C'est un beau lever de soleil, non ? murmure-t-il tout en me dévorant la peau avec des mouvements de langue alanguis.

— Mmm...

Je crois que ce son était censé être un acquiescement, mais j'ai déjà oublié quelle était sa question. Son sexe durcit contre moi, se pressant contre mon clitoris alors que je roule des hanches et le chevauche, même si c'est lui qui soutient tout mon poids.

Quand il mord la peau de mon sein et l'aspire dans sa bouche, tout mon corps sursaute et j'agite les mains pour me raccrocher à quelque chose.

— Putain ! Linc !

Il me redresse et le vertige provoqué par ce mouvement, combiné à l'élan d'excitation dans mes veines, me donne tellement le tournis que je vois trouble un instant. Je l'embrasse brutalement alors que tout le sang redescend de ma tête pour s'accumuler aussitôt dans mon sexe. Une seconde plus tard, il bondit sur ses pieds tout en me portant dans ses bras. Il se précipite pour ouvrir la porte vitrée, puis la referme avant de me déposer juste derrière.

— C'est vraiment un magnifique lever de soleil, Low. Tu ne peux pas le rater.

Avant que j'aie pu retrouver l'équilibre, il me fait me retourner, puis glisse les mains le long de mes bras pour poser mes paumes contre la vitre de la porte. Nous sommes tous deux face à l'océan, maintenant, et il a raison — la vue est vraiment époustouflante.

Dommage que je n'arrive pas du tout à me concentrer sur elle, à cet instant.

— Tu réalises à quel point tu es belle, comme ça ? demande-t-il.

Sa voix est basse et râpeuse dans mon oreille, et elle me provoque un frisson qui descend jusque dans mes doigts de pied.

— Dans le T-shirt de Chase, avec juste ton cul sublime qui dépasse, et tes jambes si *sexy* que j'ai envie de les lécher de bas en haut. J'ai envie de lécher chaque centimètre carré de toi. Et tu sais quoi ? Je crois que c'est ce que je vais faire.

Il laisse mes paumes sur la vitre, mais quand il recule, il tire sur mes hanches pour écarter la partie inférieure de mon corps de la porte coulissante. Je me retrouve presque pliée en deux, les paumes collées à la surface lisse et transparente alors que ma respiration commence à accélérer.

Les mains de Linc se mettent à errer partout sur moi, se glissant sur mes hanches et me massant les fesses, relevant à nouveau mon T-shirt pour exposer ma fine culotte bleue. Quand sa bouche rejoint ses mains, j'aspire ma lèvre inférieure entre mes dents et mords violemment pour m'empêcher de gémir.

Je n'y parviens pas tout à fait, et alors que Linc retrace les contours de ma culotte avec sa langue, tirant sur le tissu avec ses dents, j'entends des bruissements légers derrière nous, suivis de deux grognements approbateurs.

Les jumeaux sont réveillés.

Sans cesser de me mordre la lèvre entre les dents, je me tords le cou pour les regarder par-dessus mon épaule.

Ils sont tous deux assis dans le lit, les cheveux ébouriffés par le sommeil et les yeux fixés sur Linc et moi. Chase me sourit, et l'inclinaison de ses lèvres est si *sexy* — à la fois enfantine et avide. Il est torse nu, lui aussi, et alors que je le regarde, il glisse une main entre les couvertures pour se caresser tout en m'observant.

Je ne vois même pas son sexe, mais rien que le contour du mouvement rythmique de son poing sous le drap fait palpiter le mien.

Ils aiment regarder.

Aucun d'eux n'est intéressé sexuellement par un autre, mais les quatre rois aiment se regarder les uns les autres avec moi. Et j'aime qu'ils me regardent. C'est une excitation différente, une *proximité* différente de tout ce que j'ai pu connaître. Il y a quelque chose de si délicieux et débauché dans le fait de les laisser me voir comme ça, de les laisser me voir lâcher prise.

Mais nous ne sommes pas dans un putain de musée. Ce que je veux dire, c'est qu'aucune règle du style « on regarde, mais on ne touche pas » ne s'applique ici.

Et à cet instant, j'ai vraiment envie qu'ils me touchent.

Mon regard passe de Chase à Dax, avant de revenir dans l'autre sens, et j'esquisse un léger signe du menton pour les inviter à approcher sans un mot.

Ils ne se le font pas dire deux fois. Ils sortent du lit et se dirigent vers nous, les yeux toujours rivés sur mes fesses, que Linc s'est assuré d'exposer complètement. Ils sont tous les deux en érection, et leur sexe se tend contre leur caleçon — le seul vêtement qu'ils portent.

Quand ils nous rejoignent, ils se placent de chaque côté de Lincoln, qui choisit ce moment pour attraper ma culotte avec ses dents et la faire glisser le long de mes fesses, puis de mes jambes, jusqu'au sol. Dax et Chase grognent à nouveau alors que la pièce semble se réchauffer de plusieurs degrés — et cela n'a rien à voir avec le lever du soleil.

— Bordel de merde !

J'entends Chase lâcher un soupir, et une seconde plus tard, Lincoln se redresse derrière moi et enroule ses bras autour de ma taille pour me faire me redresser. Je laisse retomber ma tête en arrière sur son épaule, et nous regardons tous deux Chase et Dax venir se placer devant nous. Chase se laisse tomber à genoux et un petit frisson d'impatience me parcourt alors que Dax vient se placer d'un côté de moi pour prendre le bord de mon T-shirt dans sa main.

Linc me relâche le temps de le laisser le faire passer par-dessus ma tête, puis Dax me soulève la jambe droite pour la passer sur l'épaule de son jumeau. Je ne me sens pas déséquilibrée une seule seconde, alors que le corps de Linc soutient le mien et que Dax me tient d'un côté.

Je pourrais totalement me relâcher dans leurs bras, je sais que je ne tomberais pas.

Et c'est tant mieux, parce qu'il y a de fortes chances pour que je finisse par me « relâcher ». Je sens déjà ma respiration s'accélérer alors que l'excitation me submerge.

— Bonjour, Low.

La voix de Dax a encore cette note râpeuse de celui qui vient de se réveiller, et il me fait tourner la tête pour m'embrasser alors que son frère passe lentement sa langue le long de ma vulve. Je pousse un cri dans sa bouche et me frotte sans aucune honte contre le visage de Chase. Le bout de sa langue trouve mon clitoris et remue d'avant en arrière dans un mouvement si rapide que cela fait trembler la jambe sur laquelle je me tiens toujours.

Merde, je ne vais pas tenir longtemps !

J'essaie de réfréner mon orgasme aussi longtemps que possible et embrasse Dax de toute mon âme, passant une main autour de son cou tandis que l'autre se tend derrière moi pour s'emparer du sexe de Linc à travers son short.

Celui-ci grogne, comme s'il tentait de me prévenir de ne pas commencer quelque chose que je ne pourrais finir. Mais cet avertissement est totalement superflu, parce que je ne compte pas m'arrêter tant que je n'aurai pas senti jouir chacun de ces garçons.

L'une des grandes mains de Chase se referme sur ma taille, tandis que l'autre retient la jambe posée sur son épaule. Quand je rue contre lui, il raidit sa langue et l'enfonce en moi en réponse. Mon gémissement de plaisir tombe dans la bouche de Dax, qui le dévore.

Tout comme son frère est en train de me dévorer.

Je suis complètement nue dans leurs bras, et ils me soutiennent alors que je me tords et ondule des hanches, agitant mon corps contre le leur.

La langue de Chase est en train de me pousser vers le précipice, il s'apprête à me faire basculer dans la béatitude, quand un autre grognement résonne derrière moi.

Et celui-ci n'est pas un grognement excité, juste... un grognement.

Nous nous figeons tous.

Dax écarte ses lèvres des miennes, Linc relâche l'endroit de mon cou où je suis certaine qu'il a laissé un suçon, et Chase incline la tête vers moi. Sa langue ralentit ses mouvements, mais ne s'arrête pas, continuant de glisser sur et autour de mon clitoris en gestes paresseux. Des décharges de sensations me transpercent à chaque coup de langue, et je laisse les garçons me soutenir alors que je tourne la tête et regarde derrière Linc, vers la seule silhouette restante sur le matelas.

Les jumeaux sont généralement des lève-tôt, alertes et prêts à l'action dès le saut du lit, comme s'ils s'étaient injecté du café dans les veines pendant leur sommeil. Linc a le sommeil assez profond, mais River ? Quand il dort, même un tremblement de terre ne le réveillerait pas. Et quand il se réveille, il ressemble de manière troublante à un zombie pendant quelques instants, le temps qu'il revienne parmi les vivants.

Mais s'il y a bien une chose capable de le réveiller, c'est ça.

Mon regard croise le sien et, quand il nous voit, ses yeux gris passent d'ensommeillés et grognons à ensommeillés et excités en un claquement de doigts. Il ne me voit même pas en entier, mais il en distingue assez pour comprendre clairement ce qu'il se passe ; il se lèche les lèvres, puis se redresse sur un coude et nous observe avec intensité.

Cela suffit à faire céder le dernier fil qui me retenait. Son regard.

Son regard, la langue de Chase, les caresses de Dax et l'étreinte de Linc — tout cela combiné, et je ne peux le supporter plus longtemps, je ne peux y *survivre*.

Mes jambes se crispent autour du garçon agenouillé devant moi pour l'attirer plus près alors que je jouis brutalement sur son visage, un orgasme qui a grandi lentement me traverse comme un rouleau compresseur, me laissant haletante et à bout de souffle.

Dax pose les mains sur mes seins et fait rouler mes tétons entre son pouce et son index ; cette vive décharge de sensations déclenche alors un autre orgasme à la file du premier.

Quand cela s'arrête enfin, je suis littéralement maintenue debout par les garçons. Les doigts de pied de la jambe sur laquelle je me tiens sont crispés sur le plancher de bois et tous mes membres tremblent.

Chase dépose délicatement mon autre pied au sol. Il essuie l'humidité de sa bouche et de son menton, avant de se redresser vivement pour m'embrasser, me permettant de me goûter sur ses lèvres.

Cette fois, le son bas qu'émet River derrière moi est empli de désir, et je m'écarte de Chase le temps de hoqueter :

— Au lit ! Maintenant !

Il sourit et me soulève ; l'acier chaud du sexe de Linc disparaît de ma main alors que je suis transportée jusqu'au large lit. Dès que mon dos touche le matelas, les garçons grimpent à côté de moi tout en retirant ce qu'il leur reste de vêtements. River est déjà nu, et quand je viens me placer au centre du lit *king-size,* il s'installe entre mes jambes. Il y a tant d'émerveillement — *d'amour* — dans ses yeux et partout où errent ses mains, elles laissent des traînées de flammes sur ma peau.

Le sexe de River se présente entre mes cuisses et quand il se glisse en moi, je rejette la tête en arrière alors qu'un léger soupir s'échappe de mes lèvres. C'est si agréable ! Si parfait !

J'étais vide, et maintenant je suis remplie.

Partout.

Dans mon cœur. Mon corps. Ma tête.

Les quatre rois ont comblé chaque partie de moi, jusqu'à mon âme.

River s'enfonce brutalement et profondément, et accélère le rythme tout en me regardant de ses yeux couleur orage d'été. Mais il se retire avant de jouir, la respiration forte, et referme le poing à la base de sa verge. Il se penche pour m'embrasser, titille mon clitoris du bout de son sexe, puis se glisse à nouveau en moi.

Il répète le même geste plusieurs fois, et chaque fois qu'il caresse mon clitoris, tout mon corps frémit. Au bout de quelques caresses supplémentaires, je lâche prise. Il voit l'expression de mon visage, me sens me raidir, et me pénètre à nouveau, donnant un brusque coup de reins alors que je me crispe autour de lui jusqu'à ce qu'il jouisse à son tour.

Quand il baisse la tête pour m'embrasser, il est à bout de souffle, et murmure des mots doux et coquins contre mes lèvres.

Puis il s'en va, s'écartant du passage pour laisser Lincoln prendre sa place. Son sexe est dur comme l'acier, et je sais qu'il sent à quel point je suis excitée alors qu'il me pénètre sans s'enfoncer.

Quand il finit par se propulser en avant, un grognement guttural s'échappe de ma gorge, et il se met à me prendre comme si cela faisait des mois que nous ne l'avions plus fait, plutôt que moins de vingt-quatre heures.

Dax et Chase sont de chaque côté de moi, la respiration forte alors qu'ils se caressent. Mais aucune règle n'interdit de toucher, et puisque cette fois, ils sont assez près pour que je les atteigne, j'enroule les doigts autour de leurs sexes et écarte leurs mains du passage.

— Oh, putain, Low ! lâche Chase dans un murmure tendu, en se rapprochant pour que je l'atteigne plus facilement.

— Putain ! dit Dax, d'un ton si brut et primal que cela me pousse à les caresser plus fort.

Lincoln se penche en avant, recouvrant mon corps du sien alors qu'il m'embrasse avec une intensité douloureuse, nos dents se cognant les unes contre les autres et nos langues se rejoignant. Quand nous nous séparons enfin, il appuie son front contre le mien et ses abdos se contractent alors qu'il continue d'aller et venir en moi.

— Jouis une dernière fois pour nous, bébé. Laisse-nous te regarder lâcher prise.

— Seigneur... grogné-je. Oh mon Dieu, je suis si près !

— Alors laisse-toi aller. On est là. On est tous là.

Il me vole un autre baiser brûlant, puis se redresse, prend mes jambes sous les genoux et se sert de cette prise pour trouver l'angle parfait, me soulevant de manière que mes fesses décollent presque du matelas. Le voir ainsi au-dessus de moi, les muscles du cou bandés alors qu'il cherche son propre orgasme, les bras et les abdos tendus tandis qu'il me pilonne, me fait gémir de désir, et je me défoule sur les jumeaux, faisant aller mes mains glissantes de haut en bas sur leurs sexes.

J'ai sûrement déjà procuré de meilleures branlettes que celles-ci par le passé, quand j'étais un peu moins distraite, mais ils ne semblent pas s'en plaindre. Ils regardent mes seins rebondir à chaque coup de reins de Linc, alors que mon regard passe alternativement entre le bleu-vert et le vert-bleu de leurs yeux.

Ils sont si différents, et pourtant si similaires.

Et à cet instant, ils sont unis dans un désir commun.

Moi.

Mon corps se met à trembler et un autre orgasme me secoue comme un tremblement de terre. River s'agenouille au-dessus de ma tête pour m'embrasser, me faisant sentir ses lèvres d'une manière totalement différente, et je craque complètement.

Je convulse autour de Linc, et les jumeaux prennent à nouveau le relais quand je perds la capacité de coordonner mes mouvements. Ils se masturbent si fort, par à-coups rapides et en grognant tout en déversant des flots de sperme sur mon ventre. Une seconde plus tard, Linc bascule à leur suite, jurant d'une voix étranglée tout en me pilonnant deux fois de plus, puis frottant ses hanches contre les miennes tout en se mettant à pulser en moi.

Nous restons suspendus dans cet instant pendant plusieurs longues secondes, alors que les dernières vagues de plaisir nous parcourent, l'air de naviguer de moi aux garçons et inversement, comme un genre de courant électrique.

Puis Linc se retire avec un soupir satisfait et tout le monde s'écroule sur le matelas, la respiration forte. River me donne un dernier baiser avant de se laisser tomber, la tête posée à côté de la mienne.

Je suis toute visqueuse. J'ai du sperme sur le ventre et les seins, et je le sens s'écouler hors de moi et maculer mes cuisses. Aussi incroyable que ça puisse être, avoir quatre petits amis peut vite s'avérer salissant.

Même si cela ne dérange aucun des garçons. À en juger la flamme possessive qui brûle dans les yeux de Linc, alors qu'il roule de côté et m'observe, baisée jusqu'à l'épuisement et marquée par ses amis et lui, il adore ça.

Tant mieux. Parce que moi aussi.

— Tu as raté le lever de soleil, Low, murmure-t-il d'une voix moqueuse.

— Dommage, dis-je avec un petit rire. Je suppose

que je devrai réessayer demain. Si j'arrive encore à marcher.

Quelques secondes plus tard, Dax se lève pour aller chercher une serviette, et me nettoie en prenant tout son temps. Je le regarde faire, savourant cet instant de douceur — la façon dont lui et les autres me montrent par ces petits gestes qu'ils tiennent à moi.

Nous paressons encore un peu, nous délectant de ne rien avoir à faire, aujourd'hui. Puis, peu à peu, nous nous levons pour aller prendre une douche, puis enfilons un maillot de bain avant d'aller prendre un café et quelques restes de notre repas d'hier.

La matinée touche à sa fin quand nous sortons et nous dirigeons vers l'eau. Le soleil a réchauffé la plage et le sable remuant nous pique la plante des pieds. Alors que nous sommes à mi-chemin du bord de l'eau, Chase dépose sa serviette et ses lunettes, avant de se tourner vers moi en agitant les sourcils.

— Premier arrivé.

Il fonce vers la rive, et je jette mes affaires avec un grand rire, puis me précipite après lui. Les vagues froides me mordent la peau quand je les atteins, mais je ne m'arrête pas pour autant ; je fends l'eau jusqu'à ce qu'elle soit assez profonde pour que je puisse plonger.

L'eau fraîche autour de moi me fait un choc, balayant les dernières bribes de sommeil après notre matinée paresseuse. Quand je remonte à la surface, je repousse mes cheveux en arrière et me mets à rire et à hoqueter, le visage baigné par les rayons du soleil.

Chase apparaît à côté de moi. L'eau est encore assez peu profonde pour que mes pieds touchent le sol sablonneux, et le roulis des vagues m'arrive à mi-poitrine. L'océan a assombri les cheveux cuivrés de Chase, leur donnant une teinte de bronze sous le soleil. Il s'avance vers moi alors que les trois autres garçons pataugent parmi les vagues autour de nous, et tend la main pour décoller une mèche de cheveux mouillée de ma joue.

Puis il baisse les yeux et sa main vient planer au niveau de la cicatrice de cathéter sur ma poitrine ; ces lignes roses sont un rappel constant du cancer que j'ai eu dans mon enfance. Il sait ce dont il s'agit, maintenant. Ils le savent tous.

Et River avait raison.

Aucun d'eux ne me regarde comme si j'étais brisée.

J'imite inconsciemment son geste, et pose la main sur la blessure par balle sur son torse. Elle se trouve exactement au même endroit de son corps que ma cicatrice, son rappel personnel de ce jour où il a frôlé la mort.

Nos mains glissent le long de nos peaux mouillées, suivant des doigts notre cicatrice respective — et d'accord, nous profitons peut-être aussi de cette excuse pour nous peloter un peu au passage.

Puis Chase déplace à nouveau ses doigts, et me redresse le menton pour me regarder dans les yeux.

— Eh ! murmure-t-il.

Son sourire est encore plus rayonnant que le soleil qui parsème l'eau de taches de lumières scintillantes.

— On est en vie, dit-il.

— Oh oui, on l'est !

Je me mets sur la pointe des pieds pour l'embrasser,

et laisse l'eau salée me soutenir. Les flots ont refroidi sa peau, comme la mienne, mais ses lèvres sont chaudes, et il sent l'océan et le dentifrice à la menthe poivrée.

Il est en vie.

Moi aussi.

La mort a défini une si grande part de l'année dernière, mais elle n'a pas à nous définir à l'avenir. Iris, le juge Hollowell, Niles D'Amato — leurs vies ont été écourtées. Ils ont tous quitté cette terre, figés dans le temps et n'existant plus que dans les souvenirs, à la fois bons et mauvais.

Mais pas nous.

Les rois et moi sommes toujours en vie, nous bougeons, vivons et respirons. Nous changeons. Nous grandissons ensemble. Nous disputant, riant, couchant ensemble et découvrant qui nous sommes.

L'avenir s'offre à nous, une toile blanche sur laquelle peindre avec toutes les couleurs de la vie.

Mais pour l'instant, nous nous contentons de nager.

EXTRAITS EN AVANT-PREMIÈRE

Merci d'avoir lu la série Linwood Academy ! Si vous aimez l'histoire d'Harlow et de ses rois, n'oubliez pas de poster votre avis.

Vous souhaitez être prévenu lorsque notre prochaine histoire torride sera disponible ? Rendez-vous sur www.greyeaglepublications.com/fr/ et inscrivez-vous à notre newsletter.

Si vous avez apprécié ce livre, vous aimerez aussi ces deux dark romances: *Dans l'antre du diable* par Anna Zaires et *Le Diable du campus* par A. Zavarelli. Tournez la page afin de découvrir un extrait passionnant de chaque livre !

EXTRAIT DE DANS L'ANTRE DU DIABLE PAR ANNA ZAIRES

Recherche professeur particulier pour enfant de quatre ans. Doit être prêt à s'installer dans un domaine de montagne isolé. 3000 $ /semaine en espèces.

Après avoir fui des assassins impitoyables, je me retrouve au volant de ma vieille voiture, avec dix dollars en poche et un réservoir d'essence à moitié vide. C'est alors que je repère cette annonce. Ce job ressemble à la réponse à mes prières, mais il y a un hic.

Le père de l'enfant est l'homme le plus beau et le plus redoutable que j'aie jamais rencontré.

Séducteur ténébreux, si riche que c'en est indécent, Nikolai Molotov est un mystère captivant, une contradiction dangereusement fascinante. Avec ses poings écorchés et ses costumes sur mesure, ses mots tendres et ses promesses crues, mon nouvel employeur m'attire comme un aimant, alors que tous mes instincts me hurlent de partir.

J'aurais dû les écouter... parce que je ne suis pas la seule à avoir des secrets.

Mon havre de paix pourrait bien être l'antre du diable, et quand il m'aura faite sienne, il sera trop tard pour fuir.

Il n'y a aucune raison de paniquer.

Il ne s'est rien passé.

Nikolai m'a rattrapée pour m'éviter de m'étaler de tout mon long, c'est tout.

Sauf que... il aurait pu se passer quelque chose si Alina ne nous avait pas interrompus. Je suis convaincue à 90% que Nikolai était sur le point de m'embrasser. Quant à la bosse dure qui se pressait contre moi, ce n'était clairement pas mon imagination.

Il a envie de moi.

Il n'y a plus aucun doute à ce sujet.

Je prends une autre inspiration, mais mon cœur continue de battre, mes paumes toujours moites. Les essuyant sur mon jean, je me promène sur le côté de la maison en admirant le panorama de montagne tout en m'efforçant d'apaiser mes pensées égarées.

Ça va. Tout va bien. Ce n'est pas parce que je plais à Nikolai qu'il va se passer quoi que ce soit entre nous. Je suis sûre qu'il a bien conscience que c'est tout à fait inapproprié. Peu importe ce qu'a dit Alina, *c'était* un hasard. Nous nous sommes percutés, voilà tout. Je ne sais pas pourquoi elle insinue le contraire. Peut-être croit-elle que je lui fais du rentre-dedans, au sens propre du terme ? Mais non. On aurait plutôt dit qu'elle me mettait en garde, comme si...

Des éclats de voix attirent mon attention, et en tournant au coin du mur, je découvre Pavel et Slava. Ils se tiennent près d'une souche d'arbre, à une cinquantaine de mètres de là, de gros poissons posés dessus. En m'approchant, je vois l'homme ouvrir le premier de moitié, puis tendre le couteau tranchant à Slava.

Mais à quoi joue-t-il ? Il attend que le garçon finisse le travail ?

Oui, j'en ai bien l'impression. Et Slava s'exécute. Le temps que j'arrive, il est en train de retirer les entrailles des poissons avec ses petites mains et de les jeter dans un sac en plastique que Pavel tient ouvert à côté de lui.

Bon, d'accord. Ils doivent savoir ce qu'ils font. J'ai moi-même vidé du poisson à plusieurs reprises – ma coloc en première année, une passionnée de pêche et de chasse, me l'a appris – alors je ne suis pas dégoûtée, mais c'est troublant de voir faire un bambin de quatre ans.

Personne n'a l'air de voir le moindre inconvénient à le laisser manier des couteaux.

Je m'arrête devant la souche avec mon plus beau sourire.

— Bonjour. Je peux me joindre à vous ?

Le garçon me sourit et me raconte quelque chose en

russe. Pavel, cependant, n'a pas l'air très content de me voir.

— Nous avons presque fini, grogne-t-il avec son fort accent. Vous pouvez attendre à l'intérieur si vous voulez.

— Oh, non, je suis bien ici. Avez-vous besoin d'aide ? demandé-je en désignant le poisson.

Pavel me regarde.

— Vous savez enlever les écailles ?

— Oui.

Bien sûr, je préférerais ne pas le faire, de peur de salir mes seuls vêtements propres, mais je veux continuer à travailler avec Slava, et la meilleure façon d'y parvenir est de passer du temps avec lui, quelles que soient les activités qu'il pratique.

D'après mon expérience, les enfants apprennent mieux hors d'une salle de classe, tout comme la plupart des adultes.

— Voilà, déclare Pavel en me tendant un couteau à écailler. Montrez au petit comment faire.

D'après le sourire sur son visage de brique, il doit penser que je bluffe. C'est donc avec grand plaisir que je lui prends le couteau et réponds aimablement :

— D'accord.

Prenant soin de ne pas éclabousser mon t-shirt, je me mets au travail, expliquant au garçon le processus dans ma langue. Je lui dis comment s'appelle chaque partie du poisson et je lui fais répéter les mots, puis je le laisse essayer à son tour. Il est aussi doué pour écailler que pour vider le poisson et je me rends compte que ce n'est pas sa première fois.

Quand Pavel m'a demandé de lui montrer, il ne faisait que me tester.

Réprimant mon agacement, je laisse Slava finir le travail et je remets le poisson ainsi nettoyé dans le seau. Pavel l'emporte dans la maison, et Slava et moi le suivons. L'ours se rend directement à la cuisine – probablement pour préparer le poisson avant le déjeuner – et je lui annonce que j'emmène Slava à l'étage pour qu'il se change. Contrairement à moi, il a des éclaboussures de poisson partout sur sa chemise.

Pavel approuve dans un grognement bougon avant de disparaître dans la cuisine et je conduis Slava dans les toilettes les plus proches. Nous nous lavons tous les deux soigneusement les mains, puis je l'emmène dans sa chambre.

À ma grande surprise, Lyudmila est là quand nous entrons. Elle dépose une chemise propre et un jean pour Slava sur le lit.

— Merci, dis-je en souriant. Il a besoin de se changer.

Elle sourit en retour et dit quelque chose à Slava en russe. Le garçon s'approche et elle l'aide à se débarrasser de ses vêtements sales. Je me détourne pour respecter sa pudeur, car le garçon est assez grand pour être timide devant des inconnus. Quand il me semble qu'ils ont terminé, je me tourne pour voir Lyudmila l'aider à attacher sa boucle de ceinture.

— C'est bon, annonce-t-elle au bout d'un moment en reculant. Vous apprenez leçons maintenant.

Je lui souris.

— Merci, c'est ce que nous allons faire.

En la voyant rassembler le linge sale, je lui demande :

— Y a-t-il une machine à laver quelque part dans la maison ? J'ai besoin de faire ma lessive.

Elle fronce les sourcils sans comprendre.

— Buanderie ? demandé-je en désignant le linge dans ses mains. Vous savez, pour laver les vêtements ?

Je frotte mes poings dans un simulacre de lessive à la main.

Son visage s'éclaire.

— Ah, oui. Venez.

— Je reviens tout de suite, dis-je à Slava avant d'emboîter le pas à Lyudmila jusqu'en bas.

Elle me fait passer devant la cuisine et descendre un couloir vers une pièce sans fenêtre de la taille de ma chambre. Il y a deux machines à laver et sèche-linge haut de gamme – pour faire tourner plusieurs machines en même temps, je suppose – ainsi qu'une planche à repasser, un étendoir, des paniers à linge et autres commodités.

— Bien, oui ?

Elle montre les machines et je la remercie d'un signe de tête. En retournant dans ma chambre, je rassemble tous mes vêtements et les emporte en bas. Lyudmila est déjà partie, alors j'entreprends de charger les machines. Dans une demi-heure, je reviendrai tout enfourner dans les sèche-linge, et à l'heure du repas, tout sera propre.

Décidément, la situation s'améliore en dépit du flou avec mon patron.

Mon rythme cardiaque s'accélère à cette pensée et les papillons dans mon estomac reviennent à la vie. Slava et Pavel m'ont offert une distraction bienvenue, mais maintenant que je suis loin d'eux, je ne peux m'empêcher de penser à ce qu'il s'est passé ce matin. Mon esprit rejoue la scène en boucle, sans relâche, jusqu'à ce que les papillons se transforment en guêpes.

J'ai senti l'érection de Nikolai contre moi.

On aurait dit qu'il allait m'embrasser.

Il ne m'a pas lâchée quand sa sœur était là.

C'est cette dernière partie qui me fait le plus peur, car cela signifie que j'avais tort. Il a bien des intentions concrètes envers moi. Si Alina n'avait pas insisté pour qu'il réponde au téléphone, il m'aurait embrassée, et peut-être plus. Peut-être qu'en ce moment même, nous serions au lit ensemble, son corps puissant en moi comme...

Je mets un terme au fantasme avant qu'il ne puisse progresser davantage. Déjà, j'ai trop chaud, mes seins sont lourds et gonflés, mon sexe palpite d'une douleur sourde. Ce doit être une conséquence bizarre de ma séance de masturbation impromptue d'hier soir, je ne vois pas d'autre explication à ma soudaine libido d'adolescente.

Avec de lentes et profondes inspirations pour me calmer, je termine de fourrer le linge dans la machine. La situation est sans doute délicate. Une liaison avec mon employeur serait imprudente à bien des égards, et pourtant je ne suis pas certaine de pouvoir lui résister. Si je m'enflamme simplement en pensant à lui, que se passerait-il s'il me touchait ? S'il m'embrassait ?

Mon sang-froid s'évaporerait-il comme de l'eau dans une poêle à frire ?

Je n'entrevois qu'une seule solution, une seule chose que je puisse faire pour esquiver cette catastrophe.

Je dois l'éviter – ou du moins, éviter de me retrouver seule avec lui – pendant les six prochains jours.

Ainsi résolue, je mets les machines en marche et je me retourne... pour rester figée sur place.

Debout sur le seuil, ses yeux dorés brillants et un sourire dévastateur aux lèvres, se tient le diable qui occupe mes pensées.

— Vous voilà, dit-il à mi-voix.

Sous mon regard interdit, il s'avance un peu plus dans la pièce et referme la porte derrière lui.

EXTRAIT DE LE DIABLE DU CAMPUS PAR A. ZAVARELLI

On le compare au diable.

Quand je lui suis rentrée dedans, lors de mon premier jour à l'Académie Loyola, j'étais sûre que ça ne pouvait pas être vrai.

C'était l'homme le plus beau que j'aie jamais vu de mes yeux.

J'étais loin de me douter que c'était aussi le plus cruel.

Je suis passée de l'émerveillement à la stupeur lorsqu'il a dardé sur moi son regard cynique.

Je ne pourrais pas vous dire ce qui lui a donné envie de me punir. Mais à partir de ce jour-là, ce solitaire taciturne s'est donné pour objectif de me tourmenter.

J'aimerais le détester, et certains jours, j'y parviens.

Mais jamais l'attention d'un homme, bonne ou mauvaise, ne m'avait paru aussi délicieuse.

Que faire quand on craque pour son bourreau ?

Pire encore, que faire quand cet homme n'est autre que son professeur ?

Alors que le vendredi touche à sa fin, l'état de mes nerfs se détériore à la seconde. Mon père m'a appelé six fois de plus cette semaine – ce qui est inhabituel, même pour lui. Je n'ai toujours pas répondu, mais je m'interroge sur son urgence soudaine à me parler. Trois de ses dernières lettres tapissent le fond de ma poubelle, et je n'ai aucune envie de les ouvrir.

En plus de cette contrariété, Stella LeClaire est un défi pour ce qu'il me reste de sang-froid. Je dois lui reconnaître ce mérite, elle est plus coriace que je ne l'avais prévu. Chaque jour, elle arrive à l'heure en classe, et chaque jour, je trouve de nouvelles façons de l'humilier. Mercredi, j'ai chiffonné son pitoyable devoir en lui ordonnant de recommencer. Jeudi, j'ai affiché son devoir sur le tableau blanc comme exemple de ce qu'il ne fallait pas faire. Je lui ai donné des devoirs supplémentaires, je lui ai posé des questions impossibles et je l'ai mise au défi sans relâche. Et pourtant, elle n'a pas craqué. Elle reste aussi stoïque que le jour où elle est sortie du bureau de l'orientation, après que cette petite traîtresse a tenté de m'échapper.

En retenue, elle ne prend plus la peine de griffonner dans son journal. Elle fait ses devoirs en silence et s'en va. Elle ne parle que lorsqu'on lui adresse la parole et ne demande jamais à s'éclipser aux toilettes. Son perfectionnisme immuable me tape sur le système, ce qui doit se peindre sur mon visage lorsque je la regarde de l'autre côté de la salle de classe.

Cette semaine, j'ai pris le temps de creuser un peu plus, d'effectuer quelques recherches sur ses parents. Comme je le soupçonnais, Stella n'est pas issue d'une grande fortune et des privilèges typiques qui l'accompagnent. Son père s'est élevé au-dessus de sa condition et redouble d'efforts pour essayer de combler son épouse mannequin. Aujourd'hui, il perd sa vie à la gagner pendant qu'elle passe ses journées comme une grande bourgeoise, à Greenwich. Il est intéressant de noter que Stella a toujours eu d'excellentes notes, comme en attestent ses relevés. Quoi qu'il en soit, Brady LeClaire a dû faire jouer de nombreuses relations pour que Stella intègre l'Académie Loyola, ce qui explique sa volonté de bien faire. L'énorme nuage de pression qui plane au-dessus de sa tête doit être une motivation suffisante pour toute jeune femme en manque d'attention.

Mon enquête a rempli son objectif, mais elle n'a pas apaisé mon appétit croissant pour tout ce qui concerne Stella LeClaire. J'ai donc fait cette semaine quelque chose que je n'avais jamais fait auparavant. Je me suis faufilé dans sa résidence comme un adolescent soumis à ses hormones et j'ai pris son journal pour prendre connaissance de chaque page, du début à la fin. Toutes ses pensées les plus intimes. Ses dessins. Ses photos. Maintenant, je comprends ce qui fait vibrer Stella. Elle a le don de photographier les gens. Cette petite fouine a même pris des photos de moi, sur le terrain de foot. Quand je les ai trouvées sur son appareil, ma queue est devenue rigide comme de l'acier. Apparemment, elle m'a espionné. Cette petite perverse a zoomé sur mon visage et m'a pris en photo à mon insu. Elle a capté quelque chose en moi que je ne m'attendais pas à voir. Un rare moment de passion. La passion pour quelque chose, dans ce monde sans inspiration.

Sans penser aux conséquences, j'ai supprimé les photos sous le coup de la colère, puis pour ne rien arranger, j'ai arraché une page de son journal. La page où elle disait qu'elle me détestait. Elle se trouve toujours sur la table de ma cuisine. Je vais peut-être l'encadrer, ou bien la jeter. Je n'ai pas encore décidé.

En la regardant maintenant, j'aimerais oublier tout le projet. Cela devient trop compliqué et elle s'infiltre dans ma peau. Au début, je me disais que je faisais cela pour lui prouver quelque chose, mais maintenant, je me rends compte que je veux juste la punir. Cette envie ne fait qu'empirer quand je lui annonce qu'elle peut quitter la salle à la fin de l'heure de retenue et qu'elle sort sans même me regarder. Joshua l'attend dans le couloir. C'est un autre joueur de hockey, et de toute évidence, le jeune homme n'a pas appris des erreurs d'Ethan. Je l'écorche vif avec mon regard, mais il ne semble pas le remarquer, focalisé sur la poitrine de Stella.

— Eh, Cherrybomb, lance-t-il, sa fossette creusée par un sourire. Qu'est-ce qui se passe ?

— Salut, Josh.

Elle hisse son sac à dos sur ses épaules et répond avec nonchalance :

— Pas grand-chose. Un jour comme un autre, tu sais. Je vis pratiquement ici maintenant.

— C'est vrai, répond-il en riant. J'allais le dire, tu es toujours en colle.

Ils me regardent tous les deux pendant que je triture mes clés et ferme la porte lentement. Il ne veut pas de public pour ce qu'il va dire ensuite, mais je n'ai pas l'intention de partir sans avoir eu un aperçu de leur échange.

— Alors, euh, je me demandais...

Joshua change de position et fourre les mains dans ses poches.

— Tu as quelque chose de prévu ce week-end ? Je pensais que tu pourrais venir au match demain.

Stella hésite. Elle semble y réfléchir. Mon sang bouillonne quand j'imagine Joshua l'embrasser goulûment et la peloter sous les gradins, ce week-end. Avant que je puisse formuler une pensée cohérente, les mots ont franchi mes lèvres :

— Stella, j'aimerais vous parler un instant.

Elle se retourne et croise mon regard avec une expression impassible. Nous n'avons pas parlé pendant toute sa semaine de retenue, et je sais qu'elle se demande ce que je pourrais bien lui vouloir maintenant. Moi-même, je me le demande tout en rouvrant la porte et lui faisant signe d'entrer.

— Attends une minute, dit-elle à Josh. Je reviens tout de suite.

Il hoche la tête et se balance sur ses talons, me regardant fermer la porte derrière nous. Stella m'attend de l'autre côté, les bras croisés, sur la défensive. Elle ne veut pas montrer sa vulnérabilité, mais je sais ce qu'elle attend de moi. Je le sais mieux qu'elle ne pourra jamais l'admettre elle-même.

Incapable de m'en empêcher, je réduis la distance qui nous sépare. Ma chaussure se heurte à sa Doc Marten rouge. Son souffle reste suspendu et elle me regarde, de ses grands yeux chauds couleur cognac qui trahissent sa sensibilité. Un certain inconvénient pour elle, surtout en présence d'un prédateur, mais je ne voudrais pas qu'il en soit autrement.

— Dites-lui non, ordonné-je.

— Quoi ?

Elle fronce les sourcils, mais elle sait qu'elle a posé une question stupide. Elle veut juste que je le répète.

— Retournez là-bas et dites non à Joshua. Vous ne sortirez pas avec lui ce week-end.

— Et pourquoi ça ?

Mon sexe tressaille et je dois croiser les bras pour ne pas m'aventurer plus près d'elle. Je n'ai qu'une envie, la saisir et la pousser à genoux pour lui enfoncer ma queue entre les lèvres et lui faire passer l'envie de remettre mes ordres en question.

— Parce que je l'ai dit, Stella. Et vous aimez m'obéir.

Elle garde le silence, son regard implacable. Aucun de nous ne bouge, mais je peux presque sentir le battement de son pouls dans ma propre gorge. J'aimerais la dévorer vivante, et en ce moment, elle s'en rend compte. Bien sûr, je ne l'admettrai jamais. Je n'admettrai jamais qu'elle me touche. Je veux juste lui faire savoir que je peux jouer avec elle aussi longtemps qu'il me plaira, un point c'est tout.

— D'accord, répond-elle en glissant sa lèvre rouge pulpeuse entre ses dents.

D'un point de vue logique, je sais que je devrais mettre fin à cette folie. Je ne peux pas franchir cette ligne. Mais cela me procure un tel plaisir de la voir se soumettre à moi. J'ai besoin qu'elle en ait conscience.

Je la contourne lentement, effleurant doucement ses cheveux sur le côté tout en me penchant pour lui chuchoter mon ordre à l'oreille. Son souffle reste suspendu et elle se penche instinctivement vers moi, les plis de sa jupe frôlant mon membre dur comme le roc. Je sais qu'elle le sent quand elle frissonne, et je sais que je dois m'arrêter là, mais mon cerveau est incapable de réfléchir alors que mes phalanges glissent le long de son bras. Elle en a la chair de poule.

— Dites : « oui, monsieur. »

— Oui, monsieur, souffle-t-elle.

— Dites : « Je ferai tout ce que vous voulez, Monsieur Carter. Tout ce que vous me demanderez. »

Elle déglutit, essayant toujours de me résister, mais finit par céder comme je ne doutais pas qu'elle le ferait.

— Je ferai tout ce que vous voulez, Monsieur Carter. Tout ce que vous me demanderez.

— Prouvez-le.

Je ferme les yeux et approche mon nez si près de la chair chaude de sa gorge que je peux presque la goûter.

— Comment ? demande-t-elle dans un halètement.

— Soyez créative, Stella.

L'attente impatiente de ce qu'elle pourrait faire est presque trop forte. Mais en la voyant se retourner et s'agenouiller devant moi, je reviens brusquement à la réalité. Ses yeux sont au niveau de ma queue engorgée, à quelques centimètres de son visage. Si près qu'elle peut sentir mon excitation. Il lui suffirait de baisser ma fermeture et je pourrais m'enfouir entre ses lèvres. Ces lèvres qui semblent conçues pour me sucer et crier mon nom.

Putain de merde.

— Je sais garder les secrets, Monsieur Carter, chuchote-t-elle. Et vous ?

— Stella.

Je me penche et fais glisser mon pouce sur sa bouche avant de prendre du recul pour la regarder.

— Vous devez partir maintenant.

Je me détourne d'elle, passant une main tremblante dans mes cheveux. Elle est si discrète que je ne l'entends même pas se lever. Je ne peux pas la regarder, mais elle doit être brisée. Elle doit être déboussolée, et à juste titre. Je ne serais pas étonné si elle allait directement au bureau de la vie scolaire et me dénonçait pour mon comportement pervers. Au lieu de le lui proposer, je lui donne une dernière instruction.

— N'oubliez pas ce que j'ai dit.

À PROPOS DE L'AUTEUR

Callie Rose est une auteure de best-sellers dont les livres vous saisissent par les sentiments et ne vous lâchent plus jusqu'à la toute dernière page. Elle adore les retournements de situation, les bad-boys tourmentés, les héroïnes fortes et les histoires de rédemption qui en font baver à ses personnages.

Pour en savoir plus sur ses nouvelles parutions et autres goodies, inscrivez-vous à sa liste de diffusion : www.callieroseauthor.com/francais.

Elle promet de ne pas vous mordre (ni vous spammer) !

Printed in France by Amazon
Brétigny-sur-Orge, FR

10964908R00212